A Writer's Diary

Being Extracts from the Diary of VIRGINIA WOOLF

写下来，
痛苦就会过去

［英］弗吉尼亚·伍尔夫 / 著

［英］伦纳德·伍尔夫 / 编著

宋炳辉 吴欣 / 译

中信出版集团｜北京

图书在版编目（CIP）数据

写下来，痛苦就会过去 /（英）弗吉尼亚·伍尔夫著；（英）伦纳德·伍尔夫编著；宋炳辉，吴欣译. -- 北京：中信出版社，2024.1（2024.9重印）
书名原文：A Writer's Diary—Being Extracts from the Diary of Virginia Woolf
ISBN 978-7-5217-5661-6

I.①写… II.①弗… ②伦… ③宋… ④吴… III.①日记-作品集-英国-现代 IV.① I561.65

中国国家版本馆 CIP 数据核字 (2023) 第 205745 号

Simplified Chinese translation copyright © 2024 by CITIC Press Corporation
ALL RIGHTS RESERVED
本书仅限中国大陆地区发行销售

写下来，痛苦就会过去
著者： [英]弗吉尼亚·伍尔夫
编著者： [英]伦纳德·伍尔夫
译者： 宋炳辉 吴欣
出版发行：中信出版集团股份有限公司
（北京市朝阳区东三环北路 27 号嘉铭中心 邮编 100020）
承印者： 嘉业印刷（天津）有限公司

开本：880mm×1230mm 1/32　　印张：18.5　　字数：360千字
版次：2024年1月第1版　　　　　印次：2024年9月第7次印刷
书号：ISBN 978-7-5217-5661-6
定价：98.00元（全两册）

版权所有·侵权必究
如有印刷、装订问题，本公司负责调换。
服务热线：400-600-8099
投稿邮箱：author@citicpub.com

总目

上册

序言	*vii*
人名与地名简表	*xiii*
1918	*001*
1919	*011*
1920	*033*
1921	*046*
1922	*065*
1923	*085*
1924	*096*
1925	*109*
1926	*130*
1927	*157*
1928	*186*
1929	*214*

1930	*231*
1931	*250*
1932	*269*

下册

1933	*291*
1934	*326*
1935	*360*
1936	*401*
1937	*420*
1938	*441*
1939	*475*
1940	*495*
1941	*555*

弗吉尼亚·伍尔夫著作编年表	*563*
译后记	*565*

上册目录

序言
vii

人名与地名简表
xiii

1918
真正有天赋的人可以用一种
孩童似的自发方式写作,也就是一种天然未开发的方式。
001

1919
这种方法的好处是,它能帮我记下一些
我在犹疑之际会丢掉的东西,而那些东西可是灰堆里的钻石。
011

1920
我估计自己命中注定要受人非议。
我惹人注目,尤其让那些上了年纪的男士看了不受用。
033

1921
这些不受羁绊、
充满活力的灵魂生活在超前的世界里。
046

1922
这样看来，我要么是位伟大的作家，要么就是个傻瓜。
065

1923
我在独处时要比与他人在一起时更愉快。
085

1924
若我们从不冒险体验，比如拔掉野山羊的胡须，
或颤颤巍巍走到悬崖边，应该就不会感到沮丧。
096

1925
我现在很坚定了。我可以平静地经历一场情感角力，
而在两年前，这甚至会让我生不如死。
109

1926
一个事件——比如一朵花的落下——可能就包含了未来。
130

1927
让工作填满生活,试着隐姓埋名。
可以与孤独相伴,或静静地谈天,不过分炫耀。
157

1928
我轻描淡写地告诉她们,
女人要喝些红酒,而且要有一间自己的房间。
186

1929
我对生命短暂的印象太过深刻,
以至于常常感到自己在和他人永别。
214

1930
搜肠刮肚地在文章和评论中寻找自己的名字,
大概是不光彩的。但我却经常这么做。
231

1931
真应该向这本日记道歉,
我不该漫无目的地乱写一气。
250

1932
我们的生活就是这么回事,
不写作,不阅读,而是靠回忆活着。
269

序言

弗吉尼亚·伍尔夫自 1915 年起开始有规律地记日记，一直坚持到 1941 年。她的最后一则日记写于她诀别人世的四天前。但她并非每天都记，有时接连记上几天，更多的是几天写一则，有时甚至间隔一两周。这些日记终究连贯地记录了她在这二十七年里做过的事、见过的人，尤其是她对这些人，对她自己，对人生，以及对她当时正在写或打算写的书的想法。她把这些日记写在一些老式的大四开的空白纸张上。起初这些纸张被装在活页夹里，后来被装订成册。我们过去常用硬封皮纸给她装订日记，霍加斯出版社印行诗集也用这种封皮纸，她很喜欢这种印有彩色图案的意大利硬纸。我们也经常买些白纸订成本子给她用，所以这些本子既被用来写小说，又被用来写日记。她身后留下的二十六卷日记，都是用这种本子写就的。

这本日记牵涉过多私人信息，所以当论及的许多人仍在世时，不便将它完整发表。诚然，我以为，以摘录的形式出版日记或者书信总不太可靠，尤其是要顾及和保护生者的感受与名声，必须有所删减。然而被删掉的东西几乎总是歪曲或掩盖了日记作者或来信人的真性情，其结果就像拍证件照，把人的皱纹、疣、眉头和细纹全给抹掉了。所以，即便是最好、最完整的日记选，对作者的描述也可能是歪曲或片面的，一如弗吉尼亚·伍尔夫的某篇日记所言，人们惯于记录一种特别的感受，比如恼怒或痛苦，而没有这种感受时，则不愿动笔。因此，日记对作者的呈现从一开始就不全面，如果作者在记录时故意隐去某种性格特征，那所呈现之物难免会沦为一幅漫画而已。

即便如此，此书仍是弗吉尼亚·伍尔夫的一本日记选集。弗吉尼亚写日记，部分是为了记录她的日常琐事以及她对周围的人事、生活和整个世界的思考，即在通常意义上写日记。此外，她的日记更是她作为作家和艺术家的独特自我表达方式。她在日记里潜心思考她正在创作或准备创作的作品，其中讨论最多的就是小说的情节、形式、人物和表现方式，这些问题贯穿了她的每一部作品，也是被她反复思考、尝试解决并一再修改的内容。她作为艺术家的地位和她创造的艺术价值仍然有争议，毕竟任何一个审慎之人都无法明确断定像她这样的当代作家在文学"万神殿"中处在何等位置。她晚期的小说激怒了某些批评家，而且使得一些不谙世事的读者大惑不解。可谁也不能否认弗吉尼亚·伍尔夫是一位严肃的艺术家，并且很多人赞同伯纳德·布莱克斯通教授对她的评价："她是一位杰出艺术家"，"她尝试了其他人未曾做的事情并取得了极大成功"，她的"艺术世界就如晶莹剔透的水晶，即使遭受乱石碾压，仍熠熠生辉并永世长存"。[1] 这一点也是我在这篇序言里必须强调的：哪怕是那些不理解、不喜欢，甚或嘲笑弗吉尼亚小说的人，大多数也不得不承认她在《普通读者》和其他作品中体现的非凡的文学批评才能。

我仔细阅读了这二十六卷日记，然后摘录并编订了这本日记选。它几乎涵盖了所有与弗吉尼亚的写作相关的内容，还包括其他三类日记内容。在第一类中，她明显将日记当作一种练笔或实践写作艺术的方式。第二类篇幅较短，且与她的创作没有多大联系，但我有意将其选入，为的是向读者展示她的精神世界受到了何人与何物的直接影响，比如她艺术创作素材的出处。第三类是我选定的一些批评文章，她在其中记述了她对所阅读书籍的评论。

这本日记选向读者阐明了弗吉尼亚·伍尔夫身为作家的创作意图、关注对象，以及她所采用的写作方式。同时，它展现出作家的内心世界，提供了一幅非同寻常的创作心理图景。当然，它的价值和趣味很大程度上依赖于弗吉尼亚的艺术创作本身。如果不是赞同布莱克斯通教授的观点，我也不会编辑或出版这本书。我认为弗吉尼亚是一位严肃艺术家，她所有的作品都是严肃艺术品。这些日记至少表明了她非凡的创作精力、孜孜不倦的努力、坚定的艺术信念，以及她几十年如一日对作品认真负责的态度，无论是写、重写还是再重写。在我看来，《海浪》是一部艺术杰

---

[1] 这几句评价引自《弗吉尼亚·伍尔夫》，伯纳德·布莱克斯通著，英国朗文出版社，1952年，第36—38页。——伦纳德注

作，其成就远远超出她的其他作品；《到灯塔去》和《幕间》各有千秋，其他作品则稍显逊色。但正如我前面所言，它们都是"严肃的"艺术作品，而且永远值得阅读和研究。我提出的这些看法本身或许没有价值，却是出版此书的重要缘由。

在选编过程中，我曾考虑是否对删减内容做简要说明，但最终还是决定按常规行事，不做说明。对读者而言，那么多删除的片段和省略号或许真是一种折磨。因此，我需要重申前面提及的一点。读者务必牢记，这本书仅仅选编了弗吉尼亚所有日记中很小的一部分，而且所选录的内容嵌在大量与她的写作无关的材料中。只有时刻牢记这一点，读者才能避免误读弗吉尼亚·伍尔夫的生活经历和性格特点。

弗吉尼亚·伍尔夫并不总在日记中标注记录时间和地点，但这不会特别影响读者的阅读和理解。不过，下面的事实或许会有助于消除读者对某些篇章的疑问。从1915年至1924年3月，我们住在里士满的霍加斯住宅（在日记中常简称为"霍加斯"）。同一时期，我们也租下了阿什汉姆别墅（日记里简称为"阿什汉姆"），它位于萨塞克斯，靠近刘易斯。我们通常只在周末和节日才去那儿。1919年，阿什汉姆租期届满后，我们又买下了蒙克屋，它位于刘易斯附近的罗德梅尔。同年9月我们迁入新居。1924年，我们将霍加斯住宅变卖，租下了位于伦敦西一区的塔维斯托克广场52号（日记里简称为"塔维斯托克"），并于同年3月迁入。1939年8月迁居梅克伦堡广场37号之前，我们一直住在那里。

1940年梅克伦堡的住所遭到飞机轰炸,全部家具被毁,我们只好移居蒙克屋,次年弗吉尼亚去世。

此序言附有一张人名与地名简表,希望可以帮助读者了解某些篇章论及的人物和地点。

伦纳德·伍尔夫

1953年1月1日

人名与地名简表 [1]

日记中的提法	全名	简要介绍
Angelica 安杰莉卡	Angelica Bell Garnett 安杰莉卡·贝尔·加尼特	瓦妮莎·贝尔之女,戴维·加尼特之妻
Bob 鲍勃	R. C. Trevelyan 罗伯特·卡尔弗莱·特里维廉	英国小说家,与布卢姆斯伯里团体有往来
Bunny 邦尼	David Garnett 戴维·加尼特	英国作家、出版商,安杰莉卡的丈夫
Charleston 查尔斯顿		贝尔夫妇的住宅,近刘易斯,距离罗德梅尔的蒙克屋约 8 英里 [2]
Clive 克莱夫	Clive Bell 克莱夫·贝尔	瓦妮莎的丈夫
Dadie 达迪耶	G. H. W. Rylands 乔治·汉弗莱·沃尔弗斯坦·赖兰兹,或称达迪耶·赖兰兹	英国文学学者、戏剧导演
Desmond 德斯蒙德	Sir Desmond MacCarthy 德斯蒙德·麦卡锡爵士	英国记者、文学评论家,布卢姆斯伯里团体成员
Duncan 邓肯	Duncan Grant 邓肯·格兰特	英国画家、设计师,布卢姆斯伯里团体成员
Goldie 戈尔迪	G. Lowes Dickinson 戈兹沃西·洛斯·狄金森	英国政治学家、哲学家,与布卢姆斯伯里团体关系密切
Gordon Square 戈登广场		此处 46 号是贝尔一家的住宅
Harold 哈罗德	Sir Harold Nicolson 哈罗德·尼科尔森爵士	作家薇塔的丈夫
Hugh 休	Sir Hugh Walpole 休·沃波尔爵士	英国小说家,弗吉尼亚·伍尔夫的朋友

---

1 此表主要依据伦纳德·伍尔夫提供的原表进行翻译,在此基础上增添了一些必要信息。鉴于此表较为简洁,译者会在正文适当添加一些注释,以便帮助读者理解日记内容。——译者注(以下若无特殊说明,均为译者注)
2 1 英里约为 1.61 千米。

James 詹姆斯	James Strachey 詹姆斯·斯特雷奇	利顿·斯特雷奇的弟弟
Julian 朱利安	Julian Bell 朱利安·贝尔	瓦妮莎的大儿子，昆廷·贝尔的哥哥，在西班牙内战中去世
L.	Leonard Woolf 伦纳德·伍尔夫	弗吉尼亚·伍尔夫的丈夫
Lytton 利顿	Lytton Strachey 利顿·斯特雷奇	英国传记作家，布卢姆斯伯里团体成员
Maynard 梅纳德	John Maynard Keynes 约翰·梅纳德·凯恩斯	英国经济学家，伦纳德·伍尔夫的密友，布卢姆斯伯里团体成员
Morgan 摩根	E. M. Forster 爱德华·摩根·福斯特	英国小说家、散文家
Nessa 内莎	Vanessa Bell 瓦妮莎·贝尔	英国画家、室内设计师，弗吉尼亚·伍尔夫的姐姐
Ottoline or Ott 奥托琳或奥特	Lady Ottoline Morrell 奥托琳·莫雷尔夫人	英国贵族、艺术赞助人
Quentin 昆廷	Quentin Bell 昆廷·贝尔	瓦妮莎的小儿子
Roger 罗杰	Roger Fry 罗杰·弗莱	英国艺术史家、美学家
Sibyl 西比尔	Lady Colefax 科尔法克斯夫人	英国室内装饰家
Sydney 悉尼	Sir Sydney Waterlow 悉尼·沃特洛爵士	英国外交官
Tilton 蒂尔顿		凯恩斯夫妇住宅，近刘易斯，距离罗德梅尔的蒙克屋约 8 英里
Tom 汤姆	T. S. Eliot 托马斯·斯特恩斯·艾略特	英国诗人、评论家、剧作家
Vita 薇塔	V. Mary Sackville-West (Mrs. Harold Nicolson) 维多利亚·玛丽·萨克维尔－韦斯特，或称尼科尔森夫人	英国作家、园林设计师，弗吉尼亚·伍尔夫的密友，《奥兰多》的灵感来源

1918

8月4日，星期日

  我准备买个本子，先记录对克里斯蒂娜·罗塞蒂[1]的看法，再记录读拜伦的想法。不过还是先写在这里吧。毕竟我现在没多少存款了，先前买了许多勒孔特·德·利勒[2]的书。克里斯蒂娜资质超群，是天生的诗人，她自己似乎也很清楚这一点。但若要抱怨上帝不公，她会是我首先传唤的证人。她的书读起来很伤感。她先是苦于爱情，苦于生活，后又因恪守宗教信仰而苦于诗歌。她有两个不错的追求者。第一个确实挺特别，有良知，但克里斯蒂娜只能嫁给有基督教信仰的人，而他每次只能维持几个月的基督教信仰。最后，他成了罗马天主教徒，并且消失了。更糟的是那位科林斯先生，一名非常讨人喜欢的学者，一个不谙世事的隐居者，更是专一的克里斯蒂娜崇拜者，可他压根无法被带入教会。为此，克里斯蒂娜只能去他的住处深情探望，直至生命的尽头。和她的爱情一样，她的诗歌也被阉割。她立志要将经文颂词写作成诗，于是她所有的诗歌都必须臣服于基督教教义。在我看来，她最终把一种上好的特等天赋消耗殆尽。如果把这种天赋发挥出来，她甚至能创作出比勃朗宁夫人的诗歌更为精湛的作品。克里斯蒂娜写得很轻松。正如人们所言，真正有天赋的人可以用一种孩童似的自发方式写作，也就是一种天然未开发的方式。她天生就有歌咏的力量，也有思想，有想象力。即使这样说或许不妥，但她本可做个言语粗俗却不乏诙谐之趣的人。在牺牲了这一切后，她得到的回报就是在恐惧中死去，而且还不确定自己能否被救赎。不过，我承认自己只大略读过她的诗，而且偏爱熟稔的那部分。

8月7日，星期三

在阿什汉姆[3]的日记记录了我日常生活的所有细枝末节，从鲜花、云彩、甲虫到鸡蛋价格，琐碎得很。独处一隅，实在没太多事情可记。一条毛毛虫被碾死了，令我们悲伤。用人昨晚从刘易斯回来，又令我们兴奋。他带回了伦纳德收藏的所有战争主题的书，也给我带了一份英国文学评论——上面有布雷斯福德对国际联盟[4]的评论，还带了凯瑟琳·曼斯菲尔德[5]的《幸福》。"她给毁了！"我扔下此书，大叫起来。我真不知道，作为女性或作家，经过这类故事折腾，她心中可还有几分信仰。我恐怕得正视这一点：她的头脑其实是一片贫荒之地，就像贫瘠的岩石之上覆盖了一两英寸[6]薄土。《幸福》的篇幅足够长，她本可以挖得更深入，但竟满足于肤浅的机智,透出一种平庸且乏味的想象力,从中看不见多少对美妙思想的追求。即使有,也不甚完美。总之,写得很糟糕。在我看来,读完之后,她给人一种麻木迟钝、缺乏情趣的印象。我会再读一遍,可还是会坚持己见。至于她,只要她和默里满意,定会继续写下去。稍感安慰的是,他们眼下没来打搅我。不过,仅就一篇小说就对作者大肆批评,是否太荒谬了?

不管怎样,真高兴可以继续读拜伦了。至少他体现出了男性的优点。事实上,有趣得很,我可以轻易地想象出他对女人的魅力,尤其是愚昧无知的女人,她们根本无力抗拒拜伦的吸引力。也有许多女人企盼赢得他的心。自孩童时期(格特勒[7]也经常提起这事,好像这能证明他多了不起一样),我就对传记很感兴趣,总幻想着存在这么一个人物,一门心思地在书报上搜集关于"他"的所有零零碎碎的东西,想着要为"他"建一份完整的个人档案,在心里勾勒出"他"的形象。痴迷之中,拜伦、考珀,或且不论是谁,似乎都在最不经意时出现在我正读的书页上。后来,刹那间,我的"他"竟如旧事一般远去,他们看上去普普通通、毫无生气。我清晰地记得,我发现拜伦的诗歌糟透了,尤其是摩尔[8]经常挂在嘴边并佩服得五体投地的那些诗。他们怎会将他的《诗歌集》这种货色视作诗歌中最灿烂的火花呢?读起来并不比利蒂希娅·伊丽莎白·兰登[9]或埃拉·惠勒·威尔科克斯[10]的诗好多少。拜伦的才华在于讽刺作品。他当年在包里揣着讽刺诗(对贺拉斯的滑稽模仿)和《恰尔德·哈洛尔德游记》从东方归来。人

003

们说服了他，使他相信《恰尔德·哈洛尔德游记》是一部前所未有的优秀作品，这使他放弃了自己擅长的讽刺诗，而转向一般的诗歌创作。但他仍很年轻，对这方面的才能一向没多少信心。对他这种一向孤傲自负的人来说，这件事本身就证明了他缺乏天赋。但华兹华斯和济慈对自己的天赋，如同对其他事物一样，都深信不疑。拜伦的性格总使我联想起鲁珀特·布鲁克[11]，尽管这是对鲁珀特的不恭。但不管怎样，拜伦的诗歌健劲有力，他的作品能证明这一点。他的确也在其他方面具有不容小觑的天赋，然而无人胆敢嘲笑他或使他摆脱孤傲之气，这让他可悲地变得像霍勒斯·科尔[12]了。他就需要被女人嘲笑一通才好，但她们反而崇拜他。我还没有读到有关拜伦夫人的文章，但我猜想她也只是表示不赞同，并不会嘲笑拜伦。所以拜伦也就成了"拜伦式英雄"。

8月8日，星期四

百无聊赖，日子过得祥和安宁，还是继续读拜伦吧。我已多少暗示过，哪怕在其身后一百年，我还是随时愿意爱上他。或许我对《唐璜》的评价有失公正，但我认为它是同等篇幅的作品中可读性最强的。这主要归功于一种随心所欲如飞马奔腾但又轻快利落的写作方式。这种方法本身就是一大创新。许久以来，文人们一直在寻找一种有力的表达方式来盛载所有他们想装进去的内容。看来只有拜伦做到了，他随时都可让阴晴不定的心情流诸笔端，及时将所有的想法一吐为快。他并非刻意要成为诗人，他天才般的创造避免了虚假的浪漫和玄秘，躲过了雷同的灾难。他认真而诚挚，可以随意抨击一切现象；他不需要任何外界压力，就写下了这十六章的长诗。他显然具有机智敏捷的头脑，在我父亲莱斯利[13]爵士看来，这就是所谓的纯正阳刚之气。我一直认为这类禁书比那些总是对幻象和错觉虔敬不已的所谓正当书籍有趣得多。但若照此仿效，似乎并不容易；事实上，如同一切看来随意平常之事，只有娴熟的老手才能成功驾驭。不过拜伦的脑袋里塞满了各种念头，因而读他的诗就有点困难。我常常在读到一半时就会走神他顾，思绪会转向旁边的风景或房间。很高兴今晚总算要看完了，可既然我对《唐璜》的每个篇章几乎都爱不释手，那又为何会因为要读完它而生出喜悦之情，真让人不明所以。不过，不管所读的书是好是坏，读完时总会有一种轻松之感吧。梅纳德·凯恩斯也如此承认。每每一卷在握，他总是用手把书末的广告页隔开，以便确切地知道还有多久才能看完。

8月19日，星期一

顺便提一下，索福克勒斯的名作《厄勒克特拉》我已看完。这本书不算很艰深，可我拖拖拉拉到现在才读完。它的精致总会给我留下新的印象。不将这部作品搬上舞台演绎成一出好戏，似乎是不可思议的事。也许因为这部剧作的传统情节已经过无数著名演员、编剧和评论家之手，不断被改编、提炼，去粗取精，精雕细琢，直到最后已精致至极，仿佛大海中的一块玉石，被浪沙打磨得圆润光滑。而且，若每一位观众事先都熟悉故事的情节走向，便能收获更微妙、更细腻的细节触动，言语反而显得多余。不管怎样，我总以为书读得精细些并不为过，字里行间的每一个暗示都该看得真切些，显见的意思只是表面现象而已。但也确实存在一个问题，就是作者的情感有时候会被曲解。我通常会因为杰布[14]惊人的眼力而自惭形秽。可以说，我对他唯一的质疑在于，如果他像我们一样，认真阅读了写得相当糟糕的英国现代戏剧，是否还可以讲得头头是道。最后一点，希腊文化的独特魅力依然存在，而且还是那么撩人且难以捉摸。只需读上几行，人们就会意识到原文和译本之间有巨大的差异。希腊文学的女主角与英国文学的颇为相似，和艾米莉·勃朗特笔下的差不多。克吕泰涅斯特拉和厄勒克特拉显然是母女，所以应该互相同情，不过同情一旦变质，就会滋生最炽烈的仇恨。厄勒克特拉属于将家族看得高于一切的女性，就像一位父亲。和家族中的男孩子相比，她更崇尚传统，觉得自己是与父亲而非与母亲血肉相连。颇为奇怪的一点是，尽管那些道德传统彻头彻尾地荒谬，可它们在文学中一点也不显得低贱卑微，不像我们的英国传统。厄勒克特拉的生活圈子比生活在维多利亚时代中期的英国女性的要小得多，但这并没碍着她什么。相反，她出落得更坚韧不屈，更光彩夺目。她不能独自去户外散步，要在今日，她准可以带着女仆，坐上漂亮的马车，去哪里都行。

9月10日，星期二

在萨塞克斯[15]不会只有我一人拜读过弥尔顿的作品。可我还是想趁热打铁，记下对《失乐园》的印象。我能较好地描述我心中留有的那份印象，但有许多谜尚未解开，我读得太快，没能欣赏到全部的意蕴。但我以为——也有几分相信，这全部的意蕴只是对造诣最深的学者的奖赏。在我看来，它与其他诗作之间有天壤之别，而这种差别是由情感的极度超脱和淡泊引起的。我从不躺在沙发上读考珀，而沙发的惬意同样不适合读《失乐园》。弥尔顿以大师的手笔对诸天使的身形、战争、飞行及住所的优美描述，构成了作品的主要内容，令人神往。恐怖、浩瀚、卑劣、至尊都属于他创作的范畴，可他却从未涉足过人类内心深处的激情。难道一部巨作就不能反映人类自身的喜怒哀乐？我从此书中没能得到什么启迪以镜鉴生活。我觉得弥尔顿没有真正地生活过，也从未真正地了解过男人和女人。唯一的例外就是他就婚姻及女性责任做了乖戾的评论。弥尔顿可谓是最早的男权主义者。由于命运不济，他对妇女的鄙视，就像夫妻争吵时的结束语一样充满恶意。但这部诗作又是如此流畅、遒劲而精练，还有什么能与之相提并论？这部伟大的诗作问世之后，连莎翁的作品都显得有些主观浮躁、美玉含瑕。我以为超然正是它的精华所在。相形之下，其他诗歌就像淡而无味的稀释品。弥尔顿文采斐然，任何赞誉似乎都不过分。诗歌的表面情节逝去很久之后，一个又一个微妙之处依然韵味盎然。光这就足以让人凝视良久。体味至深处，还能捕捉到情感的交织、作者的评判标准、措辞的巧妙以及大师的文采。这部作品既没有麦克白夫人那样的恐惧，也没有哈姆雷特那般的喊叫，没有怜悯、同情或冲动，但人物形象依然雄壮威严，体现出作者对宏大问题——人类在宇宙中的地位，人类对上帝的责任和对宗教的义务——的思考。

注释

1 克里斯蒂娜·乔治娜·罗塞蒂（Christina Georgina Rossetti，1830—1894），19 世纪英国文坛最杰出的两位女诗人之一。

2 勒孔特·德·利勒（Leconte de Lisle，1818—1894），法国诗人，帕尔纳斯派主要代表人物。

3 阿什汉姆是伍尔夫夫妇租下的房子，参见序言。

4 1920 年 1 月 10 日，国际联盟（简称"国联"）宣告正式成立。但关于成立国联的倡议在"一战"进行期间就有人提出。特别是，1918 年 1 月 8 日，美国总统威尔逊在"十四点和平原则"中明确提出成立国联。

5 凯瑟琳·曼斯菲尔德（Katherine Mansfield，1888—1923），又译"曼殊斐尔"，出生于新西兰的英国著名短篇小说家。下文提到的默里是她的丈夫。

6 1 英寸约为 2.54 厘米。

7 马克·格特勒（Mark Gertler，1891—1939），英国画家，布卢姆斯伯里团体成员。

8 G. E. 摩尔（George Edward Moore，1873—1958），英国哲学家，主要贡献为伦理学。他曾是剑桥大学使徒小组的成员，大学毕业后亦与布卢姆斯伯里团体有来往。

9 利蒂希娅·伊丽莎白·兰登（Letitia Elizabeth Landon，1802—1838），英国诗人、小说家。

10 埃拉·惠勒·威尔科克斯（Ella Wheeler Wilcox，1850—1919），美国著名诗人。

11 鲁珀特·布鲁克（Rupert Brooke，1887—1915），英国诗人。

12 威廉·霍勒斯·德维尔·科尔（William Horace de Vere Cole，1881—1936），一个古怪的恶作剧者，出生于爱尔兰。他最著名的恶作剧是，1910 年他和弗吉尼亚·伍尔夫等几个朋友乔装打扮成西尼亚王子一行人，参观了英国皇家海军"无畏号"战列舰，并好好愚弄了一番舰长。
13 莱斯利·斯蒂芬（Leslie Stephen，1832—1904），弗吉尼亚·伍尔夫的父亲，英国作家、文学评论家和道德哲学家。
14 理查德·克拉弗豪斯·杰布爵士（Sir Richard Claverhouse Jebb，1841—1905），英国古典学者，精通古希腊文学。
15 萨塞克斯（Sussex），英国东南部的一个郡。1919年，伍尔夫夫妇买下了位于刘易斯附近罗德梅尔的蒙克屋，正式在萨塞克斯定居。

1919

1月20日，星期一

我打算等买到一个本子时，把日记重新抄一遍，所以就不做什么新年的特别装饰了。这一次我不是缺钱，而是缺力气，在床上躺了两周后，我没法去舰队街。我右手的肌肉已经康复，我感觉都能用它做粗活了。可奇怪的是，按理说我现在的精神状态要比一个月前好，但我在写东西时仍觉得吃力。之所以躺在床上两周，是因为我拔了一颗牙，随之而来的头痛——此消彼长，漫长乏味，就像1月的薄雾——使人疲惫不已。接下来的几周，我每天只能写一个小时。既然伦纳德出门了，我1月份的进度也落下很多，今天便可以多写一会儿，好把之前积聚的时间用掉。然而，我很清楚记这种日记不算写作，尤其因为我刚刚重读了这一年来的日记，那种肆意和杂乱让我震惊，我写得飞快，晃晃荡荡，有时又戛然而止，让人无法忍受。不过，如果不是写得比最快的打字机还快，如果允许我停下来思考，我就不会再写了。这种方法的好处是，它能帮我记下一些我在犹疑之际会丢掉的东西，而那些东西可是灰堆里的钻石。设想五十岁的弗吉尼亚·伍尔夫坐下来开始编写她的回忆录，她看着这些本子，却不能顺畅地写出一句话。那么，我只能宽慰并提醒她去壁炉旁，我会允许她把这些本子丢进去痛快地烧掉，烧成许多灰烬。不过，我挺羡慕她的，毕竟她可以执行这项我正在努力准备的任务。没有什么比这更令我欢喜了。想到这里，我不禁宽慰了些。下周六即将迎来的三十七岁生日似乎也没那么可怕了。为了这位年长的弗吉尼亚·伍尔夫女士（届时她不可能有任何遁词，五十岁就是年长，哪怕她肯定会抗议，哪怕我也赞同她其实并不老），也为了给新的一年做好规划，我打算在这失去自由的一周里利用每个晚上来谈谈我目前的交友情况，并对朋友们的特点做些介绍。我还要对他们的工作进行评价，预判一下他们未来的作品。这位五十岁的女士将知道我的判断有多准，但是今晚已经写得够久（其实只有十五分钟）。

3月5日，星期三

我们在阿什汉姆待了四天，在查尔斯顿停留了一天，这才到家。我坐着等伦纳德，脑海中却仍是绵延不断的铁路线，无法静心看书。可是，天哪，我要读那么多东西！我要读詹姆斯·乔伊斯先生、温德姆·路易斯[1]、埃兹拉·庞德的作品全集，然后将他们同狄更斯以及盖斯凯尔夫人[2]做个比较。此外，我要读乔治·艾略特[3]，最后要读哈代。我刚安葬完安妮姨妈[4]，葬礼盛大而隆重。是的，自上次提及她去世，截至今天刚好一周。她死在了弗雷什沃特，昨天被葬于汉普斯特德，六七年前我们曾在那儿目睹了黄色大雾下里士满姨父的葬礼。我觉得自己对安妮姨妈的感情多半是虚假的，或者说我对她的感情有一半是由其他感情连带出的。我父亲很关心她，她几乎是19世纪海德公园门那个古老世界的最后一人。她跟其他很多老太太不同，很少巴望着见人。有时候我觉得，与我们见面反而让她有点痛苦，似乎是我们已经同她渐行渐远，会使她想起不愿纠结于心的不快。她也比其他大多数老太太聪明，能觉察到我们对当下问题的巨大分歧。这或许使得她对年龄、过时和消亡的话题更敏感。在她平时的生活圈里，几乎没人关注这些。仅就我而言，她不用顾忌太多，因为我是真心地钦佩她，但是我们辈分不同，自然想法也不同。两三年前，我和伦纳德去看望她，她的身形瘦小了许多，围着一条长羽毛围巾，独自坐在客厅里。这客厅简直是照着旧时的客厅复刻的，只是面积小一些，里面弥漫着18世纪那种低调而愉快的气氛，摆放着老式的画像和瓷器。她为我们备好了茶，神情有些忧郁，更有些淡漠。我问她关于父亲的事情，于是她向我描述了那一代年轻人是如何以"响亮的忧郁方式"大笑着生活的，他们非常幸福，但同时也很自私。在她眼里，我们这一代人总体还行，不过也有些差劲，我们中间没有出现可以同她那个时代相媲美的伟大作家。"你们中间有人具备一些伟大作家的品质，比如萧伯纳，但也只有一丁点罢了。这样一来，我还挺开心的，他们都是普通人，不是伟人。"接着，她讲了一个关于卡莱尔[5]和我父亲的故事，还说卡莱尔宁愿在脏水坑里洗脸，也不愿意给报刊写作。我记得，那时她把手伸进了火炉旁的一个袋子或者盒子里，然后告诉我，她有一部写了四分之三的小说，却一直没能完成。我也觉得她确实完不成，但还是尽我所能地帮她出主意。我说只需要填充一些琐事就能把它打扮漂亮，然后第二天就可以在《泰晤士报》上发表了。我已经写信请求赫斯特帮忙，但我怀疑自己对她到底有几分真情！

3月19日，星期三

生活琐事接踵而来，我虽容易有感触，却来不及记录同样激增的思绪。当思绪涌上心头，我总是先做个标记，在日记里提一下。我想写一写巴尼特夫妇[6]，以及那些令人厌恶的自以为是者，他们试图干涉和影响别人的灵魂。无论如何，巴尼特夫妇都有些不堪，若说他们是乐善好施的典范，他们却手染鲜血。他们是非不分，无头无脑，我几乎无力批评他们。难道是知识分子的势利，使得我不喜欢他们吗？每当我被巴尼特夫人的言辞激怒，比如，她说"然后我就更加正派了"，或者断定上帝等于善良，而魔鬼等于邪恶，果真是因为我势利吗？像我这种五谷不分的知识分子，必定不能为人类福祉劳作吗？我从不质疑巴尼特夫妇做事的权利，但瞧他们那自鸣得意的劲头，总是毫无头脑地往前冲，直到觉得他们所做之事自然而然地形成了巨大规模，取得了惊人成功，才肯罢手。再者，任何一个懂幽默或识大体的女子都不会如此得意扬扬，自卖自夸。这一切的症结或许在于，目不识丁者容易盲目崇拜，穷苦之人容易被拿捏。我越来越厌恶一切形式的人对人的统治、压迫和意志控制。读到最后，我只觉得这作品污损了我的文学趣味，这种故事竟然能够娓娓道来并取得成功，而且像怒放的牡丹那样大红大紫。不过，以上所谈也只是我对这两卷巨著[7]持有的肤浅见解罢了。

3月27日，星期四

在过去的两天里，伦纳德一直在读《夜与日》。直到今天早上，他才对书稿发表了见解。我承认，他的看法给了我很大的喜悦。我不清楚别人会在多大程度上持异议，但我自认为《夜与日》比《远航》更成熟、更完善，也更令我满意。这些都是这本书本身的特质。我猜别人或许会指责我拘泥于无谓的情感纠葛，我也不指望这部作品会再版。但我不禁想到，就今天的英国小说而言，我的作品还是可以同大多数现代作品相媲美的，它富有原创性并坦诚真挚。伦纳德认为这种念头很消沉，而这恰恰和他昨天说的话不谋而合。不过，如果我们必须广泛社交，直面大众，同时还得袒露真言，意志能不消沉吗？尽管如此，我不承认自己悲观无望。只是现在时局很怪，现有答案已经不适用，需要寻找新的答案，而这个弃旧求新的过程总让人觉得悲哀，尤其是当新的答案还未被确认，旧的答案却要被舍弃时。还有，试想，阿诺德·贝内特[8]，或比方说萨克雷，他们会如何作答？倘若可以不顾良心，人们或许就可以接受乐观的答案而皆大欢喜。现在，最后一篇打字稿——讨厌打字——已经完成。等把这页日记写完，我想给杰拉尔德[9]写信，提议同他周一共进午餐。与其他作品相比，我更喜欢《夜与日》的后半部分。事实上每一部分都写得很顺利，不像写《远航》时那么折磨人。而且，如果写作时的舒畅和兴趣能预示什么，我该指望会有人——至少有些人——喜欢这本书。不知道我是否会再读一遍。我有耐心读自己出版的作品吗？我会不会脸红心跳地赶紧合上？

4月2日，星期三

昨天我带着《夜与日》去了杰拉尔德那儿。在他的办公室里，我们一边闲聊，一边就书稿交换了意见。我不喜欢俱乐部成员所持的文学观。那种观点会让我产生强烈的卖弄欲望。比如，我对内莎、克莱夫和伦纳德大夸特夸，并炫耀他们赚了一大笔。然后，我与杰拉尔德拆开了那包稿件。他喜欢《夜与日》这个书名，可发现莫德·安妮斯利女士已经写了一本书，就叫《日日夜夜》——或许她的出版商穆迪会对此有些意见。杰拉尔德坚持想出版我的这本书。我俩谈得很融洽。我还注意到他的每一根头发都变白了，发根间隔清晰可见，如同一块庄稼稀疏的田地。我在戈登广场用了些茶点。

4月12日，星期六

读《摩尔·弗兰德斯》[10]时，我抽出十分钟完成了未写完的日记。昨天，因抑制不住内心的渴望，我放下书本去伦敦走了一趟，结果没能按工作日程表读完这本小说。但我看到了伦敦，特别是透过笛福的目光，站在亨格福德大桥上，眺望了伦敦城内白色的教堂与宫殿。我用他的目光打量着卖火柴的老年妇女。还有一个衣衫褴褛的女孩沿着圣詹姆斯广场的人行道向前走，在我眼里，她好像是从《摩尔·弗兰德斯》或《罗克珊娜》中走出来的人物。是的，这位伟大的作家，在两百年之后，当然可以在这儿把灵魂附到我身上。如此伟大的作家，很难相信福斯特竟从未读过他的作品！快到市图书馆时，福斯特看见了我，用手示意我过去。我们热诚地握了握手，但我一直觉得福斯特很敏感，局促不安，似乎不想与我——一个女人，一个聪明又现代的女人——太近乎。想到这一点，我便使劲向他推荐笛福的作品，然后与他道别。回家途中我去比克斯书店又买了一本笛福的作品，丰富了我的藏书。

4月17日,星期四

不管人们怎样指责斯特雷奇家族,他们的确机智聪慧,大方自信,才思敏捷,还一直是我们的快乐之源。我是不是得添上一笔,说明其他人身上也有我看重的长处?很久没见到利顿了。我对他的印象日渐模糊,现在更多是通过他的作品来认识他。《赫斯特·斯坦诺普夫人》远不是他最好的作品。关于雅典娜俱乐部成员的作品,外界的闲言碎语多得很,我可以在这里记下满满一页。昨天下午和凯瑟琳·曼斯菲尔德一起喝茶了。当时默里也在座,灰着个脸,一声不吭,只有当我们谈及他的书店时,他脸上才露出一丝生气。就像父母偏袒自己的孩子一样,他已经开始嫉妒别人而偏袒自己的书店。我竭力表现得很诚挚,仿佛坦诚是我的人生信条之一。我说自己如何不喜欢格兰托特那儿的鸟鸣,还谈及利顿,等等。有男人在座总令我心神不宁。他们到底是不相信人,还是瞧不起人?如果是这样,别人来拜访时,他们为何又陪坐在旁,直至结束?事实是,默里刚开口说了几句话,就镇不住我了。比如,谈到艾略特时,他说艾略特具有一些正统的男子气概,这多少缓解了我的焦虑(我怕他对我品头论足),但我并不赞同他的观点。我明白了,有一道突兀的悬崖横亘其间,将男性的才智一剖为二。我也明白了,他们津津乐道的观点实际上与愚蠢多么接近!我发觉与凯瑟琳交谈要轻松得多。正如我期待的那样,她谈了自己的看法,对别人的观点提出了异议。我俩用短得多的时间讨论了许多话题。当然，我尊重默里，也很想得到他的好评。海涅曼出版社拒绝印行凯瑟琳的短篇小说。罗杰没有邀请她参加晚会，竟然让她耿耿于怀。看来她的沉稳安静不过是表象。

4月20日，星期日，复活节

笛福在我本月的阅读任务中可排第二。读完长篇大论之后，我通常要休息会儿，于是拿出日记来翻看。和每个写日记的人一样，我爱读自己的日记，读的时候又羞又怯。我承认，我记得粗糙随意，经常不遵守语法规则，用词极不恰当，我看着都有点难受。我想告诉之后阅读这本日记的自己，我其实可以写得更好，所以不要浪费时间计较这些，但要当心让他人看到。欲扬先抑，现在我可以夸赞一下日记的长处了。它具有一种蜻蜓点水的活力，有时候言必有中。更佳之处在于，这于我而言是种很好的练习，能助我表达自如。所以，别在意那些瑕疵和失误。以我这样的速度来写，就必须又快又准，才能一举达成目标。为此，我必须把握文字，选定文字，用笔蘸墨水的工夫飞快写出文字。我确信，在过去的这一年里，凭借每次饭后茶余半小时的休闲练习，我的专业写作能力已有所提高。而且，我隐约觉得这本日记就要初步成形。假以时日，我或许可以将这种散漫的生活记录另作他用，也就是更认真严谨地把它们写到小说中去。我希望我的日记是什么样的呢？它应该形散而神不散，包容有度，可以容纳我脑海中一切庄严的、细微的、美妙的想法。我希望它像那种很深的老式书桌，或者像宽敞的储物柜，这样我可以把大量的零零碎碎都扔进去而无须仔细整理。我会在一两年后再做回顾，然后发现这些收藏品竟像神奇的沉淀物那样已经自我归类、提炼、凝聚成形。它们无比透明，足以映照我们的生命之光；它们也是稳固光滑的合成物，具有艺术作品的端庄。重读这些日记时，我认为最主要的任务不是审查，而是在它们的启发下，随心所欲地写，写什么都行。在这杂乱的记事堆里，竟然保存着我之前没有留意过的重要内容，我觉得这很神奇。不过，散漫也很容易变成凌乱。写人和记事都需要下功夫。任谁也不可能由着性子去写，这样写出来的东西恐怕会像弗农·李[11]的作品那样马虎而杂乱。她的行文太过随意，我欣赏不来。

5月12日，星期一

眼下正值出版旺季，默里、艾略特和我从今天早晨开始，就要任人评判了。也许正因如此，我显然有点打不起精神。我仔细读了一遍《邱园纪事》的样稿，这讨厌的阅读我挨到最后才进行，结果心里惘然。它似乎平平无奇，微不足道。我不理解为什么伦纳德读的时候会感触颇深。在他看来，这是我所有短篇中最好的。这个评价促使我去读了一遍《墙上的斑点》，并从中挑出了许多毛病。悉尼·沃特洛[12]曾说，就写作而言，最糟糕的就是作者过分看重外界的赞誉。这部短篇肯定得不到什么赞誉。这种想法让我有点不舒服。一大早,没人来说好听的,很难动笔。好在沮丧只持续了半个小时,一旦真的开始写作就心无旁骛了。说真的,外界褒贬无常,一个人的境界该是宠辱不惊。默里和艾略特的书已经有人订购,我的书却还无人问津。究其原因,主要是我的艺术旨趣不同于他人。这迷惘的心情,也许还有别的什么原因,只是它们藏得很深。生活中的大起大落兴许可以解释,但我不清楚得意或失意的根源到底在哪儿。

6月10日,星期二

我必须占用饭前的一刻钟继续写日记,把之前落下的地方补上。我们刚从俱乐部回来,与鹈鹕出版社商定了《墙上的斑点》的再版事宜,还在外面与詹姆斯喝了茶。他带来消息——梅纳德·凯恩斯因和平条约被撕毁,愤而辞去一身公务,现已归隐剑桥做了学者。可我现在正想引吭高歌呢,因为我不由得只惦记着自己的乐事:我们从阿什汉姆回来时,正巧发现客厅桌子及沙发上散放着一大堆《邱园纪事》的订单。吃饭时,我们不时看订单,并争执起来——很抱歉说这个——因为我们都很激动,不同的情绪在各自心中涌动着,查尔斯顿的评论又推波助澜,碰撞便不可避免。订单大概有150份,都是书店和个人的,而这些又都是由《泰晤士报文学副刊》上发表的一篇评论引起的。可能是洛根[13]写的吧,其中多是赞誉之词,极遂我意。然而就在十天前,我还准备镇静地面对彻底的失败呢。成功的喜悦不一会儿就被冲淡了。一来因为争执;二来大概有90册书需要准备,要裁封面、印标签、粘背页,直到最后寄出,这些事把所有余暇都占用了,一点不得闲。可是想想吧,那些天里成功接踵而来!天上掉馅饼似的,麦克米伦出版社也从纽约来信了,说是很喜欢《远航》,因而希望能够一读《夜与日》。我觉得太过快乐的后劲就是逐渐麻木。我喜欢能够浅斟慢酌的快乐,闲暇时分倒可以好好揣摩一下成功的心理状态。我天真地以为朋友的祝贺会使成功更加耀眼。星期六那天,利顿偕同韦伯夫妇来用午饭,我向他宣告了自己的一系列成功,但未等我全部说完,利顿的面庞就快速闪过了一丝阴沉和不悦。好吧,我也是如此对待他的成功的。他总是炫耀他那本《维多利亚名人传》被什么阿斯奎思先生或夫人摆在商店橱窗里,还被列为某某专著或什么历史著作。我对此老大不悦。很显然,他的书总能使他心神振奋。我们在花园里用午餐,吃饭时还算过得去,利顿不失分寸地戏谑了我,他一贯自负,这次比以往更甚。听听他说的:"可我对爱尔兰丝毫不感兴趣呀……"

7月19日,星期六

我想,总得在"和平日"写点什么,尽管我不确定是否必须为此煞费周章地准备一番。我坐在窗前,雨滴几乎是顺着我的额头一滴滴落到树叶上。大约十分钟之后，里士满的游行就要开始了。那些身着盛装的镇议员将在街上阔步前行，但恐怕没什么人会给他们喝彩。我觉得自己像是椅子上的麻布套子，落单了。大家都去了乡下。我感到寂寞冷清，了无生趣，心灰意冷。我们当然没看到游行，只看到了市郊的垃圾桶。直到半小时前，雨才停。用人们倒是度过了一个精彩的早晨。他们站在沃克斯霍尔大桥上观看了一切。将军、士兵、坦克、护士，还有乐队，整整持续了两个小时的游行。他们夸赞游行的盛况前所未有，可以同齐柏林飞艇空袭[14]相提并论，是博克索尔家族史上浓墨重彩的一笔。我无法评判，在我看来，这个节日属于用人，是用来安抚和宽慰"大众"的——现在被一场雨给毁了，所以主办方或许得设法为他们提供些额外优待。我想这就是我心灰意冷的缘故吧。这些和平欢庆活动都是精心策划的，沾染了政治色彩，缺少真情实意。再者，这些活动矫揉造作，毫无美感可言，不过就是举着大旗陆陆续续地走过场。用人们坚持要买些新奇玩意儿，说是要给我们个惊喜，可我觉得他们是想炫耀一番。昨日的伦敦也是这般光景，那些饱食终日且喜欢汗津津凑成一簇的人群，像是被雨打湿的蜜蜂围着特拉法尔加广场打转，他们也在附近的街道上摇来晃去。我只瞥见一处动人的风景，就是那些被系在纳尔逊纪念柱顶上的长条旗帜。它们在徐徐微风而不是什么装饰技巧的作用下飞舞着，好似巨龙的舌头，痴迷地舔着空气，伸出来又卷回去，动作柔缓且婀娜多姿。此外，剧院和音乐厅里摆满了硕大的玻璃针垫，它们已经在提前闪闪发光了——当然，如果有光照的话效果会更佳。但无论夜晚如何撩人，我们躺下后却有一段时间睡不着，外面的烟火轰隆隆爆炸，随之而来的火光把房间都照亮了。（此刻，下雨的天空是灰褐色的，里士满的钟声响起——但教堂的钟声只会让人联想到婚礼和基督教仪式。）我承认，如此悲伤地写下去，不免有些刻薄了，因为我们都应持有乐观和入世的信念。所以，遇到庆生的时刻，即使我们遭遇了不顺心之事，也还是要在育婴室假装成幸福快乐的样子。多年以后，人们可以坦白地承认这是个可怕的骗局。如果多年以后，这些驯良的羔羊能自己看破这一点，而且保证不会再有同样的事情发生——那个时候，我该更开心吗？我想起了"一九一七俱乐部"的那次晚宴，贝赞特夫人的讲话简直让人扫兴。若说她言语之间留有分寸，她却把姜饼最诱人的金涂层给抹掉了。霍布森对她冷嘲热讽。这位身材高大、闷闷不乐的老妇人，顶着一个布满了白色卷发的大脑袋，一开口就拉郎配，非将灯火辉煌、节日气氛浓厚的伦敦与巴基斯坦的拉合尔进行比较。她接着抨击我们在印度问题上有失公允。很明显，她变成了"他们"而不是"我们"。尽管听起来头头是道，俱乐部的成员也都为她拍手称赞，但我认为她的观点有些站不住脚。我听她讲话，就像在听人读稿子，甚至那束被她摇来挥去的鲜花看起来也很做作。我越来越清楚地感觉到，唯一的老实人就是艺术家。这些社会改革者和慈善家伪装得极其仁爱、友善，但其实偏激狭隘，怀有太多令人不齿的欲望，他们自身的问题甚至比他们在我们身上找到的问题还多。但我是否也是他们中的一员呢？

7月20日，星期日

或许这次我能够完成对和平庆典的描述。我们人类——哪怕再心灰意冷的人——终究是群居性动物呵！无论如何，游行终于结束，而和平钟声还未敲响。晚饭后，我开始觉得会有什么事情发生，而且觉得自己最好参与进去。扔下手头正在读的沃波尔[15]，我打算拽着可怜的伦纳德出门去。华灯初上，雨停了，我们在喝茶前出发了。听了一阵的爆破声，这才亲眼看见烟花。街道拐角处的酒吧敞开着门，里面挤满了人。一些情侣在跳华尔兹，还有些人在扯着嗓子颤悠悠地唱歌，仿佛他们只有喝醉了才被允许唱歌似的。草地上有一群提着灯笼的小男孩在游行，他们还敲着竹棍。亮灯的商店不多。一个看起来身份很高贵的女子醉得一塌糊涂，由两个半醉的男人搀扶着走路。我们沿着一条水流适中的小溪往山上走，刚到半山腰，就几乎没了光亮，但我们一直持续走到了山顶露台那里。然后我们确实看见了一些东西——虽然不太多，因为环境潮湿，化学物质失去了效用。我们看见一个个红色、绿色、黄色以及蓝色的圆点缓缓升到夜空中，随即爆裂开来，绽放出椭圆形的光圈，随即又以更小的颗粒落下，最后消失不见。周围到处都有模模糊糊的光点。出现在泰晤士河上空以及树木之间的焰火显得非常美丽，而映在人们面庞上的火光则让人觉得诡异。当然还有灰色的薄雾，使人们的视线变得模糊，也遮掩了火光的灿烂。我们还看见嘉德之星旅店里有些伤病难愈的士兵躺在床上，他们背对着我们，一边抽烟，一边等待噪声的终结。这一幕不免让人伤感。不过，我们仍然像孩子那样执着地追逐快乐。晚上十一点钟，我们回了家。从我的书房远眺，可以看到伊灵区仍然热闹非凡，欢呼一片。的确，窗外有一颗火球蹿得很高，连伦纳德都误以为那是一颗星星，但天空中这样的星星共有九颗。就今天的雨来看，我们断定接下来的一系列庆典活动都要彻底泡汤了。

10月21日，星期二

今天是特拉法尔加海战日。就在昨天，《夜与日》出版了，值得纪念。早上拿到了六本样书，其中五本已经给朋友寄出。我猜他们大概可以消停会儿了。我是否有些紧张？奇怪了，倒不太紧张，好像感觉更兴奋、更开心。书就在那儿，写完了，我读了一会儿，感觉不错，因而有了些自信。我想那些人会欣赏这部作品的，他们的评价我一向很在乎。我也明白，即使他们真不喜欢，我也会再寻个题目，悄悄地另写一本。倘若摩根、利顿和其他人也赏识这本书，那我定会对自己刮目相看。最无聊的莫过于碰到一些人，说来说去总是老一套。但大体上看，目标就要实现了，我感到这次有很大的胜算，的确也尽心尽力了。因此我大可豁达些,万一不成,就只能怪老天爷不赏饭了。

10月23日,星期四

必须将《夜与日》首次出版的反响记录下来。"毋庸置疑,一部天才的作品。"克莱夫·贝尔如是说。好吧,他原本不会欣赏这部作品的,《远航》他就颇多微词。我承认他的赞赏让我很欣慰,却拿不准他是否真这样想。然而,这是个好兆头,预示着我不必担心。有些人的评论我很看重。他们不会像克莱夫那样热情赞美,但无疑会持相同的观点,对此我深信不疑。

10月30日,星期四

借着风湿病痛的缘由,我可以少写点东西,而且就算没有风湿病,我也已经疲于写作。不过,若把自己当作专门的对象来分析,我倒是可以讲讲这几天的趣事:因为《夜与日》,我的心情像过山车似的。克莱夫来信之后,我收到了内莎的信——全是溢美之词。此外,利顿也写了信,热烈夸赞我取得了巨大胜利,成就了一部经典之作,诸如此类的话。维奥莱特[16]的赞美紧随其后。此后,昨天早上我收到了摩根的信,他说,"相比之下,我更喜欢《远航》"。尽管他在信中同样表达了钦佩之情,并解释说他只是匆忙一读,以后肯定会重读一番,他的这句话还是一下子抹杀了其他人给予我的快乐。嗯，我还是接着往下说吧。下午三点钟左右，我逐渐想通了，并且为他的指责而不是他人的赞美而感到愉快轻松。那感觉就像是我在柔韧的云朵和软绵绵的山坡之间舒舒服服地打了个滚，又一下子回到了人间。我认为，我看重摩根的意见，不亚于其他任何人的。今天早上我看到《泰晤士报》的专栏也对这部作品大加赞赏，其中有些评价很有水准，尤其是指出《夜与日》看起来不那么华丽耀眼，但要比我的其他作品更有深度。我同意这一观点。我希望这周能读完所有评论，并且收到一些有思想的来信。但是，我也想写些小故事。不管怎样，我都感觉释然了。

11月6日，星期四

悉尼[17]和摩根昨晚在这里吃的晚饭。总之，牺牲了一场音乐会很值得。我对摩根和《夜与日》的疑虑一下子就消失了。现在我理解他为何更欣赏《远航》，也明了他对《夜与日》的评论并非要让我气馁。或许他的评论算不上真知灼见。尽管如此，我记下了许多评论，够多的了，我不想全部列出来。摩根的观点概括起来如下：《夜与日》是一部极规范的古典作品。人们，或者说他本人期待作品展示的人物形象要比《远航》中的更可爱，因为后者抽象，却更容易理解。但我认为《夜与日》中没有一个人物会让读者满意。他倒不在乎别人会将这些人物如何归类，也不在意《远航》中人物的好坏，可那是因为他认为没有必要关心其中的人物。至于其他方面，他都予以高度评价。他不是评判《夜与日》不及《远航》。其实《夜与日》的美妙之处多的是，我觉得自己用不着垂头丧气。悉尼说，他原先认为这本书没戏了，现在看来，我把它救活了。但是，这话显得我的作品多无聊似的！是的，即便是未来的老弗吉尼亚，也不好意思直面这些。不过，此刻这些话还是值得一听的。《剑桥杂志》上刊登了一篇文章，说了些不利于这部小说的话，和摩根的评论如出一辙，可是他们又把我列为当代文学第一人。他们认为我对待作品中的人物很有些玩世不恭，不过，他们倒也不闪烁其词。摩根坐在煤气炉边读这篇评论，开始为我打抱不平。看来评论家的观点是不可能一致的。可怜的作家，拼命想把评论家拿捏在手中，结果反受其累，无法求得一致。这些年来，我第一次在上午十点到十一点去河边散步。是的，这条河就像一所封闭的房子，我曾如此比喻；房间里的椅子蒙上了一层尘埃。天色尚早，渔夫是不会这么早出来的。路上空荡荡的，只有一架庞大的飞机在飞。我们几乎没开口，这表明我们（至少是我）喜欢宁静。摩根有艺术家的头脑，他说了些很普通的话。而这类话题，聪明人是不屑一顾的，所以我认为他才是最优秀的评论家。就在此时，我发现了一件显而易见却被忽视的事情。他自己的一部小说进展不顺，已在创作中，但产生了各种不和谐之音。

12月5日,星期五

又跳过了一大段外界的赞扬。可我真认为这部作品读起来很有节奏,而我承认自己是刻意为之。自从回来,我还未碰过一部希腊文学作品,除评论文集以外,什么也不曾读过。这说明我的写作时间根本不属于我。我简直无法相信自己竟然如此沉浸在研读评论中。由于心中颇感不安,或是其他原因,我只能面对一张白纸冥思苦索。我仿佛是迷途的孩子,在房间周围徘徊不停,一屁股坐在台阶上失声痛哭起来。《夜与日》至今萦绕在我心头,这浪费了我许多时间。乔治·艾略特从不读书评,因为别人的飞短流长会令她无法写作。现在我有些明白她的意思了。毁还是誉,我并不特别计较,只是这些东西扰乱了心神,使我有所顾虑,想解释或调查清楚。上周《旅行者》杂志刊登的一篇评论刺痛了我,这周奥利芙·赫塞尔廷[18]的文章又抚慰了我。可我宁愿以自己的方法写《四只热情洋溢的蜗牛》,也决不愿依凯瑟琳·曼斯菲尔德之见去模仿简·奥斯丁。

注释

1 温德姆·路易斯(Wyndham Lewis,1884—1957),英国作家、画家,旋涡画派创始人。

2 伊丽莎白·盖斯凯尔(Elizabeth Gaskell,1810—1865),英国小说家,代表作有《北方与南方》等。

3 乔治·艾略特(George Eliot,1819—1880),英国作家,原名玛丽·安·埃文斯,19世纪英语文学最有影响力的小说家之一。代表作有《弗洛斯河上的磨坊》《米德尔马契》等。

4 安妮·伊莎贝拉(Anne Isabella,1837—1919),或称里奇夫人(Lady Ritchie),小说家萨克雷的长女,英国维多利亚后期文坛的核心人物。她的妹妹是弗吉尼亚·伍尔夫父亲的原配夫人,所以她也算是弗吉尼亚的姨妈。

5 托马斯·卡莱尔(Thomas Carlyle,1795—1881),苏格兰哲学家、评论家、历史学家、教师。

6 这里指的是英国社会改革者、慈善家、教育家和作家亨丽埃塔·巴尼特及其丈夫卡农·塞缪尔·巴尼特。巴尼特夫人创办了英国文法学校——亨丽埃塔·巴尼特学校。有学者指出,虽然弗吉尼亚·伍尔夫和布卢姆斯伯里团体的其他成员对这对夫妇颇有微词,但巴尼特夫人还是赢得了弗吉尼亚的一些尊重,尤其是她和弗吉尼亚的母亲一样怀有慈善之心,在家庭之外看护病人。参见:Elicia Clements, *Virginia Woolf: Music, Sound, Language*, University of Toronto Press, 2019。

7 这里,弗吉尼亚·伍尔夫并未具体说明所看书目,但根据原书注释,此处应指亨丽埃塔·巴尼特为丈夫所写的传记《卡农·巴尼特:他的生活、工作和朋友》(*Canon S. A. Barnett : His Life, Work, and Friends*,1918)。

8 阿诺德·贝内特(Arnold Bennett,1867—1931),英国作家,代表作有《老妇人的故事》等。

9	杰拉尔德·达克沃思（Gerald Duckworth，1870—1937），弗吉尼亚·伍尔夫同母异父的哥哥。在伍尔夫夫妇创办霍加斯出版社之前，杰拉尔德曾是弗吉尼亚·伍尔夫的出版商，帮助她出版了《远航》和《夜与日》。
10	《摩尔·弗兰德斯》和下文的《罗克珊娜》均为笛福的作品。
11	弗农·李（Vernon Lee，1856—1935），英国文艺批评家。
12	悉尼·菲利普·佩里加尔·沃特洛（Sydney Philip Perigal Waterlow，1878—1944），英国外交官，1933年至1939年担任英国驻希腊大使。
13	洛根·皮尔索·史密斯（Logan Pearsall Smith，1865—1946），美裔英国作家、文学评论家。
14	1915年5月，德国齐柏林飞艇首次空袭伦敦，目标是泰晤士河下游和沿岸的军事设施。
15	休·西摩·沃波尔爵士（Sir Hugh Seymour Walpole，1884—1941），英国小说家、评论家。
16	维奥莱特·狄金森（Violet Dickinson，1865—1948），弗吉尼亚·伍尔夫的女性友人。两人相识于1897年，1902年开始通信。研究者普遍认为，她对年轻时的伍尔夫影响很大。
17	悉尼·韦伯（Sidney James Webb，1859—1947），英国社会活动家、政论家，费边社会主义倡导人。
18	奥利芙·赫塞尔廷（Olive Heseltine，1877—1950），英国女作家，笔名简·达什伍德。

1920

1月26日，星期一

昨天是我的生日。说真的，三十八岁的我无疑要比二十八岁时快乐得多，今日更胜昨日，而且今天下午我终于想出了新小说的新形式。假如在这部未写的小说中，一个事件可以从另一个事件脱胎而出，演绎出不是10页，而是200页或更长篇幅，不正好实现了我想要的松散和轻巧，同时又紧扣主题，兼具形式和节奏吗？不就可以包容一切吗？我不太确定的是：这种形式究竟能包容多少人类情感？我是否对这种形式有足够的把握，以至于可以将其应用到小说中？我想这次的方式一定迥然不同，没什么框架，看不见一块砖，一切都朦朦胧胧，但内心的活动、真实的情感以及人物的整个精神世界，却像薄雾中的烈火一般灿烂、闪耀。然后我会恰当地安置一切内容，它们欢快地跳跃，迈着轻盈兴奋的步子走进我温柔的心田。对这些到底有没有把握，仍是我心里解不开的结，暂且设想是可以的？设想《墙上的斑点》《邱园纪事》

以及这部《未写的小说》，可以凭着某种一致性手挽手地跳起舞来。至于究竟是怎么回事，仍有待探索。对我来说，新小说的主题仍是一片空白，但我预见自己两周前误打误撞地发现的这种小说形式一定有远大前程。可我担心太过自我会损害艺术形式，我记得自我主义已经破坏了乔伊斯和理查森[1]作品形式的完美度。我可以做到如此胸襟宽广、张弛有度，给小说提供一堵保护墙，不重蹈他们的覆辙，不使小说受到自我的约束而变得狭隘吗？但愿我已经攒下足够的行业经验，现在终于可以应付自如，为读者提供各种形式的愉悦。不管怎样，我仍需要不断摸索并付诸实践，而今天下午算是看见了一线曙光。真的，我毫不费力地构思了《未写的小说》，这说明肯定有条新路可走。

2月4日，星期三

从上月12日到本月1日，每天早晨我都在读《远航》。1913年7月以后，我就没看过它。假如别人问我印象如何，那我只得回答"不知道"。它像一场杂耍，汇集了各种风格：一处写得颇简洁严肃，另一处却轻浮浅薄；一处玄奥难懂，另一处却体现了我渴望的强烈和自由。天晓得该怎么评价这本书。如此败笔足以让我羞红了脸。接着，书中笔锋一转，我觉得一道直勾勾的目光逼过来，脸上的羞愧更添一层。总体而言，我还挺喜欢当年的自己，她真是个非常有头脑的女孩子。她多么英勇地接受了挑战。在我看来，她非常具有写作天赋！没多少需要修改的，我仍将沿用作者，即我本人肤浅的戏谑，时髦的讽刺，甚至是粗俗或鄙陋的语言，即使这些东西会一直让我耿耿于怀，哪怕在坟墓里也不得安宁。但我也明白，与《夜与日》相比，为何读者会偏爱这本书。倒不是高看，而是它的确展现了一个英勇无畏且激奋人心的场面。

3月9日，星期二

尽管仍然拿不稳笔，但我认为目前还是得继续记日记。我有时觉得自己已经找到了恰当的记事风格——茶余饭后，在那段自我感觉最良好又最有活力的时刻写一写。我现在还不能灵活驾驭我的文字，但不要紧。设想一下，老弗吉尼亚女士戴上老花镜，要开始读这篇1920年3月的日记，那她一定希望我继续写下去吧。你好啊，我亲爱的过去！但请注意，我不认为五十岁就是年迈体衰了。在那个年纪，仍然可以写出几本好书，而这本日记就是创作一部佳作的基石。还是谈谈现在的弗吉尼亚吧。上周日我去了坎普登希尔广场，去听舒伯特的五重奏，参观乔治·布思的大房子，顺便为我的故事准备素材，并同有识之士攀谈一番。我是带着这些诉求去的，而这些诉求也都以极划算的方式得到了满足，可以说是六分付出，七分收获。

我怀疑人们是否可以像我这样审视他们自己的房间，那种清晰度是非常可怕的，以至于参观者每次只能待上一个小时。那房子表面看起来严肃正规,给人以高冷之感,但实际就是 3 月河塘的冰面,一戳就破,反倒透出一股哗众取宠的商业气息。它说到底也就是马鬃毛和桃花心木撑起来的,里面的白色木板不过是弗米尔的仿冒品,欧米伽桌和斑驳陆离的窗帘更是让人觉得浮夸做作。这可以说是我见过的最无趣的房子。不过,退一步说,它也存在有趣之处。可我瞧不上大家族做派。寡妇装扮的布思夫人的雕像安坐在一个带便池的宝座上,孝顺的女儿们围坐在她身旁,带着胖嘟嘟的小天使一样的外孙子外孙女。那些小男孩和小女孩衣着洁净,但面庞呆滞。当然,坐在她身边的还有我们这些穿裘皮、戴白手套的访客。

4 月 10 日,星期六

如果进展顺利,我打算从下周开始写《雅各的房间》(首次给它命名)。现在我想描述一下萦绕在我心头的春天。今年春日常在,人们甚至都注意不到新叶抽芽,毕竟树枝好像从没秃过,还有那些栗树树干,不曾变得黑黝黝,总带着几丝柔和与青翠。这是我人生记忆中不曾有过的景象。我们已度过了短暂的冬日,那是个没怎么见过太阳的季节,现在终日的阳光又回来了。所以,我几乎没注意到栗树已经开始结果,那些小阳伞一样的果子蔓延到了我们窗前的那棵树上。教堂墓地里绿草如茵,陈旧的墓碑像是泡在了绿池子里。

4月15日，星期四

我的书写似乎越来越差劲。或许我将它与写作混为一谈了。我是否说过，里士满[2]对我评论詹姆斯的那篇文章劲头十足。好吧，就在两天前，身材瘦小、老大不小的沃克利在《泰晤士报》上严厉批评了我的文章，说我也染上了亨利·詹姆斯[3]那种矫揉造作的恶习（人物形象僵化），而且有过之而无不及。他还含蓄地指出，我本人也属多愁善感的女流之辈。珀西·卢伯克[4]也受到了责难。不论他的批评正确与否，我都深感愧疚，我要从意识深处将我的那篇文章抹去，不再看到它。我猜想，追求辞藻的华丽和文思泉涌，都是老毛病了——无疑，这一批评恰如其分，尽管这毛病是出自我自己，而不是从詹氏那里传染的，这一点或许能对我有些安慰。我必须当心这个毛病。《泰晤士报》的文章把它暴露出来，特别是把詹姆斯也卷了进去，我起码得重视。所以，构思文章颇像从事精妙的设计，需要多加装饰。但是，德斯蒙德[5]对我大加赞美。要是能对评论的褒贬做些明文规定就好了。我估计自己命中注定要受人非议。我惹人注目，尤其让那些上了年纪的男士看了不受用。《未写的小说》肯定会招来非议，只是现在还说不准哪些话会惹恼他们。从某种程度上说，正因为"写得好"，才捅翻了马蜂窝——而且总是针对我已经写完的内容。我想，他们会评价我"装腔作势"，说我是一个写得还行的女人，作品能刊登在《泰晤士报》上的女人，诸如此类。外界的这些鼓噪使我稍稍停了手，我不想动笔写《雅各的房间》了。不过，我尊重他人的指责，即使这种指责来自六十五岁（看上去更老）的沃克利，它也能激励我。我很开心地想，这个喜欢嚼舌根的小老头，或许连德斯蒙德也瞧不上他。只是千万记住，别人的批评总有些道理，《泰晤士报》的文章把我说得微不足道，的确很讨厌，但语气还算客气、友好。只是我觉得自己很难避免，因为在写詹氏这篇文章之前，我曾立誓想怎么写就怎么写，而且要用自己的方法来写。哎呀，我都写了满满一页纸，却还是没想出来要如何从容应对《未写的小说》问世后的局面。

5月11日，星期二

有必要涂上一笔，以便日后查寻。创作新书之初，写作的欲望在心里如气泡般美妙地翻腾，不久之后便安静下来，写作也进行得稳稳当当。接着，各种疑虑悄然而生，然后作者就只能任由命运摆布了。下定决心，决不放弃，告诉自己小说的轮廓即将成形，这比任何东西都更能让人持之以恒。我还是有些不安，如何才能实现构想呢？人一旦扑到工作上，就变得像赶路的人，眼睛只盯着将要抵达的村庄，一心想着就快到了。我只想在这本书里写出我喜欢的内容，除此之外，别无他物。但写作总归是困难重重。

6月23日,星期三

那一刻,我的心在痛苦地挣扎——究竟要不要如实交代我认为康拉德[6]的新书并不怎么样。其实我已经说出口。挑那本书的毛病有些棘手,毕竟大家几乎毫无例外地敬重他。我忍不住猜想,或许他从未碰到过识货的主。康拉德是个外国人,英语讲得结结巴巴,娶了个胖女人,于是龟缩在曾经游刃有余的写作中,日甚一日,把情节推向极致,直至最后创作出所谓的生硬情节剧。我可不想在《救援》的书封上看到弗吉尼亚·伍尔夫的名字。有人赞同我的观点吗?不管怎样,什么都不能动摇我对一本书的看法,绝对不能。或许只有当作者是个年轻人,或者是我的一位朋友,不,无论是谁,我都会如实评判。而且,最近我不也谢绝了默里的剧本吗?不也如实评估了凯瑟琳的小说,综合评价了奥尔德斯·赫胥黎?听到罗杰把明摆着的事情黑白颠倒,我的心难道不会为他隐隐作痛吗?

8月5日,星期四

饭后读《堂吉诃德》,让我试着把阅读的感受记下来。重点而言,写作在当时就是讲故事,是为了给围坐在火堆旁的人取乐,毕竟他们缺少我们现代人的消遣手段。他们围坐在一起,妇女们纺线,男人们若有所思。那种欢乐、神奇且怪诞的故事,就是讲给这些人，也就是已经成年的大儿童听的。我想这正是《堂吉诃德》的创作目的所在：不惜任何代价逗人们开心。在我看来，小说的美感与思想是在不知不觉中融进去的。塞万提斯几乎没有意识到小说的严肃性，并且他看《堂吉诃德》的视角与我们迥然不同。这的确也是我的难题，即这种哀伤与讥讽多大程度上是我们自己感受到的，而不是作者设置的，或者说，这些不朽人物的内涵是否会随不同时代特有的不同观点而做出相应改变？我承认，这个故事总体讲得颇为乏味，有趣的地方不多，只有第一部的结尾部分才有点让人眼前一亮。它表达出来的思想少得可怜，多数内容被咽了回去，塞万提斯似乎不愿就此详谈——船奴冲锋的场面[7]可以解释我提及的这一点。塞万提斯本人是否也像我这样深刻感受到了壮美与哀伤？我第二次说到"哀伤"了。

在现代人看来，思想是不是小说的精髓？但像整个第一部描述的那样，展开想象的风帆，乘着讲述故事的信风，全速前进，不也很壮观吗？我猜想，费尔南多、卡尔迪诺、露辛达[8]三者之间的故事是模仿当时风尚而创作的宫廷式插曲，但在我看来很乏味。同时我也在读《傻戈哈》[9]，一本机智、引人注目又有趣的书，但总觉得有点干巴，写得太过干脆利索。至于塞翁，他的书包罗万象，或者可以说千变万化，但书中的人物令人印象深刻，极富感染力，鲜活得像是从现实生活走进去的。同大多数法国作家一样，埃及作家也只提供少许要素，而且味道更浓，效果更强，但相形之下，包容量小些，视野也不够开阔。天哪，我到底在写什么，怎么尽是这些怪念头。这些日子里，我每天早晨都在写《雅各的房间》。我觉得自己日常的工作就像是在跨越篱笆，心提到了嗓子眼，直到全部写出来才能解脱。换言之，推倒这个篱笆。（这仅仅是个不太恰当的比喻。我得着手写关于休谟的文章了，需要好好督促自己。）

9月26日，星期日

可能看起来没什么，可我心里却很在意。聚会进行到一半，我莫名其妙地走神，想起了雅各，但我原本是很享受这次聚会的。艾略特也在，他刚结束很长一段时间（连续两个月）的小说创作。这让我自愧不如，打不起精神。要知道，从事小说创作需要很大的勇气和自信。艾略特什么也没说，可我反思过后觉得，若是由乔伊斯先生来完成我手头的东西，定会更出色。我接着开始怀疑自己到底在做什么，就像往常那样，我开始质疑自己。我觉得，在动笔之前没能理清思路，所以写起来缩手缩脚，拘泥于细节，而且犹疑不定——这一切都意味着我昏了头。但这主要是因为我这两个月以来的工作，毕竟我发现自己的重心转向了伊夫林[10]，而且忙着写一篇关于妇女的论文[11]。我想借这篇论文反驳贝内特先生，他在报刊上发表了一些针对女性的观点。两周前，我在散步时不停歇地构思了关于雅各的故事情节。人的思想可真神奇！它反复无常，没什么忠诚可言，又很容易受影响。或许在内心深处，我觉得自己和伦纳德在各方面都相去甚远。

10月25日，星期一（立冬）

生活为什么充满了悲剧性？就好比深渊边的一条羊肠小道。我往下看，一阵眩晕，不知怎样才能走到尽头。可是怎么会有这种怪念头呢？而且一旦说出口，这种感觉就消失了。火炉在燃烧，我们准备去听《乞丐歌剧》[12]。只是深渊就在脚下，我不能总闭着眼。这是某种无能、无助的感觉。我坐在里士满的土地上，仿佛田野中的一盏灯笼，在黑暗中被点亮。我写作时，忧郁会减弱些。那为何不写得勤快些呢？是的，是虚荣心阻碍了我。我想显得有些成就，哪怕仅仅是自己眼中的成就。这还不是真正的原因。因为没有孩子，离群独居，写得不好，饮食开销大，年纪又在一天天增加。我总爱寻根究底，对自己的问题想得太多。我不喜欢时间从身边白白溜走。那好吧，去工作吧！是的，但我又如此快地厌倦了写作——只能看一小会儿书，然后写一个小时。在这儿，没人会进来和我一起愉快地打发时光，要是他们真如此做，我又会很不耐烦。到伦敦去太劳神了。内莎的孩子都大了，不便叫他们一起喝茶聊天，也不能带他们去动物园了。零花钱太少，什么也做不了。但我确信这些都是琐事。有时我想，现实生活就是这样的，我们这一代人的生活过于悲哀了——每天都可以在报纸上看到某些人的痛苦，触目惊心。今天下午肯定会在报纸上看见麦克斯威尼[13]和爱尔兰起义的新闻,要不就是罢工。到处都是不开心的事,隔墙便是;或者更糟,到处都是蠢事。我还没有从烦恼中解脱出来。我感觉,重新开始写《雅各的房间》兴许会使我打起精神来。伊夫林那篇文章要交稿了,可我对现在写出来的东西不甚满意。唉,要是能写好它,要是没有如履薄冰地走在深渊旁的感觉,我该多快乐啊。

注释

1 多萝西·理查森（Dorothy Miller Richardson, 1873—1955），英国作家，英语"意识流小说"的杰出代表之一。

2 布鲁斯·里士满（Bruce Richmond），曾任《泰晤士报文学副刊》编辑。——伦纳德注

3 亨利·詹姆斯（Henry James, 1843—1916），美裔英国作家、文学批评家，小说《鸽翼》(*The Wings of the Dove*)是其代表。

4 珀西·卢伯克（Percy Lubbock, 1879—1965），英国文学批评家、传记作家、历史学家，曾编辑和研究亨利·詹姆斯的作品。

5 查尔斯·德斯蒙德·麦卡锡爵士（Sir Charles Otto Desmond MacCarthy, 1877—1952），英国记者、文学评论家，布卢姆斯伯里团体成员。

6 约瑟夫·康拉德（Joseph Conrad, 1857—1924），波兰裔英国小说家，擅长写海洋冒险小说。

7 此处系《堂吉诃德》第一部第二十二章的内容。

8 费尔南多、卡尔迪诺、露辛达三人都是《堂吉诃德》中的人物。

9 这里应为《傻戈哈之书》(*Le livre de Goha le Simple*, 1919)，阿尔伯特·约西波维奇和阿尔伯特·阿德斯创作的法语小说，讲述了埃及小人物的故事。

10 伊夫林·沃（EvelynWaugh, 1903—1966），英国小说家，代表作有《一抔尘土》《故园风雨后》等。

11 这里指的是弗吉尼亚·伍尔夫的文章《贝内特先生与布朗夫人》(1924)。在这篇文章中，伍尔夫主要从"人物"这一概念切入，与阿诺德·贝内特代表的文学、艺术以及认知观念展开辩驳。

12 《乞丐歌剧》(*The Beggar's Opera*, 1728)，约翰·盖伊创作的讽刺性三幕民谣歌剧，歌词根据当时流行的大报民谣、歌剧咏叹调、教堂赞美诗和民间曲调编写而成。

13 特伦斯·詹姆斯·麦克斯威尼（Terence James McSwiney，1879—1920），爱尔兰剧作家、政治家。1920年爱尔兰独立战争期间，他被英国政府以煽动罪逮捕，后绝食抗议，最终于狱中逝世。

1921

3月1日,星期二

一成不变的写法并不能使我满意,即使它看上去还不错。我在想:我的众多文体中是否有一种与内容相斥?又或者说,我的文体是否从没变过?我以为我的文体在不断变化,只是没人注意而已。我也说不出什么名堂。事实上,我内心有一套自动准则,它决定我该做些什么才能更好地打发时间。它发出指令:"这半小时读俄文","这段时间读华兹华斯",或"现在最好补那双棕色长袜"。不知是怎么形成这一套的。我的祖父辈是清教徒,也许这是得自他们的遗训。我不太相信工作即娱乐的享乐主义,天知道为什么。而且事实是,写作,即使是记日记,也需要苦思冥想——当然没有读俄文时那么费力。但我读俄文时,其实一半时间是盯着炉火,而且心思都在第二天该写的内容上。比如,弗兰德斯夫人在果园的场景。要是在罗德梅尔,我肯定会去洼地散步,顺便将这些捋出个头绪来。但与拉尔夫、卡林顿和布雷特[1]在一起,我反而让这思考的机会溜走了。我太放纵自己了。我们一起用了餐,又一起去了吉尔德。此刻我无法心安理得地去想弗兰德斯夫人在果园的情节。

3月6日,星期日

内莎赞同把这部作品命名为《星期一或星期二》²——她非常喜欢,这也让我觉得它没那么差了。但我现在有些好奇:下月此时,那些评论家会如何评价它呢?让我来试着做个预言。嗯,《泰晤士报》会小心翼翼地善言善语:伍尔夫女士必须注意使用娴熟的写作技巧;必须当心语言过于晦涩难懂;她具有伟大的天赋等;她最擅长简单的抒情,她的《邱园纪事》写得非常好,《未写的小说》则表现不够突出,《一个协会》朝气蓬勃,却过于狭隘了;不过,伍尔夫女士的作品总是怡人可读。接着,《威斯敏斯特公报》和《蓓尔美尔公报》,以及其他正经晚报会用短小却饱含讽刺的评价招待我。通常的说辞是:我越来越沉溺于表达自己的观点,而不是把重心放在我要写的东西上;我的写作有伤风化;我是个讨人嫌的女人。真实情况是,我并不想夺人眼球或招摇过市,但由于这些评价,我变得相当有名。

4月8日,星期五,上午十点五十分

此时此刻,我本该写《雅各的房间》,可我没有。还是让我记下原因吧——看来，这本日记倒成了我的贴心知己，尽管面无表情。其实，你看，作为作家的我太失败了。我落伍了，年纪大了，干不动了，没什么头脑。别人都是春风得意，我的书却在未成熟前出版了，受尽冷言冷语，成了受潮的烟火。铁证如山：拉尔夫把我的样书送到了《泰晤士报》评阅，却未注明出版日期。于是编辑部送来一张便条，上面写着"最晚星期一见报"，也就是说，我的书将被置于次要版面。这潦草的便条，语气相当客气，行为却很不明智。我的意思是他们不明白我的志趣追求，并且也使我对自己怀疑起来。我无法继续写《雅各的房间》。利顿的书已经出版，报上对他的评论足有三大栏，大概都是些赞美之词。我不想把这些事情一一记下，其实已经足足生了半小时闷气，现在竟陷入从未有过的沮丧之中。我曾想过再也不写了——除了书评以外。我们要在41号住宅设宴祝贺利顿，这本是理所应当的，我心里却很不是滋味。我想我那本书他肯定看过了，可他竟闭口不提，我这是第一次连他都指望不上了。假如我的书被《泰晤士报文学副刊》视为不可理解，像个谜，我也不会介意，因为利顿也不会喜欢这样的说辞。但若我表现平平，乃至无人注意呢？

好吧，接下来该面对赞扬与名声这个问题了。（我忘了说一声，多兰已拒绝在美国出版这本书。）知名度到底有多少意义呢？（我的条理已开始清晰起来，顺便提一下，我刚才稍作停顿，洛蒂[3]送来一杯牛奶。日食结束了，而我又在写一大堆废话。）罗杰昨天说得很对，任谁都想出人头地，渴望得到周围人的关注，并希望别人对他的工作进展感兴趣。令我沮丧的是，我想我已经不再吸引人们的兴趣——此时正是关键时刻，借助于报界，我原以为自己能达到随心所欲的写作境地。看来一个人并不需要什么社会名气（就像我以为自己将要获得的那种），才能成为我们时代公认的杰出女作家。当然，我仍需要私下征求一些评论家的意见，这才是真正的考验。只有经受住这个考验，我才有权说自己到底是否仍有吸引力。无论如何，一旦发现自己落伍，我会敏感地及时搁笔。我不会沦为写作机器，除非是写些小文章。我写作时，脑海中奇怪又愉悦地冒出某个念头，也就是我的个人见解要被写下来。尽管如此，用 6 页而不是 1 500 页的篇幅来写，是否能够如实地反映我的观点？抑或让我显得古怪不堪？不，我想不会。但正是可鄙的虚荣心促使我去吹毛求疵、争论不休。也许治疗我的唯一途径就是培养一千种兴趣——如果写作这种兴趣被糟蹋，我还可以立刻将精力转移至阅读俄文或希腊文著作，去读报、种植园艺、投身公众事业，或者做某种与写作无关的事情。

4月9日，星期六

我必须记下发病的症状，以便下次早做准备。第一天，感觉痛苦；第二天，感觉快乐。《新政治家》杂志刊登了一篇关于我的文章，那位"和善的老鹰"[4]反而让我莫名觉得受到了重视（我的确希望如此）。辛普金·马歇尔来电说再订 50 份。我猜他们一定卖得很不错吧。现在看来，我必须承受所有来自窃窃私语者的误解和嘲弄，我无法为之雀跃。明天罗杰会来，但一切都那么讨人厌！那时我就要开始懊悔，为什么不选择其他短故事，为什么要把《鬼屋》放进去，而它很可能被指责为感情用事。

4月12日，星期二

我必须快速记下更多的发病症状，以便下次可以根据记录给自己对症下药。是的，我已经熬过急性期，过渡到了稍微乐观的半消沉期，也就是麻木期，一下午都耗在琐事上——去商店取包裹，然后去"苏格兰场"[5]取我的钱包。我在喝茶时见到了伦纳德，他向我透露了一个惊人的消息，说利顿觉得《弦乐四重奏》[6]"非常了不起"。这话传自拉尔夫，他不会夸大其词，利顿对他也无须藏着掖着。所以，听到这话的一瞬间，我觉得自己浑身的每个细胞都充满了快乐。我沉醉于这种喜悦中，以至于忘了买咖啡，走在亨格福德桥上，我的步伐那么轻快有力。夜幕逐渐降临，整个夜晚都是蓝的，像河流和蓝天那样蓝，让人觉得甚是可爱。罗杰也说我正在做出一些伟大的发现而绝不是模仿。目前来看，我们已经打破了销售纪录。但我的满足感却不像先前的沮丧那样强烈。我觉得自己内心平和而安定，命运都无法撼动它，即使评论家们可能会拍案而起，销量也可能下降。我过去真正担心的是，我过于人微言轻，无关紧要。

4月29日，星期五

该说说利顿了。这几天我俩经常见面，次数之多或许超过了以往一年的总和。我们在一起谈论他的书和我的书。下面记录的谈话是在弗尔内斯进行的。那儿有镀金的羽毛、大镜子和蓝色的墙壁。我与利顿坐在角落里，喝茶，吃法式蛋卷。我想我们得足足坐了一个多小时。

"昨晚我半夜醒来，琢磨起你在文学界的地位，"我说道，"还有圣·西蒙和拉布吕耶尔。"

"噢，天哪。"他低声咕哝了一句。

"还有麦考利。"我加了句。

"好吧，还有他，"他答道，"我总要比他出色些。"

"并不落后于他，"我固执己见道，"你的文化修养更高。可你只写过一些短篇。"

"我正打算写乔治四世呢。"他说道。

"那好，可你的文学地位呢？"我逼问道。

"那你的呢？"他反问了一句。

"我是'在世女性小说家中最有出息的一位'，"我答道，"《大不列颠周刊》这么评价的。"

"看来我也得表示赞同了。"他说。

他又说，尽管我的写作风格变化多样，可他总能一眼认出我的文章来。

"这是勤奋的结果。"我再三表示道。接着我们讨论了历史剧。吉本[7]颇有亨利·詹姆斯的风范,我这样脱口而出。

"不,天哪,一点都不像。"他答道。

"他很有见地并能坚守自己的观点。"我说,"你也是如此,不像我,老是骑墙观望。可吉本究竟是位什么样的作家呢?"

"他还不就是那么回事。"利顿说道,"福斯特认为吉本是个小恶魔。但是他并没有多少个人见解。也许他信仰的是'美德'。"

"一个很美的词语。"我说道。

"可只要读一下原始游牧部落如何摧毁这座城市,你就会明白,太壮观了。说真的,他对早期基督徒着了迷,却说不出个所以然来。但值得一读。我打算明年10月份读。我要到佛罗伦萨去,那里的夜晚会很寂寞的。"

"我看你不像英国人,倒更像法国人。"我说道。

"正是如此。我和他们一样,有明确的计划,无法改变。"

"前几天,我将你和卡莱尔比较了一下。我读了他的《回想录》。和你相比,他就像个老掉牙的掘墓人,在那里絮叨个不停,只是他的措辞还不错。"

"对,措辞还可以。就在前几天,我把他的文章读给诺顿和詹姆斯听,他们都嚷了起来,他们不想听。"

"可是我有些担心读者的反应。"

"你是指我的作品,对吗?"

"是的。你或许过于精雕细琢了,"我回答道,"但乔治四世这个题目可大着呢，为他做传，应该能发现不少乐趣。"

"你的小说怎么样了？"

"我开始写了，正搜肠刮肚地构思呢。"

"那才妙呢，真是完全不同的体验。"

"当然，我是二十人集一身。"

"不过，人们仍可一眼就看穿你。谈到乔治四世，最讨厌之处就在于无人提及我想要谈论的那些事件。历史总是需要一遍遍被重写。总是关乎道德……"

"还有斗争。"我插嘴道。

然后，我俩一起走到马路对面，我需要给家里买些咖啡。

5月26日，星期四

昨天在戈登广场和梅纳德谈了一个半小时，有时我真想不去描写别人，只是把他们的话记录下来。困难在于他们说得如此之少。梅纳德说他自己喜欢听好话，而且总想炫耀一番。他说，许多男子结婚就是为了能向妻子夸耀自己。我说，既然没人会轻易相信，这种人竟还要夸夸其谈，也真是怪事。更怪的是，你竟然也和他们一样想要被逢迎。你和利顿是脱俗之人，不需要他人的夸耀——这一点本就是最大的胜利。你怎么坐着一言不发的。"我爱别人赞扬我，"他说，"我没有把握时，就想得到别人的肯定。"然后，我们谈到了出版和霍加斯出版社，还有小说作品。

"他乘什么车是他的事,他们为什么要做出解释?"他问道,"希尔伯利夫人为什么不能偶尔做一下凯瑟琳的女儿?"我说,我知道那本书很枯燥。可难道你不明白,在删掉之前该把这一切都考虑进去吗?他说:"《乔治传》是你所有作品中最好的一部。你可以表面上写真实的人物,暗地里虚构一切。"当然,我被这话击中了(天啊,这是什么话——假如《乔治传》真是我的巅峰之作,那我充其量就是个末流作家)。

8月13日,星期六

柯勒律治与兰姆[8]一样不适宜运动,只是原因不同。柯氏长得高大壮实,却行动迟缓;相形之下,兰姆则显得清瘦。也许是因为缺乏锻炼,柯氏看上去显得较老,五十岁时头发已经花白。他通常穿着黑色衣服,举止娴雅,彬彬有礼,去世前几年一直是牧师。然而他脸上有着岁月打不败的年轻神态,圆脸,五官端正,嘴巴略宽,显得他这个人懒散却温厚。这种孩子气的表情非常适合善于想象的人。正如他小时候那样,沉湎于书和花草之间,过着与世隔绝的生活。他额头宽大,如同一块平滑的大理石。他那双美丽的眼睛似乎集中反映了头脑的所有活动,并随思维的进行而转动,灵活又随意,仿佛对眼睛来说,用转动来表达思想是一大乐事。

那不过是打趣罢了。哈兹里特[9]说,在他看来柯勒律治的才能好似一个精灵，长着脑袋，张开双翅，永远翱翔在似梦非醒之中。他给我留下了另一种印象。在我的幻想中，他像个好心肠的巫师，喜欢尘世，知道自己重重的身体正在安乐椅中休息，同时又能在眨眼间将魔力施加于所处的梦境，并使之千变万化，而且就餐时间一到就能立即清醒过来。这是一个伟大而智慧的脑袋安在了一个食人间烟火的身躯之上。说话与做梦几乎是他全部的正经事，因为对他这样的人来说，即使不做其他什么事，也再自然不过。我并不是说柯氏是个好吃懒做的白日梦者……

上面的文字是我从利·亨特[10]的回忆录第二卷第 223 页上摘抄下来的，想着以后总会用得着。亨特有着自由不羁的灵魂，是我辈精神上的导师。对待他可以像对待德斯蒙德那样自然而随意。别看他嘻嘻哈哈的，却很有修养，比我亲生祖父的修养还高很多。这些不受羁绊、充满活力的灵魂生活在超前的世界里。在历史的废墟中发现他们时，人们会说："啊，我们是同类人。"——这是相当高的评价。要知道有的人逝去才一百年，就已经像陌生人，人们对他们恭恭敬敬，却总觉得别扭。雪莱去世时，手中拿着亨特手抄的《拉弥亚》[11]。其他人无法把它捎给另一个世界中的亨特，所以索性就烧了。这个抄本会在葬礼后物归原主吗？那样的话，亨特和拜伦定会捧腹大笑。这是人性的弱点，亨特是不会否认的。而且我很喜欢他那寻根究底的情感。相形之下，史书上充斥的战役与法规就显得相当乏味。航海旅行书籍只顾描写景观，却不愿走进船舱描写海员的相貌、衣食、言谈举止，因而同样枯燥。

卡莱尔夫人已不在人世。一个人在成功时不为世人所爱，只有被厄运击垮时才收获世人的喜欢。卡莱尔夫人刚进入社会时，多才多艺，充满自信。但她最终失去了一切（正如人们所言），在昏迷中逝去。她的五个儿子都先她而去，而战争又碾碎了她对人性抱有的点滴希望。

8月17日，星期三

我在等伦纳德从伦敦，从弗格森的办公室或其他什么地方返回家中。为了打发这段时间，不妨来写写东西。真的，我觉得我现在又能写了。我花了一整天时间断断续续创作了一点东西——或许是为斯夸尔，因为他需要一个短篇故事，也因为霍克斯福德夫人向汤姆塞特夫人夸赞我是全英国最聪明的女人之一，即使不是唯一。也许我缺乏的不是写字的力气，而是来自他人的赞美。昨天我突然患上了痢疾，就如《圣经》中提及的那样。瓦伦斯医生被请来，晚饭后过来的，因为接到了我们的电话。我希望能详细记下他当时说的话。这个性格温和、眼皮耷拉的小老头，是刘易斯当地一名医生的儿子。他一直住在附近，依靠多年前研习的广泛医学知识谋生，行医认真而谨慎。他会讲法语，听起来像是在说一个个单音节词。鉴于伦纳德和我都比他知识面更广,我们就只谈论了一些家常话题——老维罗尔以及他如何活活绝食而死。"我本可以把他送走的,"瓦伦斯医生若有所思地说道,"他之前就离开过一阵。他妹妹至今下落不明——我想是相当疯狂的——一个糟糕的家庭,非常糟糕。我和他曾一起坐在你家客厅里,为了取暖,我们不得不靠近烟囱坐。我试图引导他对象棋产生兴趣,未果。他似乎对任何事情都提不起兴趣。但是他太老了——太弱了。我不可能把他送走。"老维罗尔整日在花园闲逛,直到最后把自己饿死。

瓦伦斯医生盘腿坐着,一边思考一边不时捋着自己的小胡子。他接着问我最近在忙什么。(在他眼里我是个慢性病人,却是位不错的女士。)我说我在写作。他又问:"写什么,小说吗?轻松的事情吗?"我回答是的。他接着又说:"我的病人中也有一位写小说的女作家——杜德尼夫人。我一直试图让她打起精神来——履行一份合同,一份关于写一部新小说的合同。她觉得刘易斯俱乐部太吵闹了。后来,玛丽昂·克劳福德加入了我们的俱乐部……不过,杜德尼先生真是个谜语大王。无论你给他出什么谜题,他都能猜出答案。他设的谜题和商店选单上印的谜题相似。他也为报刊写谜题专栏。"

"他帮助解答军事谜题吗?"我问道。

"这我就不知道了。但很多士兵写信给他——尊称他是谜语大王。"说到这里,他换了个姿势,重新交叉双腿。后来他终于起身告别，并且邀请伦纳德加入刘易斯象棋俱乐部。我本人自然非常乐意加入，因为这些五花八门的组织总是"不可救药"地吸引我，让我想一探究竟，毕竟我决不会与瓦伦斯医生或谜语大王一行人为伍。

8月18日，星期四

无事可记。只是心中烦躁难忍，想乱写一气。我在这里就像普罗米修斯一样，被绑在大石块上，什么也不能干，只得任由各种焦虑、烦躁、怨恨与苦恼咬啮我的心，没有片刻安宁。这样的天气不能外出散步，也无法写作。不论看什么书，都会变成我想写的文章的一部分，在脑海中不断翻腾，整个萨塞克斯没人比我更悲惨，也没人像我一样，虽然清楚自己体内蕴藏着许多自得其乐的潜能，却无法快活起来。阳光流淌（不，不是流淌，而是淹没）在金黄色的田野上，还有矮矮长长的谷仓上。我非常乐意穿过菲勒森林，此时我又脏又热，一心想要归家，每块肌肉都很疲惫。不过，闻到薰衣草甜美的清香，我的头脑变得清晰而冷静，可以酝酿第二天的写作计划了。我该如何描述事物——接着我就想出了那手套般妥帖的词句。当我骑行在尘土飞扬的路上时，故事情节自然而然地变得完整了。接下来，太阳就要落山了，然后回到家，晚饭后可以读一会儿诗歌，似梦似醒地，身体像融化了一样，开出红的、白的花瓣。就这样吧！我已经把一半烦恼写出来了。可怜的伦纳德，我听到他开着割草机在那儿来来回回地忙活。因为像我这样的妻子得关在笼子里，外面用把锁锁着。她可会咬人呢！还有，昨天一整天他为我跑遍了伦敦城。如果我真是普罗米修斯，尽管脚下的岩石坚硬不堪，牛虻刺得浑身生疼，我仍该感受到爱意和关心——那是再高贵的情感都比不上的。不过，8月份就这样荒废了。

唯一令我安慰的是，想到有人在忍受着比我更大的痛苦。当然，这种想法很自私，属于心理异常吧。可以的话，我想现在就着手制订一个计划，以打发这些讨厌的日子。

可怜的密多尔·朗格朗，她发现自己输给了马洛里夫人，竟扔下球拍失声痛哭。我看她倒是够虚荣的。我猜想，在她眼中，做密多尔·朗格朗是世界上最了不起的事情，像拿破仑一样，不可征服。阿姆斯特朗是参赛队员之一，他在门前定了位，一步都不肯挪，让投球手自个儿找地方。因而比赛成了一出闹剧，无法进行下去。他的脾气与希腊戏剧中的埃阿斯[12]如出一辙——只是后者是公认的英雄。不过希腊人物身上的任何缺点我们都愿意宽恕。自去年以来，我还没碰过希腊文学作品。不过我肯定会去读的，尽管这仅仅是虚荣心在作祟。也许等我老了，就像坐在农舍门外的老妇那样，头发就像演戏用的假发，浓密又花白，只有到那时，我才会去读希腊文。我很少对他人有怜悯之情。尽管如此，我有时还是会禁不住为那些没读过莎士比亚的穷苦人感到难过。而且我真的觉得，维多利亚时代到处充斥着空谈民主、宽慰人心的鬼话。他们上演《奥赛罗》，所有的穷苦人——男人、妇女和小孩，都非常欢喜，以为那就是真的奥赛罗。多了不起，又多贫困！我正在把心头的烦恼写下来，所以就算写些废话也没关系。说真的，任何事物失去了正常的平衡状态都会令我心神不宁。我太熟悉这间屋子，太熟悉这里的景致——现在我无法再正视它们，因为我出不去。

9月12日，星期一

我看完《鸽翼》，做出如下评价。作者在结尾部分留下了太多斧凿之迹，以至于我感觉不出他是艺术家，更像是个平常人在那儿刻画主题。所以，我认为他已经丧失了强烈感受冲突的能力，而变得仅仅是独出心裁。这，你也许会听他解释，正是他的写作方法。当你期盼着危机出现时，那位真正的艺术家却躲开了。他从不描写危机，因而就越发显眼。最后，所有这些花样和情节都如真丝手帕那样被整理得井井有条，但我对其中的人物却失去了兴趣。如此操纵之下，米莉已经失去光彩。他弄巧成拙，因而没人愿意重温这部作品。作者对人物的理解与个性的描写都是上乘的。没有一个句子是松散的或与主题无关的，只是他的怯懦，或做作，或者不管叫什么，都极大削弱了作品的魅力。他竭力使自己显得儒雅多才，从这一点来看，具有典型的美国特色，但实际上他对真正的儒雅一无所知。

11月15日，星期二

这真的，真的，太可耻了——11月份已经过去十五天，我却没写任何日记。不过，即使没写日记，我也并非游手好闲，而是忙于小说创作。事实上，我们每天下午四点茶歇，之后我会去散步。而且，我不得不为第二天的写作阅读一些东西。有时我还会晚上外出，带着印刷材料到家就已经很晚，我又急不可耐地想要印制一本看看。我们去了罗德梅尔，大风吹了一整天，像北极的寒流那样凛冽，我们一直要照看炉火，防止它被吹灭。在这之前的一天，《雅各的房间》收尾——准确地说，是在11月4日星期五这一天完成的。1920年4月16日我开始动笔，减去用来写作《星期一或星期二》以及生病耽搁的日子，也就是六个月的间隔，这本书大概花了我一年的时间。我还没读它。我正努力为《泰晤士报》写一篇关于亨利·詹姆斯的鬼故事的书评。我刚才还在读这些故事，现在实在看不下去了。然后我必须写关于哈代的文章，我还想就纽恩斯[13]的生平写点东西，接着要修改《雅各的房间》。这些天里，只要还能抽出些时间和精力来处理帕斯顿的信件，我那篇读书札记就得动笔了。我敢说，先由此入手，还能构思出一部新小说来。这样一来，唯一的问题似乎是——我的手指是否能承受如此多的写作工作？

12月19日，星期一

趁着等待打包包裹的间隙，我想在日记本上写两句，谈一下评论的性质。

"请问是伍尔夫女士吗？我想就您写的那篇关于亨利·詹姆斯的文章提一两个问题。

"第一个问题（只是关于他的一个短篇的题目是否恰当）。

"第二个问题，您看您用了'下流'这个词。当然，我并不是要您把它改掉。只是用这个词来评论詹姆斯的任何作品都太重了。当然，最近我还没有读过这个短篇，可我的印象是……"

"的确，这是我当时的阅读感受，我得依照那时的印象来评论。"

"可您是否知道这个词通常代表什么？它可是——下流！可怜的老詹姆斯。不管怎么说，请仔细考虑一下，二十分钟之后给我回电。"因此，我反复思考了一下，十二分半钟之后，得出了所需的结论。可是该怎么办好呢？他已经说得很明白，他不仅受不了"下流"这个词，也不会喜欢对詹姆斯的任何批评。我觉得这种情况会越来越常见。所以，考虑下来，是要向外界解释一下而暂停写作呢？还是迎合大众口味，或逆流而上，一如既往地写下去？写下去也许是正确的，但不知怎么的，这个想法使我觉得束手束脚。我写得很僵，缺乏创作灵感，总之不怎么样，就目前而言，只好随它去了。没办法，就等着别人的批评吧。人们会对这些不满，会指责我太自负。可怜的布鲁斯，他抚摸着那份报纸，仿佛那是他唯一的命根子。他害怕公众的批评，对我自然很不友善，不仅因为我不尊重可怜的老亨利，更因为我给那份报纸招来了责难。瞧，我又浪费了多少时间。

注释

1. 拉尔夫·帕特里奇及其夫人多拉·卡林顿,还有多萝西·布雷特,是弗吉尼亚·伍尔夫的三位友人。
2. 《星期一或星期二》是弗吉尼亚·伍尔夫的短篇小说之一。这里指的应该是她1921年出版的同名短篇小说集。下文提及的《邱园纪事》《未写的小说》《一个协会》都是她创作的短篇小说。
3. 洛蒂·霍普(Lottie Hope),弗吉尼亚·伍尔夫的用人。
4. "和善的老鹰"(Affable Hawk),德斯蒙德·麦卡锡爵士的笔名。——伦纳德注
5. "苏格兰场"(Scotland Yard),英国大伦敦警察厅总部的代名词。
6. 《弦乐四重奏》(*String Quartet*),弗吉尼亚·伍尔夫的短篇小说。
7. 爱德华·吉本(Edward Gibbon,1737—1794),英国历史学家、作家和国会议员。代表作为《罗马帝国衰亡史》。
8. 查尔斯·兰姆(Charles Lamb,1775—1834),英国作家、文学评论家,代表作有《莎士比亚戏剧故事集》等。
9. 威廉·哈兹里特(William Hazlitt,1778—1830),英国散文家、评论家、画家。
10. 利·亨特(Leigh Hunt,1784—1859),英国散文家、评论家、浪漫主义诗人。他与哥哥约翰共同创办了《观察家报》。
11. 《拉弥亚》,英国著名诗人济慈的叙事长诗。
12. 埃阿斯(Ajax),古希腊神话中最勇猛的英雄之一。
13. 乔治·纽恩斯(George Newnes,1851—1910),英国出版商、编辑,英国大众新闻业奠基人。

1922

2月15日，星期三

现在我要来写写我的阅读心得。首先是皮科克[1]的《噩梦修道院》和《克罗特谢城堡》。这两本书非常精彩，远远超越了我对它们的浅薄印象。果然，赏读皮科克需要一种成熟的品位。我年轻时，曾坐在一趟去希腊的火车车厢里读他的作品。当时索比[2]坐在我对面，他非常讨我欢心，因为他赞同我的观点。我说，梅瑞狄斯[3]的女人都是从皮科克那里搞来的，这些女人一个个魅力十足。我还说自己其实读得有点勉强，需要强打起精神才行。索比很喜欢我的这番言论。那时我应该是偏好推理、传奇以及心理描写，而现在却对优美的散文最感兴趣。我越来越能细致地品出散文的味道。我也更喜欢讽刺小说，乐于欣赏其中的怀疑精神和知性色彩。此外，我觉得荒谬怪谈要优于虚假的心理分析，因为此类作品虽然点到为止，却给予读者巨大的想象空间。这种作品往往短小精悍，我曾经捧着大小相宜的初版小黄本，读得津津有味。

读大师司各特[4]的作品,我又一次感觉神经紧张。他的《修墓老人》[5]我读到一半了,阅读过程中不免要忍受一些乏味的布道。但我不确定他本人是否也很沉闷,因为在他的作品中,一切都显得恰如其分——甚至他笔下古怪而单调的风景,都像是用棕褐色和赭褐色颜料精心描摹出的,如此平整而精致。伊迪丝和亨利可谓他创造的典型人物,书中对他们的描写恰到好处。库迪和莫斯这对人物形象则体现出他以往的描写风格,平铺直叙,生动活泼——他对现实生活的理解也是如此。但我敢说,因为刻意的布景和叙事,创作这部作品时他就不能像写《古董商》那么尽心肆意了。

2月16日,星期四

继续往下说——《修墓老人》后面的章节仍然乏味沉闷,而且有些过于工笔细描。我敢说,这是因为权势介入了原来的自然叙事进程。莫顿自命清高,伊迪丝木讷呆滞,埃文戴尔是个死脑筋,牧师的呆板无趣倒是在我意料之中。尽管如此,我仍期待下一章会精彩些,这些殷勤的老家伙也就不那么惹人厌了。

我们的历史肖像画家在多大程度上是可信的呢?就我而言,我已经不记得维奥莱特·狄金森的样子。我是不是昨天下午见过她,还同她待了两个小时?我记得她一走进大厅,就开始和洛蒂交谈。她声音婉转,吐词随意:"我的小果酱呢?伍尔夫女士最近怎样？好些了吗？她在哪儿呢？"她一边放下外套和雨伞，一边自言自语地发问，根本听不进别人的回答。当她走进房间时，我觉得她很高大，穿着裁剪精致的衣服，礼帽上延伸出一条黑色丝带，上面嵌着一只红色舌头的珍珠海豚。她看起来更圆润了，脸蛋白白的，蓝色的眼睛显得很精神，没有鼻尖，两只手精致小巧且贵气十足。不错，我能记起她的样子了，不过她具体说了什么呢？大自然都无法解释——人类的本质就是逐渐遗忘一些东西，我能记起什么呢？我记得她当时乱谈一通，提到了老里布尔斯代尔和霍纳上台——Ly. R. 是典型的阿斯特家族的人——拒绝让她投资。她还对我说："你的朋友施莱纳小姐[6]去了曼谷。你记不记得她伊顿广场的豪宅里摆满了靴子和鞋子？"说实话，我既想不起施莱纳和她的靴子，也不记得什么伊顿广场。然后赫尔曼·诺曼[7]回来了，他提到德黑兰的情况现在非常混乱。

"这位是我的表兄，"我介绍道，接着问诺曼，"怎么回事？"

接下来我们一同去了诺曼斯。伦纳德和拉尔夫也在那儿喝茶，从他们桌上不时飘来一阵葡萄味。现在，若把这一切以适当的方式串联起来，就可以写一篇简·奥斯丁风格的小品文了。但就老简而言，如果她心情不错，就会把其他所有事情也写进去。不，我认为她应该不会这样，因为简通常不善于反思。我们不能把与她相关的事情强加到她身上，牵强附会地赋予她一种美丽的品质。维奥莱特安静下来了——尽管她信仰一种古老教义，即讲话时不能有任何停顿——她这会儿变得更近人情，也更大方，自然而然地表露出一种不失幽默的同理心,显得可靠而真实。她像一位杰出的小说家,能够在特定的环境中看待和分析事情,只是她的所见所想更零散、更机械一些。她告诉我她不想活下去了。"我很幸福,"她说,"是的,我非常幸福——但我为什么要继续活着呢?活着是为了什么?"我试着回答她:"为了你的朋友?"她说:"我的朋友都死了。"我又问她:"那奥兹呢?"她答道:"噢,没有我,他依然会过得很好。我真应该收拾收拾然后消失。"我问她:"你不信仰永生了吗?"她说:"不信。我也不知道我信不信。我就是想着,尘归尘,土归土。"她自然是大笑着说出这番话的,然而在我看来,她这种神奇的幻想却让人信服。我喜欢确定性——可以用爱来表达这些奇怪而深沉的古老情感吗?这些情感萌芽于青年时期并逐渐同许多重要的事情混在一起。在返回弗里瑟姆和海德公园门的路上,我一直注视着她那双愉快而动人的蓝色大眼睛,它们如此真诚、宽容而热情。不过,这一切当然构不成一幅画。我觉得,在某种程度上,她是一位天才女画家创作的草图,这位画家在其作品中融入了自己所有灵巧的天赋,却尚未使之定型。

2月17日,星期五

我刚服下那剂非那西汀[8],也就是说,伦纳德回来告诉我《日晷》刊登了一篇对《星期一或星期二》略有微词的评论。在此之前,我还期望能赢得这份严肃杂志的肯定呢,这样一来,越发沮丧了，就像没取得任何进展似的。同时，我又很高兴地发现，我已经获得了一种小小的豁达，一种近乎自由的感觉，想写什么就写什么，而且目标明确。还有，若上天有知，也该体谅我的苦心。

2月18日，星期六

我的思绪又从死亡这个话题上岔开了。昨天我脑子里突然冒出些关于名利的想法，需要记下来。我想我已打定主意，不去迎合大众，这是真心实意，我尊重他人的无视和非议。因为在我看来，这是我必须付出的部分代价。我想怎么写就怎么写，他们尽可以想说啥就说啥。我逐渐明白，作为作家，我的兴趣不在于力量、情感或博人眼球，而在于追求异乎寻常的独特性，可我又会对自己说，难道"某些异乎寻常的独特"不正是我所推崇之物吗？以皮科克为例，在他的小说《孤独》中，巴罗、多恩、道格拉斯都具有这种独特性。由这一点随即还能联想到谁呢？菲茨杰拉德。具有这种天赋的人，即使其美妙有力的语言陈腐已久，也仍会为人津津乐道。我读过的一个故事可以为证，说的是一个小男孩得到了一部玛丽·科雷利的作品作为主日学奖励，却立刻自杀了。验尸官评论道，他认为那"根本不是一本好书"。所以《强大的原子》[9]的影响也许日渐衰微，《夜与日》则越来越被看好，尽管在不久前，《远航》正如日中天，令我颇受鼓舞。到今年4月，《远航》问世即将七个年头，它仍以其一流的艺术性而受到

《日暑》的称赞。如果七年后，他们也如是评价《夜与日》，我就心满意足了。只是我得等上十四年才能知道是否真有人喜欢《星期一或星期二》。我想读拜伦的作品，可我必须看完《克莱芙王妃》[10]，很久以来我一直惦记着这本杰作。想想看，我一直在谈论小说，自己却从未读过这本经典小说！但读经典很困难，尤其是这样一部经典小说，因为它们趣味高雅，结构严谨，富于理性和艺术性，条理清楚，丝毫不乱，有很高的美学价值，但我认为它很难品味。所有的人物都很高尚，举手投足都很庄重，只是整体布局过于复杂，情节得一一铺开。事实上，我们注意的是人的心灵活动，而不是肉体活动或命运的步伐。而这类讲述高尚人物内心活动的故事所描写的心理活动，在其他情形下就显得不可捉摸。例如，克莱芙王妃与她母亲之间的关系就微妙而深奥。要是我在写书评，我可能会谈谈人物之美。谢天谢地，我不用评论它。我最后花几分钟浏览了《新政治家》上的评论。在喝咖啡和抽烟的间隙，我还读了《国民报》。英国那一批头脑（比喻意义上的）最好用的人，不知花了多少时间和精力，屈尊给我提供了这种很简便的娱乐形式。我读书评常常一目十行，只看进去一两句话；这本书到底是好是坏？然后依据对作品和评论者的了解做出判断，而不是轻易地相信评论。可我自己写书评，却好像下笔千钧，每个字都很沉重，像在三大法官面前受审一般。我不敢相信自己的评论会被匆匆扫过一眼就完事。看来书评变得越来越无意义了。另一方面，我对文学评论的兴趣与日俱增。不过，经过六个星期的感冒折磨，早晨起来我总觉得大脑空无一物。笔记本就搁在床边，没有打开。起先我几乎无法看书，因为脑子里充斥着各种想法，我得立刻把它们记录下来。一切都挺有趣的，比如，呼吸新鲜空气，看着汽车来回，在河边闲逛，而且，上帝保佑，让我恢复到灵感四溅的状态吧。我现在正悬在生死之间，这不是一种舒服的状态。我的裁纸刀在哪儿？我需要裁下这些有关拜伦的内容。

6月23日，星期五

《雅各的房间》，正如我前面提到的，被交给格林小姐打字了。等到7月14日，这份打字稿就会横跨大西洋到美国去。然后，我就要开始被人反复质疑了。这种预设和推断是我的自我保护机制。这段时间，我打算安下心来为艾略特写个故事，靠着斯夸尔和我的读书札记活下去，同时也为应对命运的反复无常做好准备。如果他们认为这个故事是一个大胆且聪颖的创新，我就把《达洛维夫人》送去邦德大街，作为成品出版。如果他们评价这部小说不可能成功，我就问问他们能否接受把主人公换成奥默罗德小姐，或改写成奇幻作品。如果他们说，"不管你的主人公是谁，我们都没兴趣"，我就邀请他们读一读我的评论文章。他们会如何评价《雅各的房间》呢？我想，应该是"疯狂"，一首杂乱无章的狂想曲。我也不确定他们会如何评价。等我重读这部作品时，再来谈观点吧。话说回来，给《泰晤士报文学副刊》投稿的话，"论小说的重读"简直是绝佳标题，虽然文章写起来不免要费力些。

7月26日，星期三

伦纳德星期日看完了《雅各的房间》。他认为这是我最好的一部作品，但最初的评价只是这本书写得非常好。我俩为此还争论了几句。他认为这是部天才之作，同我的其他作品不一样。他评价这本书中的人物就像鬼魂一般，评价这本书很奇特，评价我缺乏人生哲学。他说我创造的人物都是一些傀儡，在命运的操纵下四处漂泊。他不认为命运对人物的作用是这样的。他认为下次我应该把这种"方法"只用在个别人物身上。他觉得这本书精美动人，没有游离主题（除了舞会之外），而且明白易懂。一开始我心神不宁，总担心无法像往常那样写得有条有理，因为写作时我既焦躁又兴奋。总体而言，我对伦纳德的评价很满意。我们都不确定公众将如何评价它。但我确信（在我四十岁时）我已经找到了适合自己的表达方式，而这种兴致足以支撑我在没有外界赞誉时还能继续写下去。

8月16日，星期三

我应该继续读《尤利西斯》，并且谈谈自己对这部作品的看法。我目前看了200页，三分之一还不到。我觉得前面的第二章、

第三章，以及墓地场景之前的内容都很有趣，令人耳目一新，爱不释手。但再往后读，那个焦虑不安的大学生抓挠粉刺的场面让人费解，更让人感到无聊、烦躁和失望。还有汤姆，了不起的汤姆，他怎么能认为此书可与《战争与和平》媲美！在我眼里，此书的作者似乎没经过语言训练，缺乏足够的品位，倒像个自学成才的工人。我们都知道这种人郁郁寡欢，固执自大，性格粗鲁，言行不当，最后不可避免地讨人厌。明明可以吃熟肉，为什么偏要生食呢？只有汤姆那种患有贫血症的人，才会觉得有血性的作品是值得称赞的。我很正常，这本书不合我胃口，所以我准备继续读经典作品。之后我的观点也许会改变，但如上评价是我的批评箴言。我在书里夹了枚书签，作为看完 200 页的标记。

就我自己的写作而言，我正费劲地为《达洛维夫人》挖空心思，却一无所获。我不喜欢这种感觉，写得太快了，应该压缩一下。我十天写了 4 000 字的读书札记，破了纪录，但现在来看，它只是我阅读帕斯顿[11]的速记。现在根据我的快速转换原理，我要稍作中断，接着写《达洛维夫人》（这位夫人肯定会带出一帮人，我现在有预感了）。然后要读乔叟，预计在 9 月初读完第一章。到那时，或者再考虑读读希腊文学作品，将来的安排就这样定下了。如果《雅各的房间》在美国不受欢迎，在英国也备受冷落，到时我就沉浸在自己的乐园里深耕。我看到乡间到处是割麦的场面，便想到了这种说法，希望还算恰当。不过，既然我现在不再给《泰晤士报文学副刊》写评论，便无须担心用词恰当与否。我以后还会为这些报刊写评论吗？

8月22日，星期二

使自己逐步进入写作状态的步骤如下：首先，在户外适当锻炼一会儿；然后读些文学名作。要是认为文学直接来自生活中的素材，那就想错了。作者应该脱离生活——是的，所以我对悉尼的不请自来颇反感——对作者来说，肉体仅仅是个躯壳而已——全神贯注地生活在思维之中，不必注意作者性格的其他琐碎特点。悉尼一来，我就成了弗吉尼亚；当我写作时，我便仅仅是个躯壳。只有当我注意力分散，性情多变，想要社交时，我才喜欢做弗吉尼亚。现在，只要仍待在这儿写作，我就宁愿做个躯壳。顺便提一下，萨克雷的作品很不错，读起来轻松愉快，就像人们在路对面的尚克斯家说的那样：他笔触细腻，观察力惊人。

8月28日，星期一

我又开始读希腊文学了，而且必须得有规划。今天是8月28日，到9月2日星期六，要完成《达洛维夫人》的写作；9月3日星期日到9月8日星期五，这段时间读乔叟。乔叟，我的意思是，乔叟的那一章，要在9月22日之前读完。接下来呢？我要不要继续写《达洛维夫人》的下一章——如果她还值得拥有下文的话？

我应该写《首相大人》[12]吗？这样就会一直持续到我们回来后的一周了，也就是10月12日。然后我必须准备开始读我的希腊篇。所以，从今天开始到10月12日——仅有六个多星期——但还得考虑一些中断情况。那现在要读什么？要读一点荷马，读一部希腊戏剧，读柏拉图、齐默恩[13]，以及谢泼德[14]的作品（作为教科书来读），还要读本特利[15]的自传（如果能完整读完的话）。这样就足够了。不过，我要选哪部希腊戏剧呢？荷马的书要读多少页？柏拉图的书读哪一本？此外，还有一些选集。由于要读伊丽莎白时代的作品，最后还得读《奥德赛》。此外，我得读一点易卜生的书，这样才能与欧里庇得斯进行比较，还得比较拉辛和索福克勒斯，也可能把马洛和埃斯库罗斯进行比较。看来要苦读一阵了，但我可能会读得津津有味，不然就没必要进行下去了。

9月6日，星期三

我的《雅各的房间》校样都是隔天被送回，若仔细查看那些批注，我估计要万分沮丧。目前，我的这本书读起来仍觉单薄、平淡，几乎没什么力透纸背之谈。但我希望有人能看出来，我的作品呈现了一种优雅得体的幻想，而非受制于现实生活。有人能看出来吗？不管怎样，我从慷慨的大自然那里继承了一种错觉，让我相信自己能写出些好东西。这些东西具有丰富的意味、深沉的思想和流畅的形体，就像钉子那样坚韧，又像钻石那般耀眼。

我读完了《尤利西斯》，而且断定它不是一部成功之作。它确有过人之处，但构成却显得低劣。这本书结构松散，内容贫乏，表面自命不凡，实际上，就表情达意和文学底蕴而言，都教养不良。我的意思是说，一流的作家应该严肃对待写作，不能太过卖弄、炫技或追求轰动效应。这让我联想到寄宿学校里乳臭未干的小男生，他们足智多谋、能力突出，却也过分自大和自私，以至于他们冲昏了头脑，变得行为放肆、矫揉造作，整天吵吵闹闹，难得安分。良善之人为他们感到悲哀，而严苛之人只会为其恼火。我们希望这样的小男孩能成长起来，脱去幼稚，但鉴于乔伊斯已经四十岁，这种想法几乎行不通了。当然，我没有仔细研读这部作品，只快速读了一遍，而且觉得它晦涩难懂。所以，毫无疑问，我未能对这部作品的伟大之处予以公断。我觉得，我的批评不过是小打小闹，就像无数小子弹噼里啪啦打在人身上，并不能——比如，就像托尔斯泰描述的那样——一发击中，使人毙命。但怎么能将乔伊斯和托尔斯泰相提并论呢！恐怕是无稽之谈。

9月7日，星期四

刚写下日期，伦纳德就把登在美国《国民报》上的那篇关于《尤利西斯》的评论文章递给我。评论写得非常高明，第一次对作品的意义做了分析，而且毫无疑问使这本书显得更有魅力了。但我认为第一印象自有些道理和真理可言，所以不会放弃自己的第一印象。我要把一些章节再读一遍。也许同代人无法赏识一部作品最深刻的美,不过他们应该被这美丽所震惊。可我没有。再说了,我是故意坚持己见的,而且大家对汤姆的溢美之词在那时狠狠刺激了我。

9月26日,星期二

我来唠叨几句。摩根星期五来了一次。汤姆是星期六来的。我与汤姆之间的谈话值得一记,但天色渐晚,而且我俩那天在查尔斯顿说好了,谁也不得把谈话的内容记录下来。关于《尤利西斯》,我俩谈了很多。汤姆说:"他(乔伊斯)是一位很纯正的文学写作者,深受沃尔特·佩特[16]的影响,又掺杂了一些纽曼[17]的风格。"我说,他(乔伊斯)男人味挺重的,像只公山羊。我没指望汤姆会同意我的看法,不料他竟同意了,并说乔伊斯漏掉了许多重要的东西。此书会成为一座里程碑,因为它把整个19世纪的文学都推翻了。但此书没能为乔伊斯留下再写一本的余地,同时也暴露了整个英语文学风格的弱点。他认为有些部分写得很优美,但没有反映"伟大的思想",不过这原本也不是乔伊斯的目的。他认为乔伊斯做了决意要做的事,却未能对人类本质做出新的透视——不像托尔斯泰那么有创见。布卢姆提到过一点,他说,这种揭示人类心理的新方法事实上向我们证明了此路不通。这种方法还不如那种来自外部的不经意的观察所揭示的深刻。我说我发现《潘登尼斯》[18]在这方面更具有启发性。（此时马群正在窗外吃草，小猫头鹰在叫唤，而我又在胡写一气。）我们继续谈到圣·西特威尔，一位只谈自己感受的作家。在汤姆看来，这就像陀思妥耶夫斯基那样犯了一种致命过错，毁了英国文学。在这一点上，我俩达成一致。把一部劣等模仿作品做过了头，并因其形式与内容的不相称而破坏了文学性，前景不容乐观。他说，要成为真正的诗人，必须先做一流的诗人。当大诗人出现时，那些不起眼的诗人也沾了点光，变得不那么微不足道了。现在并没有大诗人。最后一位大诗人出现在什么时候呢？我如此问道。他说，自约翰逊[19]以后就再也没有人能吸引他了。他说勃朗宁太懒散，那些诗人都是如此懒散，麦考莱[20]把英国散文给搞砸了。我们一致认为，人们现在畏惧英语这种语言。他说这是咬文嚼字而非博览群书的后果。在他看来，D. H. 劳伦斯[21]有时写得还不错，特别是最近出版的那本《亚伦的杖》，有些部分写得棒极了；但也不过是个蹩脚的作家。但汤姆对自己的那套观点过于执拗了。（天黑了。晚上七点十分。一个糟糕的雨天。）

10月4日，星期三

我有些目中无人，自高自大，因为布雷斯[22]在昨天给我的信中写道："我们认为《雅各的房间》是一部惊人之作，写得很美。你当然有自己的风格。目前很难预料会有多少读者，但肯定会有人非常迷恋这本书。我们很高兴能出版这部作品。"诸如此类。这是外人第一个不偏不倚的评论,我很高兴。大体说来,此书起码得给人留下一些印象,一定不会是彻底的哑炮。我们打算于10月27日出版此书。我估计杰拉尔德·达克沃思会因此对我有些不满。我嗅到了自由的味道。我真心认为,我是冷静对待而非故意迎合大众,无论外界舆论如何,我都会继续安心写作。最后一点,我喜欢读自己的作品。它看起来要比以前的作品更能反映我的思想,而且我已经完成得很出色。《达洛维夫人》的写作和乔叟的阅读任务都已完成。五卷本的《奥德赛》连同《尤利西斯》都已经读完。现在刚开始读普鲁斯特的作品,同时还在继续读乔叟与帕斯顿。同时阅读两本书显然可行。我喜欢带着目的去读书,我只答应为《泰晤士报文学副刊》写一篇关于散文的文章,而且利用业余时间写,所以我是自由的。我计划按部就班地读希腊文学作品,星期五开始写《首相大人》。我还要读悲剧三部曲,以及索福克勒斯与欧里庇得斯的一些作品,还有柏拉图的对话录。此外,还要读本特利和杰布的传记。四十岁的我才刚开始了解自己大脑的运行机制——如何最大限度地利用它工作并获得最大程度的快乐。我认为,秘诀在于总是将工作设计得令人愉悦。

10月14日,星期六

我刚刚收到两封信:一封来自利顿,另一封来自卡林顿,都与《雅各的房间》有关。我自己也发出了很多封信，已经记不清有多少了。现在，作品即将出版。星期一那天，我到伦敦约翰照相馆去拍半身照。里士满来信询问能否把出版日期提前，以便在星期四引起更多关注。我的心情如何呢？依然很平静，但利顿对我极尽赞美，预测这部作品会像诗歌一样永远流传于世。他担心仍会有流言蜚语，但认为我的文字之美不容忽视。利顿的过高评价令我无法静下心来感受真正的喜悦。兴许我的神经已变得麻木，我只想尽快处理这引人注目的一切，重新静下心来沉浸于知识的海洋。我想不受干扰地写作，《达洛维夫人》已构思成形，在这本书里我要对精神异常和自杀进行一些探讨，通过正常人和精神病患者的视角来描述这个世界，差不多是这样的。塞普蒂默斯·史密斯？是不是个好名字？要比《雅各的房间》更接近现实，只是我认为后者达到了自由创作的境界。我必须心平气和地用这一页纸来制订工作计划。

先继续读完希腊文学作品的一章。该在下一周，比如说21日写完《首相大人》。然后准备为《泰晤士报文学副刊》写那篇关于散文的文章，从23日开始，大约到11月2日才能写完。因此我现在得集中精力去读些随笔：读些埃斯库罗斯的文章，同时从齐默恩着手，快速读完本特利——他的文章其实不甚合我意。我想这样就将工作计划搞清楚了，尽管我仍不太明白该怎么读埃斯库罗斯。希望无须花太多时间，但我清楚这只是个幻想而已。

我自己如何看待《雅各的房间》获得的成功，或者说，怎样才算成功？我想我们能卖掉500本，等到6月份，销量会慢慢增至800本。有些人会特别看重这部作品的文字之美，但那些喜欢人物描写的读者肯定会嫌弃它。我唯一担心的评论其实来自《泰晤士报文学副刊》，倒不是因为这份期刊的评论最有见地，而是因为读它的人最多。我不能忍受自己当众出丑。《威斯敏斯特公报》一定会对此百般挑剔，就像《国民报》那样。但我仍要严肃地宣誓，什么都不能打消我继续写下去的念头，或抹杀我写作的乐趣。所以无论发生什么，即使我表面稍显慌张，内心却安定踏实。

10月17日，星期二

这篇日记其实是我匆匆做出的工作计划。第一件事，德斯蒙德来信说他已经将我的书读了一半，并夸赞"你从未写得如此出色……这让我又惊又喜"，大意如此。第二件事，邦尼很热心地打来电话说这是部一流的作品，是我到目前为止写得最好的一部，生动活泼，也很有价值。他还拿走了36本书，说人们正"抢着要"呢！拉尔夫到各个书店转了一圈，并未发现邦尼说的场面。至于我自己，今天出售了不到50本，还不知道图书馆和辛普金·马歇尔将做何反应。

10月29日，星期日

玛丽·巴茨小姐[23]已经离开，可我头昏脑涨，没办法读书。

还是写东西吧，或许以后还能因此得些乐趣。我的意思是，这场谈话过后，我总惦记着那些喜欢和不喜欢《雅各的房间》的意见，于是焦头烂额，无法集中精力。星期四，《泰晤士报》刊载了一篇评论，篇幅很长，但我觉得写得不温不火的。这篇评论指出，不能用我这种方式来塑造人物。在我看来，这已经算是好话。当然，我也收到了摩根的来信，他的意见正好与上述意见相反，我爱极了这封信。据我所知，我们已售出650本，并打算发行第二版。我感觉如何呢？心情一如往常复杂。我想我永远无法写出一本彻底成功的书。这一次，报刊评论都指责我，个别读者却热情洋溢。这样看来，我要么是位伟大的作家，要么就是个傻瓜。《每日新闻》称我为"年老的感性主义者"。《蓓尔美尔公报》认为我无足轻重，不值一提。我倒也预料到会被这些人无视或嗤之以鼻。那么，即将第二次印刷的1 000本又会经历什么呢？当然，截至目前，我们已经取得了意想不到的成功。我想，我现在要比以往任何时候都高兴。摩根、利顿、邦尼、维奥莱特、洛根和菲利普[24]都热情洋溢地给我来信。但我不想继续下去了。这件事情就像玛丽·巴茨留下的味道一样萦绕不散。我不想继续关注赞美之词或执着于对比各种评论。我想好好构思《达洛维夫人》。我想把它创作得比我的其他作品都出色，从而获得最大的安慰。如果允许"事后诸葛"，我真希望在写作《雅各的房间》时再刻苦用力些，但现实是，我必须边想边做。

注释

1 托马斯·洛夫·皮科克（Thomas Love Peacock，1785—1866），英国诗人、小说家，其作品中有许多有趣的对话，多取材于他和朋友雪莱等人的谈话。

2 索比·斯蒂芬（Thoby Stephen，1880—1906），弗吉尼亚·伍尔夫的哥哥，也是布卢姆斯伯里团体成员。

3 乔治·梅瑞狄斯（George Meredith，1828—1909），英国维多利亚时代的诗人、小说家。

4 沃尔特·司各特（Walter Scott，1771—1832），英国历史小说家、诗人，因为创作以苏格兰为背景的诗歌而闻名，后转行写作历史小说。代表作为《艾凡赫》。

5 《修墓老人》（*Old Mortality*），司各特的"韦弗利"系列小说之一，作者根据1679年苏格兰清教徒一次起义的史实创作。

6 奥利芙·施莱纳（Olive Schreiner，1855—1920），南非作家、反战活动家和女权主义者，代表作品是《非洲农场的故事》。

7 赫尔曼·卡梅伦·诺曼（Herman Cameron Norman，1872—1955），英国外交家。他参加了1919年的巴黎和会，并在1920年5月至1921年10月间担任英国驻德黑兰特使。

8 非那西汀，一种解热镇痛剂。

9 《强大的原子》（*The Mighty Atom*），英国小说家玛丽·科雷利（Marie Corelli，1855—1924)）创作的一部小说，发表于1896年。小说结合了现实主义、社会评论和家庭戏剧，讲述了一个道德主题的故事。

10 《克莱芙王妃》是法国作家拉法耶特夫人（Madame de La Fayette，1634—1693）的代表作，被誉为法国第一部心理小说。小说以亨利二世时的宫廷为背景，影射了17世纪后期的王室生活。

11 这里，弗吉尼亚·伍尔夫阅读的应该是帕斯顿家族的通信集。

12	《首相大人》是弗吉尼亚·伍尔夫在创作《达洛维夫人》之初写的一个短篇故事,又被称为《与达洛维夫人有关的故事》。
13	阿尔弗雷德·齐默恩(Alfred Zimmern,1879—1957),英国牛津大学著名希腊史家。
14	约翰·特里西德·谢泼德爵士(Sir John Tresidder Sheppard,1881—1968),英国古典主义学者,翻译了许多著名的希腊经典作品。
15	理查德·本特利(Richard Bentley,1662—1742),英国古典学者、评论家和神学家,英国希腊学派和历史语言学的创始人。
16	沃尔特·佩特(Walter Pater,1839—1894),英国作家、文艺批评家。
17	约翰·纽曼(John Henry Newman,1801—1890),英国著名神学家、教育家。
18	《潘登尼斯》(*The History of Pendennis*),英国作家萨克雷的自传体小说。小说讲述了纨绔少爷潘登尼斯的成长故事。
19	塞缪尔·约翰逊(Samuel Johnson,1709—1784),英国作家、文学评论家和诗人。
20	托马斯·巴宾顿·麦考莱(Thomas Babington Macaulay,1800—1859),英国历史学家、诗人,代表作有《英国史》等。
21	D. H. 劳伦斯(David Herbert Lawrence,1885—1930),英国小说家、批评家、诗人、画家,代表作有《儿子与情人》《查泰莱夫人的情人》等。
22	这里指的应该是唐纳德·布雷斯,哈考特与布雷斯出版社联合创办人之一。
23	玛丽·弗朗西斯·巴茨(Mary Francis Butts,1890—1937),又称玛丽·罗德克,英国现代主义作家。
24	菲利普·爱德华·莫雷尔(Philip Edward Morrell,1870—1943),英国自由党政治家。他与奥托琳在 1902 年结婚。

1923

6月4日，星期一

　　私下里我性格乖戾，部分是因为我想守住自己的立场。我突然对自己的日记产生了浓厚兴趣。我想写一写身边的人（比如奥托琳[1]）内心的卑鄙，并揭露人性的虚伪。关于这些，我平时已经忍够了。事实上，人们之间几乎互不关心，他们对生活的感受是病态的，只关心与自己相关的事情，对其他事情漠不关心。帕夫[2]宣称爱他的家人，他们之间什么烦心事都没有。他不喜欢别人对他冷冰冰的或言行粗鲁。戴维勋爵[3]也是如此。因此，这肯定是他们那个圈子里的行话。帕夫却说——"我不知道是否有这回事"。我同他在菜园子里兜了一圈，途中遇到利顿，他坐在绿色的椅子上和人聊天，看起来很不正经。我也同萨克维尔·韦斯特在田野里闲逛了一会儿，他说他身体好些了，正在写一本质量更高的书。我还和梅纳森（是叫这名字吗？）一起在湖畔转悠了一圈。梅纳森是埃及的犹太人，他说他爱自己的家人，可他们都疯了，说起话来像书里的人物。他说他们引用了我的文章，还想让我去做演讲。还有阿斯奎思夫人，我对她印象极深。她肌肤雪白，一双棕色的眼睛像蒙着面纱，如同一只老雌鹰，眼底深不可测，耐人寻味。她很友善，随和又果断。她感叹道：倘若只有雪莱的诗歌，没有雪莱其人该多好啊！她宣称：真受不了雪莱。阿斯奎思夫人是个十足的清教徒，而且有些墨守成规，尽管穿着打扮上铺张浪费。她在举手投足间操纵着一切——要是能这么说的话——而且很有两下子，我甚至动了偷学几分的念头（不过不可能去学的）。她带着利顿走开了，扯了一下他的胳膊，匆忙走掉了。她认为"人们"在纠缠她。无法避开时，她也会显得和蔼可亲，坐在窗台上和一名衣衫褴褛的黑人绣花女工打招呼，但也只是因为奥托琳对那名女工很和善。这正是她的可怕之处——故意对别人和颜悦色，却是为了晚祷时让自己的良心过得去。奥托琳甚至邀请了那名可怜的绣花女工参加她举办的舞会，不过也是为了抬高自己的形象罢了。我以这种口气说话，本身就包含了一种心理上的反感。她夸我气色棒极了，可我一点也不觉得受用。为什么呢？可能部分是因为我头疼。不过，身体健康，用心让自己从生活中得到最大的快乐，肯定是世界上最快活的事。我不喜欢的是，我觉得自己老在操心，或者让别人替我操心。不管这些了，我要写作，努力写。利顿说我们还有二十年的好光景。阿斯奎思夫人宣称她迷恋司各特。

6月13日，星期三

科尔法克斯夫人[4]戴着帽子，上面饰有绿丝带。我是否提过上周和她共进午餐的事情？那天是德比赛马日，下着雨，天空是棕色的，气温很低。她一直说个不停，说出来的话就像从飞机上撒下的刨花，拿腔拿调，又滔滔不绝。克莱夫、利顿和我小聚了一下，但谈得不怎么尽兴。为了庆祝克莱夫归来，那天晚上利顿和利奥·迈尔斯一起在这里吃的晚餐。于是我去了戈尔德斯格林，同玛丽·希普尚克斯[5]一起坐在她家的花园里聊天。的确是我大胆地挑起了话茬，好像只有这样才不会浪费生命。清新的小风吹过花园间厚厚的树篱，不知怎的，我的心突然就被一种特殊而强大的情感占据。我现在说不清那种感觉了。最近我必须经常抑制自己的兴奋——感觉就好像我正要穿过一道屏障，又好像有什么东西正猛烈地朝我扑过来。这预示着什么，我不知道。那大概是一种对生存诗学的总体感知，对我影响极大。这种感觉往往与大海和圣艾夫斯有关。提到戈登广场46号（贝尔一家）也会让我兴奋。我敢说，只有地下室里放着两具棺材这样的场景才能完全抑制我的兴奋。我能感到时间飞逝，这让我的情绪更激动了。

6月19日，星期二

我拿起日记本，想着也要谈谈我的创作——看了凯瑟琳·曼斯菲尔德谈她的《鸽巢》的那篇文章，我便萌生了这个念头。可我只是粗略地看了一眼。她说了许多要用心体会事物之类的话，同时也说要为艺术而写作，这一点我不会批评她，虽然我本可以那么做。不过，我是如何看待自己的作品，也就是这本《时刻》[6]的呢？不知道这么命名是否合适。陀思妥耶夫斯基说过，写作必须发自肺腑。我做到了吗？我是否因为喜欢鼓捣文字而将字句拼凑在一起？不对，我想不是这么回事。在这部作品里，我有太多的想法想要表达。我想描述生与死，理智与疯狂；我想抨击这个社会制度，并揭示它如何起作用——要把它最关键的运作方式表现出来。但是，或许我只是故作姿态。今天早晨，听到卡[7]说她不喜欢《在果园里》这个小故事，我只觉得身上一激灵，看来又恢复了默默无闻的状态，也就是只为自己的爱好而写作。她使我抛弃了想得到世人称赞的创作动机，让我感到即使没有外界的表扬，也该心满意足地继续写下去。那天晚上，邓肯也用同样的口吻评价了自己的画。我感觉仿佛匆忙间脱下了舞会的礼服，赤身站在那儿——这在我的记忆中是件很愉快的事。还得接着那个话题，我是否以发自内心的情思创作着《时刻》？当然，那个发疯的场面颇费周折，让人绞尽脑汁，所以我无法想象接下来的几周仍要面对这本书。说到底，人物的塑造才是关键。人们，比如阿诺德·贝内特，说我塑造不出流芳百世的人物，《雅各的房间》就是例子。我的回答是——还是留给《国民报》去回答吧。他们说我的人物塑造得支离破碎，但这是种过时的论点，属于传统的后陀思妥耶夫斯基式观念。我敢说,的确如此,我并不具备那种"写实"的天赋。我认为现实不可信任——太虚伪了,因此在某种程度上,我故意虚化现实。可是得接着往下说。我有能力将真实的现实反映出来吗?或者我写的东西只是反映我自己的情况吗?我可以站在对自己不友好的立场来回答这些问题,而且觉得还挺兴奋的。谈到问题的实质,我现在又在写小说了,我感到自己所有的潜能都以最炽烈的方式爆发出来。在受到他人批评时,我感到创作面变窄,不能全身心地投入写作。这再正常不过了,因为只有自由发挥自己的潜能去写作,才能快乐。我在独处时要比与他人在一起时更愉快。然而,最重要的是要在这部作品里反映些主要问题,尽管他们应该都不愿折服于我的文字之美。不,我不会把我的优点归功于默里夫妇,他们像讨厌的跳蚤一样寄生在我身上。该死,我竟如此抱怨,太丢人了。然而,想想18世纪吧,在那时,一切都是公开的,不像现在这样遮遮掩掩。

回到《时刻》上来,我估计此书必定颇费周折。它的构思如此奇特巧妙,所以我总得绞尽脑汁,才能使内容与结构相称。构思显然很有创意,非常吸引我,我想写下去,不停地往下写,写得迅速而富有激情。当然,我不可能做到。从今天起,三周后我定会精疲力竭。

8月17日，星期五

此处我想谈论的问题关乎我的散文：如何把它们变成一本书？我刚刚想到一个绝妙的主意，就是把它们嵌到奥特韦谈话中去。主要的好处是，我可以评论和补充不得已而删去的，以及忘记写进去的内容。例如，关于乔治·艾略特那篇就必须添加一个结尾。此外，为每篇文章设置一个背景也有助于"成书"。在我看来，做成散文集不太艺术。但我的方法或许又过于艺术了，可能会走偏，而且需要花很多时间。不过，我应该很乐于为之付出努力。我应该使我的作品接近自己的个性，同时减少浮夸，清除各种琐事。我想，我应该感到更自在。所以，应该先做个实验。先要准备一定数量的文章，还可以有一个介绍性的章节，此外还要有一个阅读这些文章的群体。接下来，赋予每篇文章以独特的氛围，让它们生动起来，具有现实生活的意义，这样就可以整体塑造这本书。还要围绕一条主线来展开，至于主线是什么，我只能在仔细通读完这些文章后才能决定。毫无疑问，小说会是这本书的关键主题。不管怎样，这本书都应该以对现代文学的论述作结。

这本书的标题大致如下：

6 简·奥斯丁	**此处按照时间顺序排列**
5 艾迪生	蒙田
14 康拉德	伊夫林
15 如何打动当代读者？	笛福
11 俄国作家	谢里丹
4 伊夫林	斯特恩
7 乔治·艾略特	艾迪生
13 现代散文	简·奥斯丁
10 亨利·詹姆斯	夏洛蒂·勃朗特
重读小说	乔治·艾略特
8 夏洛蒂·勃朗特	俄国作家
2 笛福	美国作家
12 现代小说	梭罗
希腊戏剧	爱默生
9 梭罗	亨利·詹姆斯
爱默生	现代小说
3 谢里丹？	论重读小说
2 斯特恩？	散文
14 古老回忆录	如何打动当代读者？

8月29日，星期三

我已经和《时刻》斗争许久。事实证明这是我写得最迫切，却也最棘手的作品之一。其中有些内容相当糟糕，有些则精彩极了。我对它的兴致很高，还不能停止构思它。它真有那么大魅力吗？或许我只是想通过它使自己振作起来，而不是让自己死气沉沉的，所以就不多说了。只是，我必须留意这种奇怪的症状，即我有一种继续下去的信念，想完成它，因为我写得饶有兴致。

8月30日，星期四

我记得我大概是被叫去劈柴了。我们得将树木劈成柴火，因为我们每晚都坐在小棚屋里。天哪！那里的风可真大！昨晚我们望着湖边的树木在风中舞动，树枝沉得很，每摇晃一次都好像要被刮断似的。今天早晨一看，地上却只有几捧酸橙树的叶子。半夜时屋外大风呼啸，我正在读盖斯凯尔夫人[8]的《妻子与女儿》，其中有些章节虽像大米布丁般令人作呕，可总要比老太婆的故事好听些。你看，我正起劲地想着阅读与创作的问题，就没时间写我的计划。我该好好谈谈我对《时刻》的思考以及我的发现，即在人物背后挖掘富有深意的"洞穴"。这样我正好可以谈我想谈的——人性、精神世界、深刻性。我想，在某个特定时刻，"洞穴"之间应该相通，而且每个都能看见曙光。吃晚饭了！

9月5日，星期三

那篇关于康拉德的评论受到了批评，使我颇有些颓然。没人对此事提过一句。摩根与布鲁斯也不会赞成我的看法。管他们呢！对我来说，沮丧一直是令我振作的最佳疗法。在创作新作品之前，最好当头浇盆冷水。这令人振奋，也会让人说"噢，那好吧，我写作是为了取悦自己"，然后一如既往地写下去。同时它会使我变得更严谨，更坚定自己的风格，想来对我真是再有利不过了。不管怎么说，我发誓这是我第五次，也是最后一次写这本叫作《普通读者》的书。今天早晨第一页写得相当顺手。奇怪的是，心烦意乱地折腾许久之后，真的开始写作，这两三年从未想过的构思竟然立即变得清晰起来，使所有脑神经得到了新的平衡。简而言之，我要以某种态度来研究文字，以期回答关于人类自身的一些问题。人物将仅仅是观点的化身，要不惜代价地躲开性格描写。我想是那篇写得极为大胆的康拉德评论教会了我这一点。因为一旦开始详细描写头发、年龄等细节，肯定会有不相干或毫无意义的内容溜进书中。吃晚饭了！

10月15日，星期一

眼下我正兴奋地写着"摄政公园发疯"的场景。我发现我的写作正在尽可能地贴近现实，而且每天早上大约能写50字。这本书将来一定得重写。我认为其构思要比我的其他作品更高明。估计这个构思不能贯彻始终。脑子里塞满了各种念头，我感到自己会才思枯竭。当然我从未像现在这样写得自如。令我拿不定主意的是达洛维夫人的性格，也许我把她塑造得太僵硬、太耀眼、太浮夸了。不过，那样我可以引入许多人物来衬托她。今天写到了第100页。当然，在去年8月之前，我一直在摸索着前进。我花了一年时间才摸索出我的"隧道挖掘法"，即在需要追溯往事时，就采用点滴回忆的办法。到目前为止，这是我最主要的发现，但我花了这么长时间才找到它。这也证明了珀西·卢伯克的理论是错误的，他认为可以有意识地使用这种方法。实际上，我是在黑暗中苦苦摸索——真的，有那么一个晚上，我几乎打定主意要放弃那本书的创作了——然后我摸到了那隐藏的开关。承蒙上帝眷顾啊！我还没有重读用这种伟大方法创作的作品，也许它一文不值呢。管它呢！我承认我对这本书挺有信心的。我打算现在就动笔继续写，一直写到我再也写不出一行字为止。报刊评论或其他任何事，都只能为它让道。

注释

1 奥托琳·莫雷尔夫人（Lady Ottoline Morrell，1873—1938），昵称"奥特"，英国贵族、艺术赞助人，资助了布卢姆斯伯里团体的好几位作家和艺术家。

2 安东尼·阿斯奎思（Anthony Asquith，1902—1968），昵称"帕夫"，英国电影导演、编剧。

3 爱德华·克里斯蒂安·戴维·加斯科因·塞西尔（Edward Christian David Gascoyne Cecil，1902—1986），英国传记作家，其作品曾获霍桑登文学奖和詹姆斯·泰特·布莱克纪念奖。

4 西比尔·索菲·朱莉娅（Sibyl Sophie Julia，1874—1950），又被称为科尔法克斯夫人，英国著名室内装饰家，当时的社会名流。

5 玛丽·希普尚克斯（Mary Sheepshanks，1872—1960），英国和平主义者、女权主义者、记者和社会工作者，曾任莫利学院副院长，并邀请弗吉尼亚·伍尔夫等人来学院做演讲。

6 这本书最终改名为《达洛维夫人》。——伦纳德注

7 凯瑟琳·莱尔德（Katherine Laird，1887—1938），昵称"卡"，又称阿诺德－福斯特夫人，费边主义者。她是弗吉尼亚·伍尔夫的朋友，也是布卢姆斯伯里团体成员。

8 伊丽莎白·盖斯凯尔（Elizabeth Gaskell，1810—1865），英国小说家，著有《夏洛蒂·勃朗特传》等。

1924

5月26日,星期一

伦敦如此令人陶醉。我像是一下子踏上了黄褐色的魔毯,不费吹灰之力就置身美景之中。这里的夜晚分外美丽,林荫道宽阔且寂静,街边的柱廊洁白无瑕。人们进进出出,走路的姿势轻快而灵巧,真可谓动如脱兔。我望着南安普敦街,它像海豹的背那样湿漉漉的,或者说它只是久经日晒,显得又红又黄而已。我看到公共汽车来来往往,还听见了古老而疯狂的风琴演奏。总有一天,我要写写伦敦,还要写它如何轻而易举地占据了人们的生活并同生活一起维系下去。陌生的面孔与我擦肩而过,我的精神也随之振奋,不再像待在安静的罗德梅尔时那样沉闷。

但我满心惦记的还是《时刻》。我现在的打算是这样的。我将在6月到9月这段时间从事关于它的写作。完成之后,在接下来的三个月,也就是10月到12月,我会把它放到一边,转而完成散文的写作。次年1月到4月,我会着手修改《时刻》。4月,我的散文集就要问世；5月，我的小说也要出版。这就是我的规划。这本书在我的脑海中飞快地打着旋，现在终于自由了。因为自从去年8月的危机以来，也就是我认定的开始，这本书虽然进展迅速，但经常被打断。我认为它现在更重分析，更有人情味，也不再那么抒情。我觉得自己好像可以完全放开了，摆脱拘谨，可以把一切都倾诉出来。如果真是这样，那就好了。我的阅读计划仍在继续。这次我打算写8万字。我喜欢在伦敦写这部作品，就像我前面提过的，部分是因为这里的生活可以推着我前进。对于我那如松鼠笼般狭窄的思想来说，借伦敦来让它停止徒劳的打转，实则是件乐事。这样，我就能够轻松自在地观察人类了。对我而言，这是一个巨大的收获。我可以飞快地切换视角，一改停滞不前的状态。

8月2日，星期六

我们回到了罗德梅尔。还有二十分钟才吃晚餐，就来写点东西。我感到有些压抑，仿佛我们已经垂垂老去，身边的一切事物都走到了终点。这一定是因为往返伦敦感受到的变化以及我最近马不停蹄的工作。而且，我认为我的作品——"塞普蒂默斯之死"这一部分，写得很差——我开始觉得自己是个失败者。目前来看，我们这家出版社的作用在于，它完全免去了我的顾虑，可以给我一些坚实的依靠。总之，如果我写不出来，可以让别人写；

我们还可以由此建立一家企业。寂静的乡间像是一座大修道院。大家都往热闹的地方钻。朱利安刚走,这个高大的年轻人,同我一样固执地认为我还很年轻。在我看来,他竟像小我几岁的弟弟。无论如何,我们喜欢坐在一起闲聊,彼此都感觉轻松愉快。一切都在沿袭——他的学校也是索比的学校。他告诉我关于学校里的男孩和老师们的事情,就像索比曾经告诉我的,而且我对他讲的故事同样感兴趣。他性子敏感,却也机智聪慧,有很强的好胜心,是典型的韦尔斯家族性格。他还很喜欢探索,对未来的世界充满好奇。因为和他血脉相连,我能够很好地理解他。我认为他会长得非常高大,而且我敢打赌,他会成为律师。尽管我以抱怨开始这篇日记,但说实话,我现在并不觉得自己老了。我的问题在于如何重新振作起来继续写作。真希望我能够摸索出自己的风格,可以放开手脚,深刻又轻松地去写,而不是每天为这可怜的200字而纠结。不过,随着手稿不断增多,我又会产生一种熟悉的恐惧感。在审视自己的作品时,我会发现它言之无物。默里的预言将会成真:在《雅各的房间》之后,我无法再写下去。但如果这本小说能证明什么,那就是我只能沿着我的路线去写,而且永远不会抛弃它们。我沿着这些路线一步步深入探索,愿上帝庇佑,我永远不会因此感到无聊。但这种轻微的忧郁——是因为什么呢?——我想可以通过外出游玩来治愈,比如穿越海峡,或停止写作一个星期。我很想仔细观察一下这个熙熙攘攘的世界,比如去法国的一个集镇。是的,如果有足够的精力,我将横渡海峡到迪耶普去；退一步讲，我还可以坐汽车游览萨塞克斯。8月自然会很热。暴雨也来了。我们今天在一个干草堆下面躲了起来。那个人是多么微妙和复杂的存在啊！难道我还不了解她，没听过她的呼吸吗？换个住处都能让我心情波动好几天。这就是生活，健康的生活。阿林森先生、霍克斯福德夫人以及杰克·斯夸尔的人生哲学就是永不动摇。也许两三天后，等我适应了环境变化，开始阅读和写作，就不会再有这种沮丧的感觉了。我敢肯定，若我们从不冒险体验，比如拔掉野山羊的胡须，或颤颤巍巍走到悬崖边，应该就不会感到沮丧，但仍会逐渐衰颓，变得听天由命，垂垂老去。

8月3日，星期日

这是有关工作的问题。通过这些天的坚持，我的创作取得了很大进展。写了250字的小说，然后开始了一个系统性工程，也就是《普通读者》。若我能觅得时机并且抓住机会，这本书很可能会一蹴而就。但与此同时，我还有很多事情要做。我突然想到，现在必须读《天路历程》[1]和哈钦森夫人[2]的作品。我是否应该撇开理查森[3]的书呢？他的书我至今没读过。是的，我将冒雨跑进屋里，去看下《克拉丽莎》是否还在那儿。这是一部很长的小说，要花很长时间阅读。然后我必须读《美狄亚》，还必须读点柏拉图译本。

8月15日,星期五

我正仔细盘算自己的事情,突然就收到了康拉德过世的消息。随即,《泰晤士报文学副刊》发来电函,恳请我写一篇社论来悼念他。我觉得不胜荣幸,只得答应下来,却又极不情愿地写下了那篇文章。稿子发出后,对我来说,那天的《泰晤士报文学副刊》就变了味(因为我不能也永远不会去读自己写的那篇文章,而且小沃克利又在那里磨刀霍霍了,估计下周三他会写篇文章咬我一口)。我从未像现在这样勤于工作。我得在五天内写完那篇社论,用过下午茶就抓紧时间写,简直分不清哪些是午前写的,哪些是午后写的。可这样不正好多给我两个小时写评论(洛根就是这么称呼的)吗?因此,我试着这样安排,午饭前写小说,下午茶后写随笔。看来《达洛维夫人》要拖到10月以后才能完工。我构思时总会漏掉一些举足轻重又承上启下的场景。我想我可以开门见山,直接写那场豪华舞会,并以此结束全文。我也可以删去塞普蒂默斯这段描写,这个场面热烈却也棘手,我还可以跳过同样会很难写的彼得·沃尔什吃晚餐这段。可我的脑子和我一样,喜欢从一个灯火通明的房间径直来到另一个同样敞亮的房间,在田野里的散步就好像是通向这些房间的过道。今天我是躺着思考问题,想到一个问题:为什么总是上了年纪的人才喜欢诗歌呢?我二十岁时,索比硬逼我去读诗,但我说什么也不会出于欣赏的目的而去读莎士比亚。可现在呢,散步时一想起今晚可以读两幕《约翰王》，随后再读些《理查二世》，心里顿觉一阵轻松。我现在需要的正是诗歌——长诗。事实上，我正考虑读《四季》[4]，我需要集中注意力，也需要美妙的气氛，让所有词都连在一起，融为一体，熠熠生辉，再没有时间可以浪费在写散文上了。然而这定与人们的看法相左。我二十岁时喜欢散文，喜欢哈克卢特[5]和梅里美[6]的东西。我大量阅读卡莱尔和司各特的传记与书信，吉本的作品，还有各种两卷本的传记以及雪莱的作品。现在我需要的却是诗。因此，我像一个醉酒的水手在酒馆前忏悔。现在我已不大劳神去描写什么玉米地和穿着红色、蓝色的宽大衣服在地里收割的妇女，以及穿着黄色工装、目不转睛地瞪着我的小女孩，并不是因为我的观察力弱化了。事实上，那晚从查尔斯顿回来，那惊人的美景令我所有的神经都兴奋起来，仿佛受到电击一般，只觉得美得惊人，简直令我目不暇接。为此，别人几乎愤愤不平，因为他们无法捕捉全部的美并在那一刻拥有它。有趣的是，在人生旅途中，人们总是试着沿途抓住这些匆匆易逝的动态瞬间。我觉得自己似乎在犹疑不定地把手指伸向两边（伦纳德过来了，他让我设法叫达迪耶明天去蒂尔顿一趟），在堆满杂物且高低不平的隧道中摸索前行。同时，我也不再描述遇见奥尔德尼牛群的情景——要是在几年前，我肯定不会放过的——那些牛疯叫着，铃铛作响，像牡鹿一样缠着格里兹尔（爱犬）。我当时挥舞着棍子，不知所措，它们摇着尾巴，踏着草地向我冲来，像要发动进攻似的。当时我还触景生情，想起了荷马。格里兹尔越发神气活现，兴奋地大声狂吠。是埃阿斯吗？尽管我所学不多，那个希腊词却已潜入我的记忆中。

9月7日，星期日

一个词都不写，或马马虎虎地只用现在分词形式去写，都让我很羞愧。可眼下正忙着完成《达洛维夫人》最后一节的内容，以上这种做法其实使我受益良多。我现在写到——终于写到了聚会部分。这次聚会将从厨房开始，然后缓缓延伸到楼上。这将是一次最复杂、最有趣、最精彩的聚会，内容丰富，并且巧妙地以三段论结束，即在楼梯的三个转角处，分别对《克拉丽莎》进行总结。会有谁发言呢？也许是彼得、理查德和萨莉·西顿，但我还不想现在就确定人选。现在我的确认为这可能是我写过的最好结局，或许也是个成功的结局。但我还得读一读前几章，我承认很害怕自己会因此发疯，害怕自己写得不够聪明。然而，我确信我必须用镐头来挖矿了。我不自觉地想出了这样的比喻，这比喻用起来还挺恰当。设想一下：有谁可以将绘画的质感融进一部完整的文学作品中？这就是我努力的方向。总之，没人能帮我，也没人能阻碍我。我最近受到了《泰晤士报》的赞扬，里士满那番话也深深地触动了我，他说愿意代表整个世界来支持我的小说。我很希望他能读读我的小说，但总觉得他不会。

我在所能想象到的高空中翱翔，以为到星期四就能完成任务了。洛蒂向卡琳[7]建议说我们应该邀请安来做客,卡琳把我的礼貌性拒绝自顾自地理解为邀请,并私自把日期定在了星期六。于是,我的计划被彻底打乱。我越来越孤独,这些变故带给我的痛苦无法计量,我也无法解释……这里只有我,还有我那泡汤的一周——过去的一周多么宁静可爱,就像拉普兰的夜晚——我感觉自己应该扮演好姑姑的角色——可那不是我的真性情。我的确应该关心一下黛西,问问她想要什么,但按照计划,我理应用这些时间来构思达洛维夫人的聚会,这样明天才能下笔写作。唯一的解决办法就是,我在星期四那天,独处一天,碰碰运气。看来,一个糟糕的夜晚(卡琳又在捣鼓)可能是由某些原因造成的。我的全身心都在想象中过活,我无比依赖思想的火花,它们会在我行走或坐着时突然迸发。各种事情在我脑海中翻腾,并因此形成一个永久盛会,这就是我的幸福所在。酝酿这些时,我无法应对其他不相干的人和事。我必须停止哀号,部分原因是我的视线已经模糊,而且手抖个不停,要知道从刘易斯回来的路上,它一直拿着包。我在刘易斯的城堡顶上坐了一会儿,一位老人在那里轻扫落叶,他还告诉我如何治疗腰痛。你把一绞丝线缠在腰上,丝线需要三便士。我在那里看到了英国独木舟,以及萨塞克斯郡最古老的犁——1750年发掘于罗德梅尔——还有一套据说是塞林伽巴丹地区穿的盔甲。我希望把这些都记下来。当然,孩子们也是奇妙而可爱的生物。现在安已经在我耳边念叨白海豹的事情了,她想让我读书给她听。我难以想象卡琳是如何做到如此冷漠,对孩子撒手不管的。在我看来，孩子们有非常可爱的品质。如果只和他们待在一起，每天都能看到他们，会是很特别的经历。他们具有成年人没有的东西——率真——嗰啾、嗰啾、嗰啾。安沉浸在自己的世界里，说个不停，海豹啦，狗狗啦。她心情很好，因为今晚可以喝到可可，明天还要去采黑莓。她的思维世界里挂满了如此闪烁耀眼的东西，她看待世界的方式与我们是如此不同。

10月17日，星期五

真可恶。我上楼的时候的确想着要花时间写下那惊人的句子——《达洛维夫人》最后一页的最后几个词，可惜被打断了。不管怎么说，到昨天为止它已完成一周，很高兴终于可以罢手。在过去几周里我为之殚精竭虑，头脑却越发清晰，我是说，以前常有的那种勉强走完钢丝似的感觉减弱了些。用不着总想着创作目的，反倒比往常更轻松。以后重读时，上面几句话是否还站得住脚？恐怕未必。只是在某些方面，这部作品立了一功，它一气呵成，从未因我患病而中断过，这可真是少有的事。在一年内写完，也就是从3月底开始，至10月8日结束，其中只有几天因为我替报纸写文章而中断，所以这本书或许不同于其他作品。不管怎么说，我感到默里等人施加给我的魔咒已被解除，他们常说《雅各的房间》后我会陷入创作低潮。然而，我唯一的困难是要忍住冲动不去写其他作品。他们说我明显陷入死胡同，进入创作瓶颈期。的确，我已经会见过这位"老兄"。

《达洛维夫人》给我的印象是，我在练习创作，试图表达我的价值观念，并且有了一些效果。从这个意义上说，《雅各的房间》同样是小试身手。我将继续借助日记构思下一部作品，因为写日记时，我只是在内心进行创作——这也非常有趣。等到1940年，老弗吉尼亚也许会发现这本日记很有意思。在我看来，这个女人对事物的理解能力要比我强。先到这里吧，我已经累了。

11月1日，星期六

我必须做些工作笔记，因为我现在必须全力以赴地投入写作。主要问题在于如何完成这两本书。我打算迅速完成《达洛维夫人》，但这也需要些时日。不，我还无法确定什么工作更为重要，因为我必须在下周实验一下，弄清楚我需要修改多少，需要花多长时间。我很想在完成小说之前把我的文章写出来。昨天我在玛丽的房间里喝茶，看到亮着红灯的拖船驶过，听到河水哗哗地流淌。玛丽穿着一件衣领处绣着荷叶的黑裙子。能和女性友好相处，是多么愉快的事情啊！与我和男人的关系相比，这种关系如此亲切而隐秘。为什么不把它写出来呢？真心实意地去写？我认为，写日记的确极大地改善了我的写作风格，而且帮我减轻了束缚。

11月18日，星期二

我想说，文学创作必须是严肃的，艺术必须受到应有的尊重。这是我在读自己的笔记时产生的感想。头脑里如果没有任何约束，人就会变得自私，以自我为中心，而我最讨厌这样。同时，创作的灵感火花也非常重要，或许为了释放灵感，一个人必须先经历混乱的状态，但并不是说以混乱的形式展现在公众面前。我正读《达洛维夫人》中有关疯狂的章节。我很好奇，如果没有这些章节，这本书是否会更精彩些。但这明显是"事后诸葛"，我也是现在才明白要如何处理她的问题。我总是到了大结局时，才弄明白整本书的最佳创作方式。

12月13日，星期六

我目前正在赶工，在打字机上将《达洛维夫人》从头至尾重新梳理一遍。写《远航》时我就或多或少用过这种方法，效果还不错。就像理发一样，用湿梳子先将头发整体梳理一遍，再把分散的部分理顺畅，最后吹干。实话实说，这是我所有小说中最令人满意的一部（但尚未冷静地通读一遍）。评论家可能会说这部作品中的发疯场面与其他章节不相干，因而缺乏连贯性。此外我认为书中的有些地方写得较肤浅，辞藻也太华丽。这是否显得"不真实"呢？写完，就算了吗？我想不是的。正如我说过的那样，此书使我潜入大脑最兴奋处，使我充满活力。我现在可以创作、创作、再创作，而这是世上最大的快乐。

12月21日，星期日

真是让人羞愧——这本日记里竟留有大片空白。伦敦之行对记日记影响极坏。我猜这会是我最薄的一本日记。我怀疑自己能否把它带到罗德梅尔，或在带去之前，能否多添些内容。诚然，正如我预言的那样，今年可谓"多事之秋"。1月3日的那些幻想也大多成为现实。此刻我们正在伦敦，身旁只有内莉。是的，达迪耶走了，但安格斯会补他的缺。事实证明，换房子这件事不像我想象中的那么可怕，毕竟又不是换身体或大脑。我仍然沉浸在"我的写作"中，为了让伦纳德在罗德梅尔读到《达洛维夫人》的稿件而奋笔疾书。然后，我会迅速完成《普通读者》的最后一笔，接着我就自由了。至少我可以自由地再写一两个已经有些眉目的故事。我越来越不确定它们是不是故事，或者说，它们是什么。不过我确信，我正在尽可能地接近自己的想法，而且有了一个大致的轮廓。我认为我走的弯路越来越少，即使这条路仍然起伏不定。

注释

1 《天路历程》(*Pilgrim's Progress*),17世纪英国作家约翰·班扬的长篇小说。

2 玛丽·巴恩斯·哈钦森(Mary Barnes Hutchinson,1889—1977),英国短篇小说家、社会名流,也是布卢姆斯伯里团体成员。

3 塞缪尔·理查森(Samuel Richardson,1689—1761),英国著名小说家,代表作有《克拉丽莎》《帕梅拉》等。

4 《四季》(*The Seasons*),苏格兰诗人詹姆斯·汤姆森(James Thomson,1700—1748)的著名长诗。

5 理查德·哈克卢特(Richard Hakluyt,1552—1616),英国地理学家。

6 普罗斯珀·梅里美(Prosper Merimee,1803—1870),法国现实主义作家、剧作家、历史学家。

7 卡琳·斯蒂芬(Karin Stephen,1889—1953),英国精神分析学家、心理学家,弗吉尼亚·伍尔夫的弟媳。下文提到的安是她的女儿。

1925

1月6日，星期三

准确来说，罗德梅尔现在狂风肆虐，洪水泛滥。这里的河流决堤了，十天里有七天在下雨。我时常苦恼该如何出去散步，伦纳德竟然还出门修剪树木，真有英雄气概。我的英雄主义只体现在文学领域。我修改了《达洛维夫人》，但修改可以说是整项写作工作中最棘手的一环，会让人无比沮丧——总得小心翼翼地去改。我的开头写得一如往常糟糕，就像飞机"嗖"的一下蹿起来，忘我地飞奔了几页，之后才渐趋平稳。伦纳德读完，说它是我最好的作品——但这难道不是因为他没有别的台词可说了吗？不过，我仍赞同他的话。他认为这部作品比《雅各的房间》更连贯一些，但书中的两个主题之间缺少明显的关联，所以读起来也很困难。不管怎样，它已经被送到克拉克印刷社[1]那里，下周我就能收到校样。这本书将交给哈考特与布雷斯出版社[2]出版，他们没有细看，就接受了这部作品，还将我的稿酬涨到15%。

4月8日，星期三

此刻我正沉浸在刹那间的感受中，那种感觉很复杂。我从法国南部回到了辽阔又雾气迷蒙、不受干扰的宁静之地——伦敦（至少昨晚感觉如此）。与此印象对比鲜明的是我今早目睹的一场车祸——一个妇女在哭泣，气若游丝，她被撞到了隔离带上，压在一辆车下。那个声音一整天都回荡在我耳边。我没上前帮她。不过，所有面包师与卖花女都簇拥过去帮她。我觉得这个世界残酷且毫无人性，这种感觉深深缠绕着我。这个妇女穿着棕色衣服在人行道上行走，一辆红色跑车猛然间翻了个身，压住了她，然后只听到"噢、噢、噢"的叫声。那时我正要去内莎的新居拜访，在广场上碰到了邓肯。可他什么也没有瞧见，自然完全无法体会我的感受。内莎也不能体会，虽然她试图将车祸与安杰莉卡去年春天遭遇的那场事故联系起来。但我向她保证，那仅仅关乎一名路过的穿棕色衣服的妇女，然后我俩就镇静自若地观摩起了新房子。

在我忙着写作的这段日子，也就是近几个月，雅克·雷夫拉特[3]去世了。他一直求死，终于如愿以偿。此前，他托人送来一封信，是关于《达洛维夫人》的，所以那天成了我有生以来最快乐的日子之一。这段时间我是否有了新的进展？好吧，与普鲁斯特相比，我的成绩简直不值一提。最近我正读他的书，如痴如醉。普氏的特点在于将极度的敏感与极度的执着结合起来，他甚至能注意到蝴蝶翅膀颜色的微妙渐变。他像羊肠线那样坚韧，又像振翅的蝴蝶那样短命。我想，他既能感染我，又能影响我，让我嫌弃自己写出的每一个句子。就像我说的，雅克死了；此刻我突然闹起了情绪。听到这个噩耗时，我正和大家聚在一起——克莱夫、比·豪、朱莉娅·斯特雷奇和达迪耶都在座。尽管如此，我不再想向死神脱帽致敬。我喜欢走出房间时滔滔不绝，嘴上挂着半句不着边的话。这就是死亡对我的影响——不告别，不屈服，不过是某个人步入了黑暗之中。但是，它带来的噩梦相当恐怖。我现在能做的就是轻松面对死神，这一点极其重要。我越来越喜欢重复自己的蒙田箴言，那就是"生命本可贵"。

我正等着发现卡西斯小镇最终会给我留下什么印象。那儿有岩石。我们早饭后常常走到户外，坐在岩石上，沐浴在阳光下。伦纳德喜欢不戴帽子坐在那儿，垫着膝盖写些东西。一天早上，他发现了一只海胆——轻轻晃动的鲜红色穗状物。我们常在午后出去散步，一直爬到山坡上，走进树林里。有一次，我们在那儿听到了汽车的声音，发现山脚下有条公路是通往拉西约塔港口的。这条路上岩石林立，山石陡峭，很吸引人。还有一次，我们听到了一阵疑似鸟儿啁啾的声音，我却想到了蛙鸣。错落有致的红色郁金香漫山遍野地怒放着，所有田地都是人工开垦出来的梯田，上面长满了藤蔓植物；漫山红色中夹杂着一些不知名的长满花苞的果树，点缀出一丝玫瑰色和紫色。我们不时看到一幢幢漆成白色、黄色或蓝色的尖角房屋，所有百叶窗都紧闭着，房子周围道路平坦，偶尔看到有人家屋前堆着层层叠叠的岩石。一切都无比洁净与真切。在拉西约塔港口，可以看到硕大的橘黄色船只漂在蔚蓝色的水面上。所有这些港湾皆呈环形，沿着港湾挤满了色彩黯淡的石灰房子。房子很高，窗户紧闭，显得东搭西建的，墙皮有些脱落，偶尔有屋顶上放着盆花，透出一抹绿色；有时，上面晾晒着衣服；有时是位老迈的妇人正向外张望。山上岩石遍地，如沙漠一般寸草不生，渔网晾在那儿。街上男孩与女孩们交头接耳地说着闲话，他们戴着亮丽的头巾，穿着棉布衣裙，四处闲逛。此时，男人们正在中央场地挖土，想要修建一个大广场。辛德瑞拉旅馆是幢白色的建筑，地上铺着红色瓷砖，可以同时容纳八位客人。整个旅馆的氛围令我产生了许多联想。哦，如此冷色调，气氛淡然，客套且讲究，人际关系显得很奇怪，仿佛人类的本性沦为一种规范，而人类发明规范是为了满足不时之需。比如在这儿，素昧平生的人们聚集到一起，要求作为同一群体的成员而享有某些权利。事实上，大伙之间都有些接触，可我们的内心深处还从未被人冒犯。但正如他们说的，要是此刻去死，伦纳德和我实在再幸福不过了。再没有人可以说我从未品尝过快乐的滋味。但很少有人能确切地指出他们生活中快乐的瞬间，或说出快乐的原因所在。甚至我自己偶尔沉浸在快乐之中时，也只能说：这就是我需要的呀，我实在想不出更好的了。我有点迷信地以为，神灵们在制造快乐的同时必定也心存妒忌。不过，倘若你出乎意料地得到了它，那感觉肯定大不一样。

4月19日，星期日

现在正是晚餐过后，是夏令时以来的第一个夜晚。创作的冲动稍纵即逝，今晚不思动笔，因此没能雷打不动地写上半小时。可试想，或许将来回想起，我宁愿此时是在这儿读些东西，而不是顺手草草地写完关于林·拉德纳先生的那部分。我打算在这个夏天通过写作赚300英镑，盖一间浴室，并在罗德梅尔砌一个热水炉灶。但是，嘘，别提了，我的几部作品还在问世前苦苦挣扎，我的未来仍捉摸不定。说到市场预测，估计《达洛维夫人》会取得成功（哈考特认为这本书相当出色），有望卖出2 000册。我没料到会这样。我期盼的是它的名声可以低调而缓慢地增长，就像《雅各的房间》自出版后竟然奇迹般地经久不衰。虽然书销量不大，但这样一来，我就如同一位经验丰富的记者，身价与日俱增。对这些，我并不十分担心。相反，我想如往常那样静下心来构思我的新故事，不去理会眼前这些烦人精，比如托德、科尔法克斯等。

4月20日，星期一

反观我的思维状态，有一点无可非议，那就是我终于钻进了心里那口油井的深处，可以飞速写出内心的所有想法。现在至少有六个短篇的构思涌进脑海，我觉得自己终于可以自如地将所有念头用词语表达出来了。仍有无数问题悬而未决，但我从未感受过这种涌动的迫切感。假如这就算写作，我相信我可以写得更快——匆匆在纸上写下一个个词语，然后用打字机打出来，接着再打，把整篇都打一遍，真正的写作现在反而变成了粉刷工作，留下的空白以后再填上。现在不妨假设我会成为一名吸引人的——并不是说伟大的，仅仅是吸引人的——小说家？奇怪的是，尽管我也有虚荣心，但至今对自己的作品仍没有多少信心，也不认为它们如实表达了我的想法。

4月27日，星期一

《普通读者》已在上星期四出版。今天是星期一，至今还未听到关于它的讨论，不论是私下还是在公共场合。仿佛一块石头扔进池塘，水面却没有一丝涟漪。但我对此心满意足，可以说比以往更加不在乎。记下这一点，只是为了以后提醒自己注意作品问世后的异常局面。我一直坐在贝克家的马房里，摆好姿势，让沃格替我画像。伍尔纳先生将马房改成了自己的工作室。也许就在那儿，他想起了我的母亲，他想娶的人。可我现在考虑的是，人们有无数种意识状态，而我要研究一下舞会意识、服装意识等。贝克家的时装表演会——加兰夫人就在那儿坐镇指挥——肯定算得上一个。那里的人拉帮结派，共享一个小圈子，又同外界这个大圈子，比如我这样的人隔绝开来。这些心理状态很难捉摸（显然我在搜寻恰当的词汇来表达），可我总想琢磨一番。说到舞会意识，比如西比尔的意识，你不能反抗，它是种真实的东西，你必须维护——和大伙一起。但这些都不是我想说的东西。我想，在忘掉格雷夫斯之前，应该尽快写下关于他的事情。

补记：我想说的是"第二自我"。

5月1日，星期五

这是张便笺，正如人们所言，以便日后查寻。《普通读者》在八天前就出版了，迄今为止还没人评论，没人写信给我，也没人向我提及这部作品，或以任何形式承认这本书的存在，除了梅纳德、莉迪娅和邓肯。克莱夫保持着惊人的沉默。莫蒂默患了流感，写不了评论；南希看到他在读这本书，只是他没有发表任何看法。所有迹象都表明这部作品掀不起任何波澜，注定受冷遇，完全是个败笔。过去的几天里，我又期待又害怕。不过现在我已经把"失望"这只旧瓶子抛在身后，踏上了新的探险之路。要是《达洛维夫人》受到同样的冷遇，那也没什么好惊讶的。但我得写信给格温[4]。

5月4日，星期一

这是一部作品的市场晴雨表。我们到剑桥去，戈尔迪说我是目前最好的评论家。他咬文嚼字地说道:"是谁两三个月前在《泰晤士报文学副刊》上发表了那篇极优秀的评论伊丽莎白时代作家的文章?"我指了指自己。最近《乡村生活》刊出一篇讥笑我的文章,甚至企图说明何为一名普通读者,但那文章虚弱无力,词不达意。安格斯说,《星报》上也有一篇文章,把内莎设计的封面嘲讽了一番。从这些文章可以看出,我会因为不出名或脾气古怪而受到许多批评,同时也会有人非常喜欢这部作品。书卖得很慢,但名望会上升。噢,是的,我的名望会逐步上升。

5月9日,星期六

就《普通读者》而言,《泰晤士报文学副刊》上大概有两个专栏给予了我审慎且合理的赞扬——并不是什么有深度的评论——《泰晤士报》对我作品的态度一向如此。戈尔迪来信说,他认为,"这是英语世界最好的文学批评——幽默、诙谐,而且深刻"。看来我注定就这样了:要么被夸张地捧上天,要么干脆没于平庸。但我还从未被《泰晤士报文学副刊》热情赞美过。马上就要问世的《达洛维夫人》也会有同样的经历。

5月14日,星期四

几部作品问世后的情形我想多做些记录。《普通读者》没能大卖,却颇受好评。早上翻开《曼彻斯特卫报》,看到上面刊登着福塞特先生的文章《论弗吉尼亚·伍尔夫的创作艺术》,我心里很高兴,他夸我"文采斐然,布局完整,意蕴深奥,又别具一格"。要是《泰晤士报》也能这么说就好了,可惜它说得不清不楚,像是一个人含着石子在讲话。我是否说过《泰晤士报文学副刊》已经发过两栏类似的文章?可奇怪的是,我真的几乎一点也不为《达洛维夫人》担心,这是怎么了?事实上,一想到整个夏天都得不停地谈论它,我就有点厌倦了。说真的,创作使我快乐,被阅读却没有那么重要。我现在正紧张地思考是否要放弃给报刊写作,把心思用到《到灯塔去》的创作上。这部作品将相当短,要完整地刻画出父亲的性格,母亲的性格,圣艾夫斯,童年,以及我试图写入书中的一切寻常之物——生命、死亡等等。但中心将是父亲的性格。他坐在一叶小舟上,一边朗诵着"我们终将逝去,孤零零地赴死",一边压死了一条垂死的马鲛鱼。然而,我必须抑制自己。我得先写些短篇故事,同时酝酿《到灯塔去》,在下午茶与晚餐的空当里慢慢思考,直到我考虑清楚,就可以把它完整地写出来。

5月15日,星期五

目前有两份评论(发表在《西部邮报》和《苏格兰人》上)瞧不上《达洛维夫人》,它们指责这部作品难以理解,缺乏艺术性。但住在伯爵宫的一个年轻人来信表示："这次你成功了——你捕捉到了生活的真谛并把它呈现在书里……"我忍不住要这般发发牢骚。不过，若继续细数类似的评论，则毫无意义。如果不是觉得烦恼不安，我想我不会费力写这些。到底是什么使我烦恼不安呢？我想，是这汹涌而来的高温天气以及聒噪的生活吧。而且，我非常讨厌看到自己的照片。

5月19日，星期二

还好，摩根对这部作品推崇备至，这使我如释重负。他说它比《雅各的房间》更出色，语言很简练。他吻了一下我的手，接着说道，他很中意这部作品，看得很开心，诸如此类的话。他认为——可我不想把他的评论具体记录下来，这类好评以后会更多，而他提到的仅仅是我这次的文体更简洁，更随大流而已。

6月1日，星期一

今天是银行公假日，我们在伦敦。我有些厌倦记录作品的销售状况，但两部作品都已开始销售，《达洛维夫人》的销量好得出人意料，卖出了1 070册。我已记下摩根的评论；然后是薇塔，她的评论有点模棱两可；接着是德斯蒙德，我俩常碰头讨论他那部作品。他说，洛根认为《普通读者》写得不错，不过也仅此而已。

这顿时令所有的赞美之辞黯然失色。德斯蒙德有种可怕的让我扫兴的本领。他能以一种不同寻常的方式挫败我的锐气，我很喜欢他，可是他的镇定、善良与幽默，这些品质本身无可厚非，却剥夺了我作品的光彩。我想我在作品中和生活中都感受到了这一点。但现在哈代夫人走进来说，托马斯听说了《普通读者》，读完之后表示"十分满意"。的确，除了洛根，这个说话带刺的"美国佬"，其他人对我都是好评。另外，莱比锡的陶赫尼茨出版社也来打探此书。

6月14日，星期日

这是一次让人备觉羞愧的忏悔——星期日上午，刚过十点，我坐在这里写日记，而不是写小说或评论。至于为什么，除了我本人想这样做，找不到其他任何借口。完成那两本书之后，我不能继续集中精力直接开始一本新书的写作。我还要处理信件、与人谈话、写评论，这些都会使我的心思越来越分散。我不能安于现状，或是蜷缩成一团，把自己封闭起来。我已经创作了六个小故事，虽是乱写一气，但非常清晰地构思了新书《到灯塔去》。到目前为止，我的两本书都很成功。《达洛维夫人》本月的销量已经超过《雅各的房间》的年销量。我觉得我们有可能卖出2 000本。这周《普通读者》开始大卖，看来老先生们要慢条斯理、一丝不苟地招待我了。

6月18日，星期四

不，利顿不喜欢《达洛维夫人》。奇怪的是，我并不介意，相反，因为他敢如此直言我更喜欢他了。他说我作品中的装饰（极其美）与故事情节（相当一般，很琐碎）很不协调。他认为这是由克拉丽莎这个人物身上的某种不和谐引起的。他认为这个人物不太讨人喜欢，缺乏创见，但我时而嘲笑她，时而又替她掩饰，这样，我的个人意图就显得非常刻意。我认为总体而言，这部作品写得不太扎实，但他说这部作品很完整，有些地方写得美极了。除了说你有天赋，人们还能怎么夸你呢？这话是他说的！只是没人说得准这种天赋何时会出现。他说，《达洛维夫人》比我以前的作品更像是神来之笔。他还说，或许你还未能熟练运用自己的写作方法，你该采用更宽广、更离奇的结构，像《项狄传》那样可以容纳一切。可我说，要是那样，我就无法表达情感了。他同意这一点，是的，你总得从某处现实着手，天知道你会怎么做。但他觉得我只是刚入门，一切都有可能。他觉得《普通读者》棒极了，是一部经典作品，而《达洛维夫人》恐怕是块有瑕疵的玉石。他说这只代表了他个人的观点，也许还有点儿迂腐，可我认为这番话有些道理。这令我想起在罗德梅尔的那天晚上，我曾决意停止写下去，因为我发现这个人物在某种程度上过于浮夸。后来我为她虚构了一些故事，但对她仍不那么中意。不过，我对姬蒂这个人物的态度也是如此。一个作家可以不喜欢自己作品中的人物，这无关紧要，除非某些角色确实削弱了发生在他们身上的事情的重要性。这没有伤害我，也没有令我沮丧。奇怪的是，当克莱夫和其他人（好几位）称这部作品是杰作时，我倒没有飘飘然。利顿挑毛病时，我却回到了开动脑筋、想竭力做得更好的状态中。这就是我的常态吧。我从不把自己看作成功者，而是更喜欢付出努力的感觉。过去三天，书完全卖不出去，而今天开始慢慢好转。现在已经卖出 1 250 册，要是能卖出 1 500 册的话，真是太令人高兴了。

补记：6 月 20 日，这部作品卖出了 1 530 册。

6 月 27 日，星期六

继昨晚冷飕飕的大风之后，今天更是冷得刺骨。罗杰昨晚在花园举办了聚会，所有的中国灯笼都被点亮。我并不爱我的同类。我憎恨他们。我与他们擦肩而过，我任由他们像肮脏的雨滴砸在我身上。我已经失去那种活力，以前看见这些飘舞的雨滴转瞬枯竭，或是落在岩石上，我会兴致勃勃地扫视它们，浸泡它们，注入它们，激励它们，从而最终填满并创造它们。我曾拥有这种天赋，也怀有足够的热情，这让聚会变得艰难又惹人激动。现在我早起之后最喜欢一个人待一整天。我会以一种轻松自然的姿势，做一点点印刷工作；会安静地潜入思维深处，遨游在我的思想世界；也会在晚间读斯威夫特，这使我的思维充盈而丰富。此前我从《时尚》杂志那里领取了几十基尼，出于客气，我打算为里士满写写关于斯特拉和斯威夫特的文章。《普通读者》（这本书现在被过分赞誉了）结出的第一个果实就是来自《大西洋月刊》的邀约，我要为其写些评论。所以我被推到了批评界。这是一个很好的备用方案——凭借这种权力，我可以通过评论司汤达和斯威夫特赚取大笔稿费。（但努力写评论的同时，我也在构思《到灯塔去》——这本书充斥着大海的声音。我有一个想法，就是要为我的书创造一个新词以取代"小说"这一称谓。一部由弗吉尼亚·伍尔夫创作的新的——什么呢？挽歌？）

7月20日，星期一

这时门开了，摩根进来叫我们一起去埃托勒吃午饭。尽管已经在家吃了美味的嫩牛肉和火腿派（这倒符合新闻工作者的传统风格），我们还是应邀前往。我刚刚写的最后一句话，也许来自斯威夫特，帮我填补了一点空间。我现在应该认真考虑下我的工作清单。我想在这两周里写个小故事，或者一篇评论；我有点迷信地希望，到达蒙克屋的第一天，就开始写《到灯塔去》。我现在觉得可以在那里用两个月的时间完成它。"感伤"这个词令我难以接受（我会在一个短篇里把它表现出来——纽约的安·沃特金斯星期三要来商讨我的短篇小说事宜）。只是此书的主题可能很感伤。花园里的父亲、母亲和孩子；死亡；驶向灯塔的帆船。不过，开始写的时候，我将以各种方式丰富它；使它变壮实，让它分枝长芽——我现在还没有摸索到它的根系在哪里。它可能包含所有角色的影子、童年，以及非个人化的东西——我的朋友们鼓励我这样做，就是将时间的飞逝和随之而来的分裂感纳入写作计划。我对时间飞逝那部分非常感兴趣。（我设想这本书有三部分：1. 在画室的窗户旁；2. 七年过去了；3. 航行。）类似的新问题可以使人遐想无限，避免走别人的老路子。

在罗德梅尔该干些什么呢？我盘算着要读的书还有很多很多。我想贪婪地阅读，为写作《无名氏的一生》收集材料——这部作品将通过记述一个又一个无名氏的生活来讲述整个英国的历史。我要读完普鲁斯特的作品，接着读司汤达，然后随意读些别的东西。看来，在罗德梅尔的八周，我总能读很多作品。我们是否会买下位于萨塞伊斯的那幢房子呢？我想不会。

7月30日，星期四

我困乏得不行，什么也做不了，所以来这里写写东西。我的确想为下一本书做准备，但更想等头脑清醒些再做。我纠结于是塑造一个单一而情感丰富的父亲角色，还是干脆写一本内容更丰富但也写得更慢的书。鲍勃告诉我，我的写作速度很了不起，已经超越众人。我认为这要归功于整个夏天的笔耕不辍，这使我发现了一两个可以捕捉我那瞬息万变的思维的小技巧。我坐在这里，就像一位钢琴演奏者在琴键上即兴演奏。至于这种即兴创作会产生什么成果，很难说清楚。我想让我的作品更平和，也更有力量。但若以此为准绳，我的新作是否又要沦为像《夜与日》那样平淡无奇的作品？我有足够的能力驾驭平淡，又不使之平淡无奇吗？这些问题我暂时不回答。所以，就谈这么多吧。但是，天啊，我感觉无聊至极，写不下去了。我想必须得去读一读多布雷先生[5]的小说。但我还有一大堆事要交代。我想《到灯塔去》可以帮我实现一些设想，更彻底地去剖析各种情感。我想，我正致力于此。

9月5日，星期六

一直以来我竟没有意识或感觉到，自己与日俱增的疲态。就像泄了气的轮胎那样，逐渐没了精气神。事实上，我在查尔斯顿昏倒了，当时昆廷的生日聚会刚进行到一半。之后，我躺了两星期，一边忍受着头痛，一边过着奇怪的两栖生活。因为这个小意外，紧锣密鼓的八周计划被打破。不过不要紧。但愿我能安排好自己要做的事情。我千万不能因为生活的残忍和多变而受打击，以至于慌了阵脚。其实，弗吉尼亚是被自己古怪而难懂的神经系统给唬住了。即使已经四十三岁，我仍然不知道这个系统的工作原理，因为整个夏天我都在对自己说："我现在很坚定了。我可以平静地经历一场情感角力，而在两年前，这甚至会让我生不如死。"

至于《到灯塔去》，我非常迅速而有力地出击——两周不到就写了22页。我还在挣扎，很容易虚脱，但若能够再次振作起来，我相信我可以兴致勃勃地写完它。想想看，《达洛维夫人》的第一部分我花了多少力气啊！每一个字都是我苦思冥想且不懈努力的结晶。

（大约是）9月13日，星期日

着实让人羞愧——早上十点钟我还躺在小房间的床上写这篇日记。从这里望向花园，可以看到明媚的阳光，晶莹碧绿的藤蔓叶子，以及那棵苹果树——它的叶子竟然如此鲜亮。于是，我在吃早餐时编了个小故事，我想它主要是讲一个男人写了一首诗，把这些鲜亮的苹果树叶子比作闪耀的钻石，还把异常闪亮的蜘蛛网比作别的什么东西。这使我想到了马维尔[6]关于乡村生活的观点，想到了赫里克以及我自己的心得，或者说一种反应——很大程度上依赖于城市及喧闹的生活。不过，具体细节我已经忘了。我写这篇日记，部分是为了测试我脖子后面那堆可怜的神经——它们会像以前那样继续坚持，还是会断然罢工？毕竟我仍然是两栖的，要么躺在床上，要么不在床上。另外，写日记也可以暂时满足我强烈的写作欲望（隔靴搔痒一下），带给我一点慰藉，但也滋养了让我痛苦的祸根。

9月22日,星期二

我的书写真是越来越差劲!这是为霍加斯出版社做出的又一牺牲。然而,就算把我毕生的创作加起来,都不足以偿还霍加斯给我的恩惠。我不是刚给赫伯特·费希尔写信,回绝了大学丛书请我就"后维多利亚时代"写一本书的邀请吗?其实,只要我乐意,我可以为霍加斯出版社写一本书,一本更好的、由我自己拿主意的书。一想到要受制于那些大学教师,我就感到震惊。然而,我是英国唯一一位可以自由写作的女性。其他女作家一定热衷于丛书且遵从编辑的意见。昨天,我从哈考特与布雷斯出版社听说《达洛维夫人》和《普通读者》每周分别可以售出148本和73本——鉴于这已经是出版后的第四个月,这销量难道不令人惊讶吗?这难道不意味着我足以在这里或萨塞伊斯买下一间卫浴吗?此刻,我正在水蓝色的夕阳下写作,并反思一下为何我一整天都郁郁寡欢。太阳消失了,至于云朵,我确信它们正忙着给山坡披上金色外套,给山顶佩上柔美的金色流苏。

12月7日,星期二

我正在读《印度之行》,以后肯定会在其他文章里详细论述它,这里就不啰唆了。我认为,给霍加斯出版社的这部作品可以帮我挖掘出一种关于小说创作的理论。我打算先读六部长篇,然后再提些新奇的想法。眼下我想从小说创作观入手，只是不知心力是否容许我坚持到底。我无法周密地思考。但我还是能够——比如我在《普通读者》里的实验——不太混乱地表达我的许多想法。(顺便提一下，罗伯特·布里奇斯[7]很喜欢《达洛维夫人》，他说书写得很美，即使没太多人会读，还有一些别的话，但伦纳德记不清摩根是如何转述的了。)

我想这并非说我"进步"了，而是与散文和诗歌在小说中的运用有关。比如，笛福代表着一种极端，而艾米莉·勃朗特代表着另一种极端。他们与真实保持着不同距离。我或许得回归传统，留意现实，诸如此类。或许，这种理论可以帮助我走下去，但我也应该借助其他支撑物。此外，死亡，我总感到死亡正在逼近。四十三岁了，还能写几本书呢？凯蒂[8]到这儿来过，她的身材已完全走样，不再风姿绰约，她的眼睛湛蓝，身体粗壮，从前那令人难忘的举止不见了。我仍能记起二十五年前她在海德公园门22号[9]的样子，穿着短外套和一条半身裙，光彩夺目，一双眼睛半闭着，柔和的嗓音带着一丝嘲弄，腰背挺直，面容姣好，容易害羞。如今却是个喋喋不休的女人：

> 可是亲爱的弗吉尼亚，没有一位公爵向我求婚。他们叫我"冷面王后"。我为什么会嫁给克罗默呢？那时我讨厌埃及，憎恶残疾人。我的一生有两段快乐的岁月：一段是童年时代，不是在发育时，而是后来，在男孩俱乐部，还有小木

屋和狮子狗；另一段是现在，现在我想要的一切都有了，花园，还有狗。

我看她并未从她儿子身上得到多少快乐。她是个典型的古怪英国贵妇，非常享受头衔给她在圣约翰伍德一带赢得的地位与显尊。如今她可以肆意八卦，搬弄是非，穿得像个打杂女工，手像猩猩的爪子，指甲里沾着污垢。她一直在不停地唠叨，东拉西扯，几乎是神采飞扬。可我就喜欢她这样，尽管我认为她没有多少情感，也缺乏真正的兴趣。好了，该说的都说了，太阳已探出头，现在该列一份圣诞礼品清单了。

注释

1 克拉克（R. & R. Clark）印刷社，成立于1864年，在爱丁堡印刷行业扮演着重要角色。它与作家罗伯特·史蒂文森、吉卜林和萧伯纳等合作密切。

2 哈考特与布雷斯出版社，最早由阿尔弗雷德·哈考特、唐纳德·布雷斯与威廉·D. 豪于1919年创立。不到一年后，豪离开。

3 雅克·雷夫拉特（Jacques Pierre Paul Raverat，1885—1925），法国画家，曾求学英国，与英国艺术家、作家格温·达尔文（婚后名为格温·雷夫拉特）结婚。这对夫妇与布卢姆斯伯里团体成员来往密切。雷夫拉特患有一种多发性硬化症，并最终因并发症于1925年3月6日去世。

4 这里指的是格温·雷夫拉特，她与弗吉尼亚·伍尔夫来往甚密。

5 博纳米·多布雷（Bonamy Dobrée，1891—1974），英国学者，利兹大学英国文学教授。除文学批评外，他还写小说、戏剧和诗歌。

6 安德鲁·马维尔（Andrew Marvell，1621—1678），英国玄学派诗人、讽刺作家和政治家。

7 罗伯特·布里奇斯（Robert Bridges，1844—1930），英国诗人，1913年被封为桂冠诗人。

8 凯瑟琳·锡恩（Katherine Thynne），昵称"凯蒂"，后来成为克罗默伯爵夫人。

9 弗吉尼亚·伍尔夫17岁之前一直住在这里。——伦纳德注

1926

2月23日，星期二

我就像一面陈旧的旗帜，被自己的小说吹得飘了起来。这一次是《到灯塔去》。我想，就算为了我自己，也值得提一下，在经历了《雅各的房间》和《达洛维夫人》的挣扎与痛苦之后，我终于能以一生中最快的速度，最无拘束地进行创作，比任何作品都写得快速而淋漓酣畅——超过以往的20倍速度。这证明我的选择是正确的，而挂在心头的果实就在那里，伸手可及。有趣的是，我现在发现了一种理论：思想的丰富与语言的流畅就是写作的目的。要知道，我曾苦苦追求准确洗练的效果。不管怎样，一早上就这么过去了，我像魔鬼般不停地工作着，希望下午不至于把脑子驱使得这么紧张。我完全生活在创作中了，当回到外部世界时，我觉得相当陌生，因而我们在花园散步时，我常常想不出该说些什么。我知道这很糟，但对创作来说兴许是个好兆头。当然这种感觉是我熟悉的，我写所有的作品都是如此。我感到我能让所有事情都有进展，而这些事情在我脑子里是乱糟糟的一堆，让我觉得有负担且困惑。

2月27日，星期六

我想在这本日记中开始使用一种新方法——每天另起一页写作——我惯于以此举开始严肃的文学创作。当然，今年的本子很厚实，浪费些纸大有余地。至于内心世界，我为什么说要将这部分略去呢？记不清了。事实上，人无法直截了当地反映内心世界。你看着它，它就不见了；而当你凝视天花板，望着格里兹尔，在摄政公园的动物馆里瞧着那些供游人观赏的低等动物时，灵魂却溜了进来。今天下午就是这样。我打算把一边看北美野牛，一边漫不经心地回应伦纳德的情形记下来，可该写点什么呢？

韦伯夫人的作品使我琢磨起要对自己的一生说些什么。今天早上又头痛了，我静静地读了些1923年写的日记，将默不作声视为一剂甘甜的良药。可她的生命是有迹可循的——祷告啊，原则啊，而我一无所有。我极易兴奋，老是在探索，极易满足——几乎总是喜欢手头正在做的事，但情绪永远变化无常。我想我从不感到厌倦。偶尔有些无精打采，但能够恢复。我已经挺过来了。而现在正经受着第50次的考验。我得小心地节约精力，但与此同时，就像我对伦纳德说的那样，我喜欢享乐式的交往方式，啜饮着咖啡，闭着眼品味。我几乎欣赏所有的东西。但我心中总有某种东西在不安分地追求着。为什么我在生活中没有新的发现？为什么没有一种可以让我拿在手里，说出"就是这个"的事物？我总是有连绵不断的忧郁。我一直在寻找——不，不是那个——那个不是的。那是什么呢？我是否至死都找不到它？然后（昨晚我在罗素广场散步时）我看到了天空中的山峦，也就是那些巨大的云朵，还有照耀在波斯国之上的月光。我无比震惊地感到有什么东西从我心里冒了出来，就是"它"！这并不是说我寻找的东西就是美丽，它其实是事物本身所具备的浑然天成之态。它让人觉得满足，有成就感。漫步在这片土地上，我感到自己是独特的，人类在宇宙中更是一种奇异的存在。皓月当空，云海若隐若现，我急匆匆地走在罗素广场。这时我不禁又想起这些问题：我是谁？我是做什么的？诸如此类的问题总在我脑海中挥之不去。接着，我又一下子回到了现实中——看见了一封信、一个人，又带着新奇感回到现实中。生活就这样继续下去。如我所言，我确实会经常碰见这个"它"，每当这时，我的内心就无比宁静。

3月9日，星期二

在玛丽[1]举办的聚会上，我还挺开心的，只是涂脂抹粉、穿皮鞋、套丝袜依然让我觉得很尴尬，但我在这里感受到了文学的重要性。我们也因此举止得体，看起来亲切而友好。这个"我们"是指——乔治·摩尔[2]和我。

摩尔长着一张外露傻气的粉色脸蛋,蓝色的眼睛像玻璃弹球般饱满,头发雪白细密,小手松软,溜肩,有大肚子。他穿着一套熨烫平整的紫色衣服,干净整洁,而且在我看来,他举手投足间都极具涵养。也就是说,他讲起话来不怯场,也不强词夺理,对我的夸赞恰到好处,对其他人的夸赞也恰如其分。除了大方从容,他还性格坚强,活泼开朗,为人老道。不过该怎么评价哈代和亨利·詹姆斯呢?

"我是个相当谦逊之人,但我得承认,我觉得《埃丝特·沃特斯》要比《苔丝》更好。那一位有什么了不起呢?他写得不好。他不会讲故事。小说的艺术就在于讲故事。他却由着一个女人去忏悔。他是怎么写的呢?采用第三人称,营造一种理应让人动容且印象深刻的场景。拜托,看看托尔斯泰是如何写的吧!"

"但是,"杰克[3]说道,"《战争与和平》是世界上最伟大的小说。我不能忘记那一幕,纳塔利娅给自己粘上小胡子,罗斯托夫第一次看见她那样就对她倾心了。"

"不,好朋友,这并不是什么精辟的论断,只是一种普通的观察罢了。但是,好朋友(对我的称呼——他有些犹豫是否要这样称呼我),对于哈代你有什么想说的吗?你找不到什么可说的。英国小说是英国文学中最糟糕的部分,尤其是将其与法国——甚至是俄国文学相比。亨利·詹姆斯在发明他的行话之前写了些精悍的小故事。但它们都是关于富人的。你不能写关于富人的故事;因为,我记得他说过富人缺少天赋。但亨利·詹姆斯迷恋奢靡的富人生活,喜欢描写那些大理石栏杆。他笔下的人物都没有什么活力。安妮·勃朗特是勃朗特家族中最伟大的人物,相比之下,康拉德简直不知道如何写作。"诸如此类。但他这样的观点已经老掉牙了。

3月20日,星期六

昨天我问自己,这些日记日后会被如何处理。如果我死了,伦纳德会怎么处理它们?他定不愿烧掉,但又不能出版它们。我想,他应该用它们编一本书,然后把原本烧掉。若把这些零星的记事和谈论稍微整理一下,我敢说我的日记可以构成一本小书。不过,也说不准。这取决于一种轻微的抑郁症,这种症状现在偶尔会出现在我身上,使我觉得自己又老又丑。我又在唠叨了。但在我看来,身为作家的我,只有此刻才能真正地表达自我。

4月30日,星期五

这个月末的最后一天多雨多风,千门万户都在迎接悄然而至的复活节,炽热的夏天已经有迹可循。我想夏天总是很热的,只是云朵很少见。我还未谈到过伊维纳明斯特[4]。趁现在兴致不错,来看看我对它有什么印象吧。克兰伯恩狩猎场:那里长着矮小的原生林木,零星分布着几片缺乏集群耕种的田地;苍白的银莲花、蓝铃花、紫罗兰散落在各处，因为缺乏阳光，花朵看起来乌青乌青的。接下来是布莱克莫尔谷，它像一个巨大的空中穹顶，底部是田野；那里阳光明媚；但雨势很大，像是从空中流下的面纱；山丘起起伏伏，露出强劲有力（如果可以如此形容）的坡度，有脊状的，有带状的。我还记得有座教堂刻着这样一句铭文，"追求和平并保护和平"。是谁写了这些铿锵有力且极具个性的墓志铭呢？又是谁在维护伊维纳村的清洁、幸福和安康？我忍不住如此发问。我们常常对这些事情嗤之以鼻，但提问总归是一种恰当的方法。然后是茶和奶油，还有其他让我印象深刻的东西：热水澡，我的新皮大衣，沙夫茨伯里大街——它比我想象的要低得多，也没有咄咄逼人之势。还有开车去伯恩茅斯。还有狗，岩石后面的女士，斯沃尼奇的景色，以及归途。

昨天我完成了《到灯塔去》的第一部分，今天着手写第二部分。我没写多少——眼下要写的是一种异常困难又抽象的东西——需要描写一座空荡荡的房子，不寻常的人物，时间的流逝，但我写得很盲目，缺少依附之物，写出来的东西都不成形。的确，我太急于求成了，一下子就写了两页。我是在胡写乱画，还是在发挥聪明才智？为什么我觉得自己文采飞扬，而且显然可以自由表达？我试着读了一点，觉得自己写得很有活力；还要再凝练些，但不用太过。这种自然流畅堪比《达洛维夫人》（除了它的结尾）。我并不是在说大话，这是真的。

5月25日，星期二

我已经完成——我承认是很粗略地——《到灯塔去》的第二部分。然后，我可能在7月底之前写完它。这将打破我的纪录。如果进展顺利的话，总计七个月完成。

7月25日，星期日

起初我以为是哈代，可进来的是客厅女佣，一个长得瘦小的女孩子，戴着一顶贴合的制服帽，她拿了些银制蛋糕盘进来，提供了一些服务。哈代夫人和我们谈起了他们家的狗。我们在这儿该待多久呢？哈代先生能否长时间散步？我问她诸如此类的事情，之所以这样做，是想找些话题聊。哈代夫人有一双毫无光泽的大眼睛，像无儿无女的妇女一样，看起来悲戚戚的。她极温顺，乐意交谈，仿佛知道自己在生活中该扮演何种角色；相当无奈而非欣然地欢迎着更多客人的光临。她身穿印有树枝图案的薄纱连衣裙，黑鞋子，戴一条项链。她回答道：我们每天都外出散步，可现在走不远了，因为我们的狗不能走远，它喜欢咬人。说到狗，她的神色自然了些，也活泼多了。显然它才是她生活的重心。接着，女佣进来，随后门又开了，这次门开得很大，一个小个子老头快步走进来，他的脸蛋肥胖，显得兴高采烈。他半是兴奋半是礼貌地和我们打招呼，以一种老医生或老律师的口吻，边握手边说"好、好、好"或诸如此类的话。他身穿粗布灰色衣服，戴着条纹领带。他鼻梁骨很高，鼻尖朝里勾，圆脸略微苍白，眼睛湿漉漉的，视力不是很好，但整个面容显得开心而富有活力。他坐在一张圆桌旁的转角沙发上（用人进进出出弄得我心烦意乱，除了收集细节再无法做些什么）；桌子上有蛋糕盘之类的物品，一个巧克力卷，还有很不错的茶水；可他坐在那儿只喝了一杯茶。他和蔼可亲，知道其职责所在，不让谈话中断，也不介意主动引出些话题。他谈到了我父亲，说曾见过摇篮中的我，或许是我姐姐吧，可他认定是我。他去过海德公园别墅——噢，是海德公园门，那儿相当安静。我父亲喜欢那儿就是缘于此。奇怪的是，他这些年来再也没有去过。哈代常去那儿。"你父亲拿走了我的小说《远离尘嚣》，我们俩曾并肩作战，共同面对英国公众对那部小说中涉及的某些问题的非议，你也许听说过了。"随后他说，还有一些作品手稿原本已经无影无踪，现在又都找到了——包裹是在从法国寄来的路上弄丢的——这种事不大可能发生，你父亲这样说——那是一大包手稿呢。他叫我把故事寄过去。我认为他违反了康希尔规则，就是不可看到整部作品，于是我把故事一章章地寄去，从没误过事。年轻可真好！一切东西无疑就装在我脑子里，但我从不再仔细考虑一下。小说每月连载一次。我想是因为萨克雷小姐的缘故吧，他们紧张兮兮的。据她说，杂志创刊后，她就中风了，一个字都写不了。看来就小说而言，以那种方式问世并不太妙，人们开始尽量为杂志设想，而不是为小说打算。

"你知道幕后是怎么回事？"哈代夫人打趣地插了一句，她倚靠着茶几，不再吃东西，出神地向外张望。

然后我们谈到了手稿。战争期间，史密斯夫人在一个抽屉里找到了《远离尘嚣》的手稿，售卖以后，把钱捐给了红十字会。现在他把手稿弄了回来，但上面的所有记号都被印刷工人抹去。他真希望他们能把那些记号留下来，因为唯有那些东西能证明这些手稿是真迹。

他垂下头，如同一只腼腆的老鸽子。他头颅偏长，眼睛里闪着怪异的光芒，因为他一说话，眼睛就炯炯发亮。他说六年前在河岸街时几乎不知身在何处，而那儿的每一寸土地他都曾经非常熟悉。他说他以前常在威克街买二手书——一些没什么价值的书。他总是很纳闷：为什么詹姆斯大街如此窄小，贝德福德街却如此宽阔？"我常常想不通，以这个速度发展下去，要不了多久，伦敦就会面目全非，而我再也不会光顾了。"哈代夫人企图劝说他，如果开车去，还是挺方便的，只有六小时左右的车程。我问她是否喜欢那儿，她答道：格兰维尔·巴克曾说她在那儿的疗养院度过了"一生中最美妙的时光"。她熟悉多切斯特的每一个人，但觉得伦敦人更有趣些。她问我以前是否常到西格夫里[5]的寓所。我说"不"。然后，她问到了西格夫里和摩根的近况，说西氏有些难以捉摸，好像他们想让他登门拜访似的。我说，听韦尔斯说起过，哈代先生曾特意赶到伦敦看空袭。"他们在瞎说些什么！"他说道，"那是我妻子。我们住在巴里家时，有一天晚上遇到空袭。

我们只听见从远处传来轻微的爆炸声。探照灯的灯光很美,我想要是现在一颗炸弹落在屋顶上,许多作家就灰飞烟灭了。"他以其惯有的方式,怪异地笑了笑,自然又略带嘲讽,有些意味深长。说真的,没有任何迹象让我们以为他是个头脑单纯的农夫。看来,他对一切都了然于心,没有一丝疑虑或犹豫。他已知天命,所有创作都已了结,因而对创作无所不知。他对自己的作品并无多少兴趣,对别人的也是如此。他自然而随和地接受所有作品。"我从不在一部作品上花太多时间。"他说道,"最久的一次是《列王》的创作。""可那实际是三本书。"哈代夫人插嘴道。"是的,那本书花了我六年时间,但我不是一直在工作的。""您是否经常写诗呢?"我问道,心里很希望他能对自己的作品说些什么,可那条狗不时"钻"进谈话中:它是如何咬人的;稽查员来时的情形;狗病了,他们束手无策,等等。"我把它放进来,你不介意吧?"哈代夫人问道。这样威塞克斯进了屋,它是一只凶猛的杂种狗,黄白色的毛发蓬乱不堪。"它的职责是看守屋子,所以自然会咬人。"哈代夫人这么解释。"嗯,这个我倒不确定。"哈代说道,态度十分从容;看来他对自己创作的诗歌也抱持无所谓的态度。"您写小说的同时,是否也在写诗歌?"我问道。"不。"他说,"我写过许多诗,到处投稿,但都被退了回来。"他轻声笑着说:"那些日子我很相信编辑。许多诗就这样弄丢了——誊清的诗稿全部遗失。可我找到笔记并根据笔记重写了这些诗。我总能找到这些笔记,前两天又找到了一本。不过我想不会再找回更多了。"

"西格夫里曾在附近租了几间房子，声称要非常勤勉地写作，可不久就离开了。"

"E. M. 福斯特写什么都很慢——整整七年。"他笑着说。而这让人更深刻地感受到他写作时的轻松。"《远离尘嚣》要是换种方式写，也许会好得多。"他如此说道，神色却显得既无能为力，又无关紧要。

他以前常去肯辛顿广场的卢辛顿，并在那儿见到了我母亲，"我与你父亲说话时，她时常进进出出的"。

我想在告辞前听他谈谈对自己创作的看法，只好问道，假如像我一样选一本书在火车上阅读，他会选自己的哪一部作品。我手里拿的是《卡斯特桥市长》。"这本书正被改编成戏剧搬上舞台。"哈代夫人插嘴道，随后又说了《人生的小讽刺》。

"你对这本书有兴趣吗？"他问道。我结结巴巴地说我没法不一口气读完。我说的是真话，可听上去总有点不对劲。但不管怎么说，他没显出多少兴趣，而是接着讲起要赠送结婚礼物给一位年轻的女士。"我的书也不适合作为结婚礼物。"他说道。"你该送本书给伍尔夫女士。"果不其然，哈代夫人说道。"是的，我会的，但恐怕只有薄薄的平装本了。"我坚持说，只要有他的签名就可以了（说完又隐隐觉得有点儿不自在）。

接着谈到了德拉·梅尔[6]。在他们看来，他的最后一本小说集太令人遗憾了。哈代以前非常喜欢他创作的一些诗歌。人们以为只有邪恶之人才写得出那种小说，但他是个正派的人——一位非常有教养的男士。曾有朋友劝他不要放弃诗歌创作，他却答道："恐怕是诗歌要抛弃我。"事实上，他很友善，接待所有想见他的人。有时一天会有十六位客人。"要是一直忙于招待客人，是否会写不出诗歌了？"我问哈代。"或许可以写——我觉得没什么问题。最多就是个体力问题。"哈代答道。不过，他（哈代）显然更喜欢隐居生活。他待客时说话得体、诚挚，相比之下，人们对他那些例行公事式的恭维反倒显得不自然。他看起来已经能够超然物外，不再需要任何恭维。他思维很活跃，喜欢描述别人而不是空谈。例如说到劳伦斯上校[7]手臂骨折了还在骑车。"就这样把手举着"，从林肯骑车过来，站在门旁听一听里面是否有人。"希望他不至于自杀。"哈代夫人说道，她仍倚在茶几上，无精打采地往外看着，一副沉思状。"他常把那类话挂在嘴边，尽管可能没有认真说过。他眼圈发青，服兵役时自称肖[8]。没有人知道他的行踪，可他的名字时不时出现在报纸上。他答应过我不参加空军的。"哈代说。"我丈夫不喜欢与空军有关的一切事情。"哈代夫人补充道。

接着，我们瞄到了角落里那座老掉牙的钟。我们表示要告辞了——尽量解释说我们在天黑之前需要离开。我忘记提了，他给伦纳德端来一杯调好的威士忌，这使我感到他作为男主人在各方面都很称职。这样我们起身，在哈代夫人的访客簿上留下了名字。哈代将给我的那本《人生的小讽刺》拿了进去，然后又快步走出来，手上拿着那签了名的书。他把 Woolf 写成了 Wolff，我猜这姓氏着实给他添了些麻烦。威塞克斯又进来了，我问哈代平时是否会抚摸它。于是他弯下腰，以家里男主人的姿态摸了摸狗。威塞克斯立马呼哧呼哧地逃走了。

哈代一点也不唯编辑马首是瞻，他不看重身份地位，也不会表现得过于简单直接。他的自由、轻松与活力给我留下了深刻印象。他似乎很像"维多利亚时代的伟人"，大手（他的手其实是很正常的小手，手指拳曲着）一挥，一切问题就解决了。他不太重视文学的价值，对事实、细节却兴趣甚浓。别人想象得出，他那手不知怎的很自然地一挥，就把他带入了想象与创作的世界，而创作的艰难或辉煌之类的杂念，一丝也没闪现在他脑海里。他醉心于此，生活在想象中。哈代夫人把他那顶灰色的旧帽子塞到他手里。他陪着我们轻快地走到了大路上。"那是哪里？"我问道，指着对面山丘上的一大片树林。他的屋子在小镇外围，前面有一大片开阔地（山丘绵延起伏，前后点缀着小树冠）。他饶有兴趣地答道："那是韦茅斯。晚上我们能看到那儿的灯光——不是真的灯光，而是灯光的反射。"待我们离开后，他又一颠一颠地小跑着回去了。

我曾问他能否看一眼那张苔丝画像，摩根曾把它描述为一幅年代久远的画。于是，哈代把我带到了一幅根据赫尔科默[9]的图画刻印的糟糕版画面前。"这幅画与我心目中的苔丝相当吻合。"他说道。我说别人告诉我，他藏有一幅很古旧的画像。"那不是真的，"他答道，"我以前经常看到一些神似苔丝的人。"

哈代夫人问我："你认识奥尔德斯·赫胥黎吗？"我说认识。

他们一直在读他的作品。在她看来,这些书写得"相当不错"。哈代却说记不清了,说现在得由他夫人把作品读给他听——他的视力太糟了。"现在他们把一切都改变了。"他说,"我们过去一直以为小说总得有个开头,有中间和结尾。我们相信亚里士多德的理论。可现在倒好,有这么一个故事,竟以一个女人走出屋子而告终。"他笑出了声。但他不再读大部头的书了。所有的一切——文学论著,长篇小说,等等,对他来说都只是一种娱乐,它们太遥远了,简直不可以当真。但他对那些仍在这一领域工作的人抱有同情与怜悯之心。他私下的兴趣与活动是什么呢?我们离开后,他跑回家如何打发时光?——我不知道。小男孩们从新西兰给他写信,他总得回复。他们在一份日本报纸上推出了一期"哈代特辑",全部由哈代撰文。他还谈到了布伦登。看来,哈代夫人一直在帮他了解年轻诗人的近况。

罗德梅尔,1926

考虑到接下来一周我都不打算动脑筋,我现在要把这世界上最伟大作品的前几页写下来。这本完全由我一人之力完成并且全面体现了我的思想的书,从诞生之日起,就将是最伟大的作品。在作品成名之前就捕捉到这些思想可能吗?可以趁这些思想火花刚在脑海里闪现时,就一下子捕捉到它们——比如说,往阿什汉姆的山上走的时候。当然,事实上这是不可能的,因为思维转换成语言的过程很缓慢，而且容易引起误会。你总得停下来，寻找合适的词语。当然，还有句子结构，你得选择恰当的句型。

艺术与思维

我想的是：假如艺术建立在思维的基础之上，那么两者间的质变过程是怎样的呢？我在心里复述着去哈代家拜访的经历，逐渐理出些头绪。也就是说，我的焦点在于哈代夫人，她倚在桌旁，望着窗外，漠然没有表情。若以此为主题，很快就能把思路整理得妥妥帖帖。当然，实际经历是另一回事。

在世者的作品

我很少阅读这类作品，可莫里斯·巴林[10]送了些书给我，所以我正在看他的小说《C》。我很惊讶地发现，这本书居然写得还不错。但到底有多好呢？很容易说它不是一部传世之作，可书中到底缺少什么呢？兴许是因为它对生活缺乏想象，尽管很难从中找到一个严重错误。像这种彻头彻尾的二流作品，估计每年至少有20人在不断地大量炮制。但它们竟然有如此多的优点，真令我吃惊。我以前从未接触过这类作品，因而习惯已成自然，就以为它们根本不存在。可最严格地说来，事实也正是如此。换言之，到2026年，这部作品将不复存在。而现在它仍有其存在价值。这倒使我略微有些困惑。此刻我已厌倦克拉丽莎，可我竟觉得这本书有些价值。怎么会呢？

我的大脑

我的整个神经系统就要崩溃了。我们是星期一回来的。一屁股坐在椅子上,几乎就站不起来了。百无聊赖,一切都枯燥无趣,内心强烈地渴望休息。星期三——只想一个人待在户外。空气清新怡人——不必说话,读不进去书。充满敬意地怀念自己的创作能力,就如同羡慕某种属于他人的神奇东西。我想,我再也不能拥有这种能力了。我的大脑一片空白。不一会儿就坐在椅子上睡着了。星期四,生活依旧了然无趣,但又对这一状态稍感适应。就性格和习性而言,以前的弗吉尼亚·伍尔夫不见了,如今只剩下一团卑微和谦逊。很难想出该说些什么,只是机械地阅读着,如同奶牛咀嚼着反刍之物。又在椅子上睡着了。星期五——生理上感觉疲倦,大脑却略微活跃了些,注意力开始恢复。制订了一两个计划,没有能力遣词造句。给科尔法克斯夫人的信写得很费劲。星期六(今天)——头不太沉了,思路也更清晰。我觉得自己又可以写了,但我抵制了这种诱惑,还是觉得不太行。星期五开始希望能读些诗歌,个人的爱好总算恢复了一些,读了些但丁、布里奇斯的诗。不想劳神去理解,却从中得到了快乐,此刻开始希望做些笔记,而不是写长篇小说。今天感觉更敏锐了一些。但尚不能整理编排,不想分门别类地整理书中的情景,对文学探索的习惯又回来了。想读但丁、哈夫洛克·埃利斯[11]的作品,以及柏辽兹[12]的自传。还想做一面用贝壳镶边的镜子。这种康复过程有时会拖上好几个星期。

变动的比例

傍晚时分以及灰蒙蒙的日子里,风景的比例会突然改变。我看到人们在草地上玩板球;他们似乎深深地陷进了一块平坦的木板里;四周的山坡高高隆起,远处山峦环绕。这个时候是看不清细节的。这是一种极其美丽的效果:在几乎没有色调的环境中,妇女衣服的颜色也显得非常明亮和纯净。我也知道,这个时候事物的比例是失衡的——就像我两条腿之间的缝隙。

二流文学

譬如莫里斯·巴林所著的《C》,初读时,就此类作品而言,它还不算二流,或者说没有明显的迹象证明它是二流作品。可其局限性又证明了它的不存在。他只剩下一件事情可做,即描写他自己,一个整洁、谦逊、敏感而有魅力的英国人。超出这个范围,他的笔触就走不远了,也无甚闪光之处。所有这些——正像其应有的样子——轻松、自信、感觉良好,甚至有点做作,不温不火地讲述着故事,因而一点也不夸大其词,一切都互相联系、互相制约着。我说我能一直读下去,可伦纳德说我不久就会腻烦的。

漂鸟运动[13]

关于过路的"麻雀族"。[14] 在里佩的烈日下,两个神情坚定、皮肤晒得黝黑、看起来风尘仆仆的女孩,身着运动衫和短裙,背着背包,正沿着公路费力地前行。她们看起来像是公务员或者秘书。我下意识地生出一些偏见来，想谴责她们。我认为无论怎么看，她们都显得瘦骨嶙峋、笨手笨脚，并且自以为是。但这样想是完全不对的。这些偏见使我盲目。不可带有偏见，因为偏见来自我们自己的特质；要把握事物的本质，就要意识到它与偏见没有任何共同之处。不过，抱有偏见是如此寻常之事，以至于它甚至可能滋养着我们的理智。如果我们没有这种区分他人的能力，而是滥施同情心，我们的自我也许就会消解；但将自己与他人彻底区分开来是不可能的。是偏见过度，而非同情心。

恢复健康

这体现为图像思维能力的恢复。我的视觉和语言能力在极大地恢复。莎士比亚在这方面一定天赋异禀，和他相比，正常状态下的我，也只能算是瞎子、聋子、哑巴、木讷且冷血无情的人。但在这方面，我要比那可怜的巴塞洛缪夫人[15]强太多，就好像莎士比亚比我强太多一样。

银行假日

一个胖女人、一个女孩和一个男人，在银行假日这一天——阳光明媚动人的一天——来到教堂墓地扫墓。这一天，还有23个年轻男人和女人在漫步，他们在肩头和腋下夹带着丑陋的黑盒子，一边走一边拍照。其中一个男人对一个女人说："有些僻静的小村子压根不知道今天是银行假日。"他的语气透出了满满的优越感和稍许不屑。

夫妻关系

阿诺德·贝内特说，婚姻的可怕在于其日常性，这种日常性把婚姻关系中所有的敏感都磨平了。事实更甚于此。生活——比方说七天中有四天变得机械，可是到了第五天，夫妻间擦出了火花，并由于习以为常的漠然和机械反而变得更加炽烈、敏感。也就是说，婚姻关系凭着一年中那些情感非常强烈的时刻才有了一些特色，此乃哈代所谓的"梦幻时刻"。要不是因为这一点，夫妻关系怎么能长久呢，哪怕是一分钟？

9月3日，星期五

在一个闷热的日子里，女士们聚集在布兰博的茶园里，那里有玫瑰花架、洗刷得发白的桌子和中下层阶级人士。公共汽车来来往往，灰色的碎石子散落在布满纸屑的绿化带上，以及城堡的其他地方。

一位女士靠在桌上，她要请另外两位在场的年长女士用餐，并付钱给一位女服务员（橘子酱颜色的胖女孩，身体像最柔软的猪油，看起来很快要结婚了，但其实也就16岁左右）。

女人：我们要喝什么茶？

女孩（漫不经心，双手叉腰）：蛋糕、面包、黄油和茶。果酱？

女人：黄蜂是不是很顽皮？它们会钻进果酱里——（她似乎看不上果酱）。

女孩表示同意。

女人：啊，今年黄蜂闹得很厉害。

女孩：是的。

所以她没要果酱。

我想，这一幕还挺有趣的。

其余的还有查尔斯顿、蒂尔顿、《到灯塔去》、薇塔和探险。这个夏天一直沐浴在无边无际的温暖新鲜空气中——对我而言，这样的8月是多年未遇的。随便骑骑车，没给自己安排什么重要工作，而是呼吸着新鲜空气去河边或山坡上走走。小说已经临近结尾，但神奇的是，我无论如何也没作结。我坐在草坪上写关于莉莉的那节，但不知道这是不是对她的最后描写。我也不确定写作的质量如何，唯一确定的似乎是，每天早上，在漫不经心地打字一小时之后，我通常会轻松愉快地写到中午十二点半，以这样的方式，我写了两页内容。因此，从今天起，我预测在三周内，这部小说将会完成。发生了什么？目前我正考虑如何作结。问题在于如何把莉莉和拉姆齐先生联系在一起，并最终兼顾二者的利益。我正绞尽脑汁，努力推敲。我明天要开始动笔的是最后一章"在船上"。我打算以拉姆齐先生爬上岩石来结束故事。如果这样,莉莉和她的画儿要怎么办呢?是否应该在最后一页描写她和卡迈克尔一边盯着画作,一边对拉姆齐的性格进行总结评价?这样的话,我就会失去那一瞬间的强烈感受。如果在拉姆齐和灯塔之间插入这段,又会显得突兀且多变。我可以通过将其放在括号中来达到这种效果吗?这样读者就有一种同时经历两件事发生的感觉?

9月5日,星期日

在我看来,上述问题总能得到解决,那么我必须继续关注作品的质量问题。我认为我可能写得太快、太放肆了,因此写得很单薄。不过,我认为它比《雅各的房间》以及《达洛维夫人》都更微妙,更能展现人性。我在写作时感到文思泉涌,下笔顺畅。我认为,事实正是如此,以这种方式,我能表达出自己想要传达的东西。像往常一样,在快要写完这本书时,我脑海里涌现出许多其他相关的故事:可以写一本人物志,其主线源于只言片语,比如克拉拉·佩特说的"你不觉得巴克商店卖的别针不带针尖儿吗"[16]。我认为用这种方式,我可以完整地写出一个故事来;但这种故事没什么大起大落的情节。一切都更像是在转述。但也不完全是,因为我的确有几句直接引语。不过,我用了十年时间酝酿《到灯塔去》的抒情部分,它并不像其他故事那样依附于特定文本。我觉得这次创作似乎要在文学界大获成功，但不确定自己会得到什么样的评价。多愁善感？维多利亚风格？

接下来我必须着手为出版社写文学方面的书了。我准备写六个章节。可以先设置一些宽泛的标题，然后把各种观点分别纳入。例如，象征主义，上帝，自然，情节，对话。就一本小说而言，可以看看它符合哪些标准。先做好分类，然后在大类之下添加一些最恰当的例子，把这些小说都放进去。这种方法也许会成功，从而被历史铭记。或许也可以借助理论，将这些章节组合起来。我觉得我可能无法足够认真或准确地阅读，以实现这个目标。实际上，我只想把脑子里积累的想法好好整理出来。

此外，我想通过写一堆"大纲"来赚钱（因为根据新的计划，如果我赚到的钱超过200英镑，我们就要互相分享）。不过，这完全取决于我能写什么书，得听天由命了。顺便说一句，这几天我感觉非常不错。我不太清楚为什么，也许是因为我有了这个想法吧。

9月13日，星期一

我自顾自地感叹道。好福气就要结束了。它像是大自然特有的一种过程，既让人无比痛苦，又让人兴奋，没完没了，我禁不住想做个了断。啊，当我醒来时，它已经结束。我想，这既是一种解脱，也是一份失望。我指的是《到灯塔去》这部作品。上周我花了四天时间来打磨关于德·昆西[17]的那篇文章,从6月起我就没动过它。这让我的写作时间更紧张了,所以我拒绝了写薇拉·凯瑟的邀约,这次的稿费足有30英镑。现在我只希望一周之内能完结这本无利可图的小说,在返工修改之前,我希望能抽空把关于薇拉的文章写了。因此,我应该在10月前就能挣到我的年收入200英镑中的70英镑。(我有点贪得无厌;我想在银行里有一笔50英镑的私人存款,然后用它来买波斯地毯、花盆、椅子等。)讨厌里士满,讨厌《泰晤士报》,更讨厌我的拖延和神经衰弱。不过,我还是要为科布登·桑德森和赫门兹夫人[18]写点东西。谈到书,摩根已经完成《印度之行》,他自己评价"这是一个败笔"。我的感觉——怎么样呢?在过去的一两个星期里,由于一直写作,我反而觉得有点无聊。但是我也有一点胜利的感觉。如果直觉没出错的话,我已经把我的方法用到了极致,而且我认为它很不错。也就是说,我觉得,我已经用它发掘了更丰富的感情和人物形象。但谁知道呢,见到成果之前,什么也说不准。这只是我目前的一种感觉。奇怪的是,我仍然对珍妮特·凯斯[19]的无厘头评价耿耿于怀,她觉得《达洛维夫人》"都是关于穿衣的……技巧,《普通读者》还算有些内容"。若一个人处于紧张状态,任何蝇头鼠辈都有可能来捣乱,而且讨厌鬼尤甚。尽管缪尔很巧妙地夸赞了我,却不能给我多少鼓励——当我写作,也就是思维枯竭时,就会这样。最后一幕,是在船上发生的事情,很难描写出来,因为材料不像莉莉在草坪上的那一幕那样丰富。我不得不表达得更直接、更强烈。我发现自己越来越多地使用象征主义；我害怕"感伤"泛滥。作品的整个主题是否会受到这种指控呢？但我不认为主题本身可以分出好坏来。它为作家提供了展示独特写作能力的机会——仅此而已。

9月30日，星期四

我希望能较为精辟地谈谈独处的魅力：它不是一人独处，而是与宇宙的某种精神同在。正是这种东西使得原本深陷忧郁、沮丧、厌烦，或者其他什么情绪中的我，既害怕又兴奋，就像是远远看见一条不可名状的大鱼游过。我该如何表达这种意思呢？看来还真是无法形容。有趣的是，在我所有的感觉与思维中，我还从未有过这种想法。生活，严肃而准确地说，是一桩最莫名其妙的事，它包含着现实的精髓。孩提的我，迈不过一个水坑时，就想到过这一点。我曾奇怪地想——我是谁，等等。可通过写作，我什么也没有表达出来。我想表达的只是心灵的奇异状态。也许这就是想写另一本书[20]的冲动吧。我胡乱地猜测着，脑子里空荡荡的，什么书都记不起来了。我想观察并弄清这一想法最初是怎么出现的。我要追踪整个过程。

11月23日，星期二

我每天都在重写《到灯塔去》这六页内容。我觉得不能像写《达洛维夫人》那样迅速地写这本书。接着我发现其中很多内容写得很粗糙，我不得不借助打字机来拟草稿。我发现这比用笔墨重写要容易得多。我现在的看法是，它极可能成为我所有作品中最好的一部；它比《雅各的房间》更充实，没有那么随意，也比《达洛维夫人》更有趣，并且没有夹杂那些令人绝望的发疯后遗症。在我看来，它更自由、更精妙。然而，我还没有想到任何可以匹配它的创作方式：这可能意味着我的方法已经臻于完美；它现在将保持这种面貌，以便日后为我所用。以前，新方法的出现可以给我带来新的主题，因为我看到了能够表达这些主题的机会。然而，我现在时常被一个女人近乎神秘且无比深奥的生活所困扰，关于她的一切需要被一次性地讲述出来；时间这个尺度将彻底失灵；未来将以某种方式从过去绽放出来。一个事件——比如一朵花的落下——可能就包含了未来。我的看法是，实际上并不存在什么真实事件——甚至不存在时间。但我不想强词夺理。我必须多写些这方面的东西。

注释

1 这里指的是哈钦森夫人,即玛丽·巴恩斯·哈钦森。

2 乔治·摩尔(George Moore,1852—1933),爱尔兰小说家、诗人、艺术评论家。

3 这里指的是玛丽的丈夫,英国律师、自由党政治家圣约翰·哈钦森(St. John Hutchinson)。

4 伊维纳明斯特(Iwerne Minster),英国多塞特郡的一个村庄。

5 西格夫里·萨松(Siegfried Sassoon,1886—1967),英国反战诗人、小说家。

6 沃尔特·德拉·梅尔(Walter de la Mare,1873—1956),英国诗人、小说家。

7 托马斯·爱德华·劳伦斯(Thomas Edward Lawrence,1888—1935),英国作家、军官、外交官,也被称为"阿拉伯的劳伦斯"。

8 "一战"后,劳伦斯上校曾化名托马斯·爱德华·肖加入英国陆军。

9 休伯特·冯·赫尔科默爵士(Sir Hubert von Herkomer,1849—1914),德裔英国画家、雕塑家、导演、作家。

10 莫里斯·巴林(Maurice Baring,1874—1945),英国作家、翻译家、战地记者。

11 哈夫洛克·埃利斯(Havelock Ellis,1859—1939),英国性学专家、社会改革家和费边主义者,代表作有《性心理学》《生命的舞蹈》等。

12 路易-埃克托尔·柏辽兹(Louis-Hector Berlioz,1803—1869),法国作曲家、指挥家、音乐评论家。

13 漂鸟运动,1896年在德国青年间兴起的运动。参与者们漫步在大自然中,探寻生活真理。该运动成为持续半个世纪之久的德国青年运动的发端。

14 这里,弗吉尼亚·伍尔夫借用"Wandervögel"(漂鸟)和"Sparrow trbie"

（麻雀族），来形容她所见到的两个在烈日下顽强奔走的女孩。

15 安·夏洛特·巴塞洛缪（Ann Charlotte Bartholomew，1800—1862），英国画家兼作家，英国女艺术家协会的创始成员之一。

16 原话出自弗吉尼亚·伍尔夫的希腊语老师克拉拉·佩特。正是这句不经意的评论启发了伍尔夫日后创作短篇小说《斯莱特的别针没有针尖儿》(*Slater's Pins Have No Points*)。

17 托马斯·德·昆西（Thomas De Quincey，1785—1859），英国散文家、文学评论家。

18 费利西娅·赫门兹（Felicia Dorothea Hemans，1793—1835），19世纪英国杰出的女诗人之一。

19 珍妮特·凯斯（Janet Case，1863—1937），英国古典学者、希腊语教师和妇女权利倡导者。她是弗吉尼亚·伍尔夫的老朋友和希腊语老师。

20 或许是《海浪》或《飞蛾》（1929年10月）。——伦纳德注

1927

1月14日,星期五

这样做的确欠妥。可我没有新本子,只得把结尾记录在此(我也曾在日记中记下《到灯塔去》的开头部分)。眼下我把最后的苦活都干完了,只等伦纳德星期一开读。所以我用一年还差几天的时间将它全部完成,终于又可以脱身了,真令人欣慰。自从去年10月25日以来,我不断地修改(有些部分至少改了三次)并打字,无疑还得重新修改,可我实在不行了。我感到这部作品很艰难,它是繁重的体力劳动的结晶,证明即使我已经这把年纪,也还有些能耐。我的体力尚未耗尽,身体尚未变得松弛软弱。至少在通读一遍之前,我是如此感觉的。

1月23日,星期日

现在伦纳德已经读完《到灯塔去》,并且评价它绝对是我最好的一部作品，简直是一部"杰作"。我还未开口他就这么说了。当时我刚从诺尔庄园[1]回来，才坐下，也没询问他对作品的看法。他称之为"一首全新的心理分析之诗"，他就是这么说的。他说，它比《达洛维夫人》有进步，也更引人入胜。在得到这么大的宽慰后，我把这事一股脑儿抛在脑后，像往常一样，忘记了这部作品。要等到第二天醒来，我才会想起要为他人的评论以及这种评论将于何时出现而担忧。

2月12日，星期六

X君的散文太流畅了，我一直在读。这竟使得我的文笔也流畅起来。每当读完一部经典小说，我总感觉思维受限，但不是说思维枯竭；与之相反，我只是一时想不出适当的词语来表达自己。要是让我来写"Y——"，肯定要用上几池子的华丽辞藻。不过，我后来找到了自己独特的反击方式。我认为，作为作家，我的独特之处就在于先理解透彻，然后表达到位。倘若我写游记，我定要等到某个独特的视角出现后，才顺着那个角度写下去。按顺序叙事的方法不会有多好，因为在人的思维中，事情并非如此发生。但她写起来颇有章法，而且善于表达。这令我想到，明天以及星期一，我得把印刷版的《到灯塔去》一口气读完，冲着我那些稀奇古怪的方法，也得一鼓作气读上一遍，而且这是我第一次通读它。先囫囵吞下去，随意地看上一遍，然后对某些部分反复斟酌。

或许我得记下这一点：《到灯塔去》完稿后最初的征兆并不好，罗杰显然不喜欢"岁月流逝"这部分。《哈珀》与《论坛》都拒绝连载这部作品。布雷斯的来信也没有之前评论《达洛维夫人》那么热情。但这些都是《到灯塔去》的初稿反馈，那时尚未修改。不管怎样，我都觉得无所谓。伦纳德的评论好似一颗定心丸，我就是我，既不是他们眼里的这样，也不是那样。

2月21日，星期一

为何不发明一种新的戏剧形式，譬如：

女人认为……

他做了。

风琴弹奏起。

她在写作。

他们说：

她在唱歌。

夜幕自语

他们思念

我认为依照此类方法一定能创作些东西——尽管我还不明白到底是什么。摆脱细节，不受束缚，但场景相对集中，既是散文也是诗歌，既是小说也是戏剧。

2月28日，星期一

可我打算更加勤奋地工作。倘若他们——德高望重的人们，我的那些朋友，动了劝我不要出版《到灯塔去》的念头，我就去写回忆录。我已拟订计划收集史料，要创作《无名氏的一生》。可我为何要自欺欺人，觉得自己会需要别人的意见？过了一个假期之后，那些熟悉的念头会照常回到我的脑海，而且看起来更有创意，也更有价值。我又会重新出发，格外兴奋，充满热情而强烈的创作欲望——这可真是怪事，因为我的创作极有可能非常糟糕。

3月14日，星期一

费丝·亨德森[2]过来与我们一起用茶点，而且很大胆地把谈话搅得一团糟。我构思了故事的多种可能性：一个女人，姿色平庸，身无分文，孤身一人，兴许这个人物就这样诞生了。我开始想象出这番情景——她如何在大街上拦住一辆摩托，然后赶到多佛，穿越英吉利海峡，等等。我突然有个想法，也许可以弄篇笛福式的小说玩玩。很突兀地，从中午十二点到下午一点，我设想出名为《杰萨米新娘》的奇幻小说——这是为什么呢？我脑海中闪现了好几个场景：两个女人，穷困潦倒，孤独地站在屋子顶楼。故事的叙事视角是全景式的（因为完全是幻想），可以看见伦敦塔桥、云层和飞机。还有些老人在路那边的房间里探听什么。一切将是乱七八糟的，搅成一团。这部作品的创作将像写信一样，以最快的速度进行。作品会涉及兰戈伦的贵妇、弗拉德盖特夫人，以及路上的行人。我不准备让人物显得真实。我将使用萨福的诗体，讽刺将是该作品的主旋律——讽刺与荒诞。女士们将把伊斯坦布尔尽收眼底，梦见其金色的拱顶。这可以大大调侃一下我自身的诗歌情结。嘲弄一切，并以省略号来结束整部作品。事实上我已经创作了许多严肃的诗歌般的先锋作品，其形式总是需要缜密的筹划。所以在此之后，我觉得有必要逃避一下，我想疯上一阵子，好好休息一下。我想将一年四季闪现在脑海中的无数琐碎想法与小事件都具体地表现出来。把这些东西写下来肯定很有趣，而且可以在我开始创作那种非常严肃、玄秘的诗歌般的作品之前，让我的脑袋休息一阵子。同时，在开始写作《杰萨米新娘》之前，我得完成那本关于小说创作的书，要到明年1月才能写完。我大概可以实验一下，不时写上一两页。同时，我的想法也可能一下子消失得无影无踪。不管怎么说，这篇日记记录了新想法出现时，我所经历的那种奇怪可怕又让人惊讶的过程——在大约一个小时内，我的想法接踵而来。我就是这样望着霍加斯出版社屋内的炉火，构思了《雅各的房间》；《到灯塔去》则是在某个下午，我坐在广场上构思的。

1933年7月8日补记：还以这样的方式构思了《奥兰多》和《海浪》。

3月21日，星期一

我的思绪异常兴奋，想一心扑到自己的创作上，仿佛我意识到了时间的流逝、老年的逼近和死亡的召唤。天啊，《到灯塔去》的某些章节是多么讨人喜欢呀！柔韧婉约，简直称得上隽永；有时一整页一个词都没有用错。宴会和孩子们在船上这两幕更是如此。莉莉坐在草坪上那一幕就有点差强人意。不过，我挺喜欢结尾部分。

5月1日，星期日

后来我记起我的作品即将问世。人们会批评我目中无人——他们什么话都说得出口。但我觉得，老实说，这次我真的不太在乎——甚至不在乎朋友们的评论。我无法确定这本书写得如何。我自己第一次通读时就深感失望，后来却又喜欢上了。无论怎样，我尽力了。可严格地说，读自己出版后的作品是否合适？虽然此书颇有晦涩做作之嫌，但销售量的稳步上升还是很振奋人心。出版前已预售1 220册，我想总计能卖出大概1 500册。对我这样的作家来说，这不算太糟。不过，坦白地说，我发现自己正专注地思考其他事情，甚至忘记下星期四作品就要问世了。

5月5日，星期四

书现在已经出版。之前预售出1 690本——是《达洛维夫人》的两倍，然而我此时正笼罩在《泰晤士报文学副刊》这片乌云带给我的阴影中。这篇评论简直复刻了他们对《雅各的房间》和《达洛维夫人》的评论，不温不火，语气友好，却闪烁其词，肯定了作品语言的优美，对人物塑造却持怀疑态度，总之令我相当沮丧。我为"岁月流逝"那部分感到不安。整部作品也许会被评论为柔弱、浅薄、枯燥而感伤。不过老实说，我并不怎么在乎，只想静静地反思一下。

5月11日，星期三

关于我的作品。嘈杂的批评声混着他人的积极肯定，帮助我踏上了新的创作之路，让我不至于才思枯竭，反而文思泉涌。在这种情况下，我还能坚持说自己不在乎外界的批评吗？我从马格丽·乔德和克莱夫那些模棱两可的暗示中得知，有些人认为这正是我最好的作品。迄今为止，薇塔表达了赞赏；多萝西[3]——非常爱我的书；还有个不知名的笨家伙也对此鼓噪了一番。但估计还没有人把此书看完；再有两个星期，一切都会过去。在此期间，我将忐忑不安，不是焦躁，而是担心。

5月16日，星期一

关于这本书。就目前所受赞誉而言，它已然熬出头。距离出版日期，也就是那个星期四，已有十天。内莎盛情赞美了它——一种崇高而令人激动不已的奇观。她说书中描绘的母亲画像惟妙惟肖，简直出自一位伟大的肖像画家；这位画家在亲历了书里描述的生活后，现在怀着悲戚的心情来摹写故人。此外，奥托琳、薇塔、查理、奥利维尔勋爵、汤米和克莱夫相继赞美了这本书。

6月18日，星期六

由于某种原因，我的日记显得太薄了。半年过去了，我的日记却只有薄薄几页纸。或许早晨花了太多时间写作，以至于写不动日记了。头痛使我失掉了整整三周。我们在罗德梅尔待了一周，我还记得那儿的诸多景致。它们不请自来，一一浮现在我脑海中（例如，6月的夜晚，村子临海而立，房屋看上去像停泊的船只；沼泽地像波涛汹涌的海浪）。我躺在那里，沉浸在安宁中，甚是欣慰。我整天躺在新花园里，那里的露台刚完工。蓝色山雀在我的维纳斯塑像颈部的凹陷处安营扎寨。一个酷热的下午，薇塔来了，我们和她一起信步走到了河边。品克[4]在水里追逐着伦纳德的拐杖。我读着书——什么拙劣的作品都读；莫里斯·巴林的书；运动员的回忆录。渐渐地，各种想法都溜进了脑海；随即灵感一下子上来了（就在伦纳德与使徒小组[5]的成员们一起用餐的那晚），飞蛾的故事成形了，而且我感觉用不了多久就能写完，也许在创作那本酝酿已久的长篇小说之余就能写完。我先在这里匆匆记下故事梗概，有待进一步充实。那种诗与戏剧相结合的思想，某种不停流动的想法，不单纯是人类内心的意识之潮，也是船舶、夜色等汇集在一起，川流不息，那些绚烂的飞蛾的到来，将成为故事的交叉点。一个女人与一个男人坐在桌旁交谈，或者是否该让他们坐在那儿沉默不语？这会是个爱情故事。最终她把最后一只大飞蛾放进来。可能就是诸如此类的内容：一方面，她谈论或思考世界的历史，还有人性的丧失；另一方面，飞蛾不断地飞进来。或许该把那个男人置于完全昏暗的背景中。在法国，耳畔是大海的声音，半夜时分，窗下的花园。可是这故事需要酝酿成熟。晚上我又花了些功夫继续构思这个故事，而此时一旁的留声机里正播放贝多芬的奏鸣曲。（关上窗，窗户发出了吱吱的声音，仿佛我们在海边似的。）

海浪。

我们观看了薇塔被授予霍桑登奖的仪式。真是一场臭显摆，这不单指那些坐在主席台上的名流人士——斯夸尔、德林克沃特、比尼恩，还包括我们这些交头接耳的作家。天啊！大家看上去都是多么微不足道啊！我们怎能自欺欺人，说什么我们是引人注目的一群人？我们的作品很重要吗？这让写作这件事变得极端无聊。对于那儿的所有人，我完全不在意他们是否看过或喜欢"我的作品"。他们自然也不会在意我的评论。他们不温不火的性子，墨守成规的习惯，让我看了心里难受。但也许他们的笔墨功夫远胜于他们的外貌——衣服紧绷绷的，脸上没什么表情，行为举止都那么规范。我感觉，我们这一众成年人之间，竟找不到一个心智健全的。说白了，这不过是一次中产阶级文人的沉闷无聊的聚会，何必摆什么贵族架子。

6月22日，星期三

厌女者让我感到压抑，托尔斯泰和阿斯奎思夫人都憎恨女人。我想我的沮丧只是虚荣的表现。但他们都立场坚定，各执一词。我讨厌阿斯奎思夫人那种武断而空洞的文体。可是够了，留待明天再说吧。我每天只就某个问题发表些看法，并且特意留了几周的时间来赚钱，这样到了9月，我就可以在我俩的口袋里各装50英镑了。这将是我结婚以来的第一笔私房钱，我最近才感到存私房钱的重要性。其实只要我想，我是可以挣到钱的，可我尽量避免为金钱而写作。

6月23日，星期四

鉴于我的社交生活如此贫乏，这本日记可享福了。我的伦敦之夏从没有如此安静过，好像我不费吹灰之力就从人群中溜了出来，而且没被发现。作为一名病患，我立下了规矩，没人能来打扰我，也没人能要求我做事。我自鸣得意，心想这是我自己的决定，旁人无权干涉。能在喧嚣之中寻得一片宁静，真是难得的享受。只要我开口说话，就得动脑子，而这让我一整天都闷闷不乐，头也痛得厉害。但如果我安安静静的，我的早晨就会凉爽、清新又高效，处理完大量的工作，还能出去走走，顺便让大脑呼吸一下新鲜空气。如果这个夏天能逃脱头痛的折磨，我定会备感骄傲和喜悦。

6月30日，星期四

现在我要来简单谈谈日食的事情。

星期二晚上十点左右，几列座无虚席的加长火车（我们乘坐的火车车厢里坐满了公务员）驶离国王十字车站。薇塔、哈罗德、昆廷、伦纳德和我坐在同一节车厢。在抽雪茄的空闲时间里，我很确信地对他们说，我们正路过哈特菲尔德。伦纳德接上话茬，非说这里是彼得伯勒。天黑之前，我们一直在欣赏天空，云朵软绵绵的，而且亚历山德拉公园上空还有一颗星星。哈罗德嚷嚷道：薇塔，快看，那是亚历山德拉公园。尼科尔森夫妇渐渐犯困了，哈罗德蜷缩着身子，把头靠在薇塔的膝盖上，而她看起来就像莱顿笔下的萨福，只不过睡着了。火车穿过中部地区，在约克停留了很久。三点钟的时候，我们拿出三明治准备用餐。我从洗手间进来时，发现哈罗德正在涂奶油，接着他就打碎了瓷制的三明治盒子。这时，伦纳德放肆地哈哈大笑起来。后来我们继续打盹，更确切地说，是尼科尔森夫妇继续打盹。火车开到了一个平交道口，那里停着一长串公共汽车和小汽车，每一辆都亮着淡黄色的灯光。天色渐渐暗了，但天空看起来依旧软绵绵的，只是色彩更丰富了。我们大约是在三点半抵达的里士满，天气挺冷的。埃迪说尼科尔森夫妇为了薇塔的行李吵了起来。下火车后，我们去坐了公共汽车，并且看到一座巨大的城堡（对城堡很感兴趣的薇塔问道：这是谁的城堡？）。这座城堡有一个前窗，可能还有一盏灯正亮着。田野里到处长满了6月的嫩草，还有红色的穗状植物——不过目前颜色尚浅，还没红透。约克郡的小农场看起来灰秃秃的，颜色也不是很鲜亮。当我们经过其中一个农场时，农场主与他的妻子和妹妹一起走了出来，他们都穿上了笔挺整洁的黑衣服，似乎要去教堂。在另外一个丑陋的方形农场里，两个女人正从房子上方的窗户往外看。这些窗户的白色百叶窗拉下了一半。我们的车队由三辆大车组成，其中一辆停下来以便其他车可以继续前进。这些车都低矮而有力，可以爬上无比陡峭的山坡。其间司机下了一次车，在我们的车轮后面放了一块小石头，但其实起不到什么作用，而且考虑到周围还有许多小汽车，这样自然很可能引发事故。我们爬上巴登山顶时，突然发现了很多小汽车。这里有很多人在他们的汽车旁边露营。我们下车才发现此刻已到达巍峨的荒野之上，那里遍布沼泽和石楠，可以说是狩猎松鸡的绝佳胜地。四周都是草径，大家都已站好队列，蓄势待发。于是我们也加入了人群，走到似乎是最高点的地方，俯瞰里士满。我们下方亮着一盏灯，周围是绵延不绝的峡谷和荒原，放眼望去，山脊连绵不断，似乎我们此刻正置身于霍沃思的国度。不过这儿是里士满，太阳逐渐升起，天边现出一片柔和的灰色云彩。透过天空中的一个金点，我们可以看见太阳就在那里。但时间尚早。我们不得不一边等待，一边跺脚取暖。蕾把自己裹在一条双人床用的蓝色条纹毯子里。她看起来异常宽大，像个大卧室。萨克森看起来很憔悴。伦纳德一直看他的手表。四只红色的大猎犬从荒野上跃过。我们身后有羊群在觅食。薇塔曾想买一只豚鼠，昆廷劝她可以捉只野生的来养，所以她时不时留意一下身边的小动物。云层厚薄不均，有些地方甚至像是破了个大洞。我们很想知道，若时间到了，太阳是否会透过云层或者从这些空洞的地方出来。我们逐渐变得焦躁起来。这时云层底部开始有了一些光亮。接着，在那么一瞬间，我们就看到了太阳，但几乎是匆匆一瞥——它似乎在飞速航行，只有在云层缝隙里依稀可见。我们拿出特别的眼镜，看到了新月形的太阳，火红火红的；下一刻，它又快速滑进了云层，只留下一抹绯红的流光；接着出现了一片金色薄雾，但并不是什么稀罕景致。时间一分一秒地过去了。我们以为受骗了；环顾身边的羊群，它们没有任何惊恐之态；猎狗在奔来跑去；每个人都站在长长的队列里庄严地眺望远处。我想，我们就像经历了开天辟地的亘古老人——巨石阵上的德鲁伊特（不过这个说法更适用于我们看见第一束微弱光线的场景）。我们身后是广阔的蓝天，除了一两朵云彩，整个天空都是蓝色的。但蓝色渐渐消失了。云层越发苍白，呈现出红黑色。谷底则是一片红黑交错的景象，斑驳陆离，仅有一束光亮。我们的下方还有很多美丽的云朵，颜色像是晕染出的，色调微妙。但透过云层，什么也看不见。又过去了二十四秒。我们又回头看了看身后的蓝天；迅速地，可以说是刹那间，所有颜色都褪去了；天空变得越来越暗，就像在酝酿一场猛烈的风暴；光线越来越暗；我们不停地喊着这就是日食阴影。我们本以为就要结束了——这就是所谓的日食阴影；但是突然所有光亮都消失了。我们陷入黑暗，体会到了世界末日的滋味，再也看不见任何颜色。地球似乎已经死了。这份震惊很快就结束了；接着，天空就像皮球一样反弹回来，云层开始泛出一种透亮的颜色，我们就又看见了光亮。这种崇高的光芒使得我胸中涌出一种异常强烈的感觉；当天空又出现颜色时，我好像从一种匍匐在地的状态，突然站了起来。美丽的光芒，以惊人的轻盈姿态重新回到山谷，跃然于山丘之上——起初看起来无比闪耀、空灵，后来就几乎正常了，不过仍给人一种巨大的安慰。这就像是一个康复的过程。我们刚才的经历远比预想中的糟糕。我们看到了世界末日。这也只不过是大自然力量的一隅罢了。人类的确很伟大。现在我们都像蕾那样披上了毯子，或像萨克森那样戴上了帽子。我们感到寒冷刺骨。我应该提及，当时随着光线的减弱，温度也在降低，我们的手脚都冻麻了。这场日食就这么结束了，下次要等到1999年。眼下我们迎来了习以为常的温暖舒适，享受着丰富的光亮和色彩。在特定的时间里，这种经历看似是一件绝对受欢迎的事。然而当它真的出现在全国各地的时候，人们反而怀念平日里的温暖，不禁想要结束这种黑暗，以寻得一丝安慰和喘息。我要怎样才能描述那种黑暗呢？那是一种突如其来的跌落；听任老天摆布；我们怀有崇高敬意；德鲁伊特；巨石阵；还有飞驰的红色猎犬。所有这些都刻在了人们的脑海中。当然，被从伦敦的客厅里揪出来，来到英国最荒凉的荒原上席地而坐，也令人印象深刻。至于其他，我记得在约克的花园里，埃迪说话时，我努力让自己清醒，却慢慢睡着了。在火车上我又睡着了。天气很热，我们的行装乱糟糟的。车厢里堆满了东西。哈罗德非常友善体贴。埃迪暴躁易怒。我记得他提到了烤牛肉和菠萝块。我们大概在八点半回到了家。

补记：有一阵子，天空中出现了最可爱的颜色——鲜亮多彩；这里一抹蓝，那里一片棕，亮闪闪的，就像天空被刷洗干净后，又被涂上了新漆。

9月18日，星期日

如果我有时间，又有精力，一定要记下无数件事情。然而只写了一会儿，我的写作能力就消耗殆尽了。

关于去劳顿广场[6]看房子和菲利普·里奇[7]的去世。

这些事情是同时发生的。十天前，薇塔还在这儿时，我们开车去了劳顿广场，我贸然进入那所房子并探索了一番。在那个阳光明媚的早晨，它显得如此美丽，如此宁静；那里似乎有数不清的古老房间。所以回到家后，我就生出了买下它的想法；伦纳德也很兴奋。我们给农场主拉塞尔先生写了信，守在电话前，紧张而兴奋地等待答复。几天后，他亲自来了；我们打算去仔细看看房子。一切都安排妥当，我们满怀希望，接着我翻开《晨报》，一眼就看到了菲利普·里奇去世的消息。我自言自语道："可怜的菲利普，他不能跟我们去那里住了。"然后，我脑海中出现了一连串常见的画面。而且我认为，这是第一次，我觉得里奇的死亡让我成了一个年迈且多余的人；这让我觉得我没有权利继续活下去了；仿佛我的苟且偷生是以牺牲他的生命为代价。我想到了我过去不够友善；竟没能请他吃顿饭或做些别的事情。于是，这两种感觉——关于买房子以及里奇的死亡——相互争斗着；有时房子赢了，有时死亡赢了。我们去看了房子，结果发现它死气沉沉的；到处都是修补的痕迹，显得很破败；家具是条纹橡木制的，墙上贴着灰色壁纸；屋后是一个湿漉漉的花园，带一间猩红色的小木屋。我觉察到自己那强烈而鲜活的情感来得快，去得也快，暂且不惦念菲利普·里奇了。

不过，总有一天，我将在这里勾勒出我所有朋友的轮廓，就像创作一幅宏伟的历史画。昨晚我在床上想到了这个问题，由于某种原因，我想我应该从杰拉尔德·布雷南开始。这个想法或许不错。或许可以借回忆众人来写一部专属于自己时代的回忆录。这也许能成为一本顶有趣的书。问题在于如何写。薇塔应该像奥兰多那样，是年轻贵族的形象。还应该包括利顿，而他的形象应该既真实又虚幻。罗杰、邓肯、克莱夫、阿德里安，他们的事情应该被串联起来讲述。但我永远也写不了这么多书。我脑海中出现了多少个小故事啊！比如，埃塞尔·桑兹[8]没有读寄给她的信件。这意味着什么呢？这种微小却重要的独立场景能够衍生出一本书来。她没有打开她的信件。

9月25日，星期日

我竟在反面页写了评价雪莱的笔记，我估计是因为我错把它当成笔记本了。

现在让我试试给罗德梅尔做份年鉴吧。

35年前，这里住着160户人家，而现在则不到80户。这是一个衰败的村庄，它的孩子们都奔向了城镇。霍克斯福德牧师[9]说，村子里的男孩都没有学习过耕种。那些想要周末度假别墅的富人，以惊人的价格买下了老农民的房子。蒙克屋本来是以400英镑的价格售给H先生，我们出了700英镑。H先生放弃购买，说他不想拥有乡村别墅了。现在，艾利森先生要还一对夫妇1 200英镑，他说我们可能因此要付给他2 000英镑。他（霍克斯福德）是个老顽固，很不开窍。他的观点都老掉牙了，讲起话来愤世嫉俗，我觉得好笑。他正迈入老年，过得很寒酸，四肢不太灵活，戴黑色连指手套。他的生命像潮水一样慢慢退去；或者可以把他看成一支即将熄灭的蜡烛，他的烛芯很快就会沉入温暖的油脂，直至消亡。他看上去，就像一只老鸟；长着一张有特色的小脸蛋，眼皮下垂，雾霾色的眼睛亮亮的；他的肤色仍然红润；但他的胡子就像杂草丛生的花园。他的脸颊上长满了软塌塌的细小毛发，有两绺像铅笔印记一样，划过他的光头。他瘫坐到一把扶手椅上，讲起了他村子里的老故事。这些故事总是带着些许嘲讽的味道，就好像他自己完全没有野心，也不可能成功。他通过狡猾地嘲笑那些更有活力的人来挽回自己的尊严。他对外表光鲜的新来的人在田地和农场的投入感到不屑，但不会表示出明显的鄙视。相比中国茶，他更喜欢他的印度茶；而且他不太介意别人的看法。他有抽不完的烟，手指也不是很干净。谈到他的水井，他说："如果想洗澡，那就是另一回事了。"——大概七十年来，他一直没有洗过澡。他还喜欢就阿拉丁灯的使用情况发表些看法。比如，他提到伊尔福德的教区牧师有一个装置，他通过这个装置使维尔塔斯油灯变得更经济实用。这样一来，在阿拉丁灯上的花费就会减少一半。但这样的灯会突然出故障,容易报废。这两位牧师,倚在门栏上,喜欢对灯罩大谈特谈。此外,霍克斯福德还会就建造车库提些建议。比如,珀西应该开一条壕沟,老费尔斯应该在墙壁涂上水泥。这就是他的建议。我想他一生的大多时间都在跟珀西和费尔斯一起研究壕沟与水泥的问题。从他身上几乎看不到丁点儿牧师的影子。他说,他不会同意给鲍恩[10]买一所马术学校,但她姐姐做到了。他不相信这是真的。她在罗廷丁有一所学校,养了12匹马,还雇了马夫,而且必须整天待在那里,星期日也不例外。不过,自在家庭会议上表达了自己的观点后,他就不再多说了。霍克斯福德夫人会支持鲍恩,他的姑娘会如愿以偿,这位牧师则会懒洋洋地回到书房,至于他在那里做什么,只有老天知道。我问他是否有工作要做,这竟然使他觉得好笑。他说不是工作,而是要去见一个年轻女人。然后他又坐回扶手椅,就这样结束了一个半小时的访问。

10月5日,星期三

快要离开了,我坐在弥漫着肮脏气息的简陋小屋里写作。品克在椅子上睡着了,伦纳德在炫目的灯光照射下,坐在松木桌旁签支票。壁炉里的灰烬把火给覆盖住了,因为我们整天让炉火燃烧着,而B太太从来都不打扫。信封被扔进了火炉里。我用一支笔尖纤细、字迹淡淡的钢笔写字。我敢说,此刻正是黄昏时刻,落日正挟着刺眼的余晖。

昨天我们去了安伯利,并考虑是否要在那儿买一幢房子。那房子坐落在一个被遗忘的地方,惊人地可爱,它位于低平洼地和山丘之间。我们都老大不小了,可还都那么冲动。

可我们还没有格雷夫人那么老态龙钟,她跑来感谢我们送她那些苹果。我们从不收钱,所以她不会捎信来说要买些,因为那看上去像乞讨一样。她脸上刻满了很深的皱纹,纵横交错,像是一道道深深的伤疤。她已是八十六岁高龄,可在她的记忆里还不曾有过这样炎热的夏天。在她年轻时,4月就已炎热不堪,以至于连条薄被都盖不住。她年轻时的日子想必与我父亲的时代差不多。她生于1841年,推算起来,要比我父亲小九岁。我怀疑她对维多利亚时代的英国到底记得些什么。

我可以虚拟紧张的场面,却不能编造故事情节。如果我与一个残疾女孩擦肩而过,我会不由自主地构思出一个场景(现在编不出了)。这不过是我那虚构天赋的一隅罢了。顺便提下,我一封接一封地收到有关我作品的来信,但看了之后也没有多开心。

要是钢笔允许的话,我现在该试着排出工作表。应《纽约先驱论坛报》之约写的最后一篇文章已经完成,因而我又恢复了自由。经常萦绕心头的兴奋念头又在脑子里转动起来,我想创作一部名为《奥兰多》[11]的传记,从1500年写到今日:以薇塔为原型,唯一的不同是性别将发生变化。我想,作为难得的消遣,我要花上一星期,把这草草地记录下来,同时我还要……

10月22日，星期六

我想我提过，这是本下午茶后写的书。脑子里塞满了各种念头，但我已经把它们倾诉给我狂热的崇拜者阿什克罗夫特先生与芬勒特小姐。

"我要花上一星期，把这草草地记录下来。"——整整两周了，除此之外，什么都没有干。我有些做贼心虚，却带着更高的热情，投入了《奥兰多》的创作。这该是本微不足道的小书，到圣诞节前完稿。我本想在这部作品中有机地融入虚构成分，但一旦进入创作状态就无法停下来：散步时我在遣词造句，坐着时我在构思场景。简而言之，我正处于一生中前所未有的狂热状态。自从今年2月或更早些时候，我就一直处于这种状态：要么在构思一部作品，要么在等待灵感的产生！然后刹那间，想法突然浮现。我已经被评论搞得疲惫不堪，心生厌倦，还得面对那枯燥得叫人无法忍受的小说，所以为了让自己静下心来，我对自己说道："你该写一页故事作为消遣，十一点半准时停笔，然后继续写那浪漫的传奇故事。"内容如何我不太清楚，可大脑在那个领域的运转所带来的解脱如此巨大，以至于我感到好几个月没有这么开怀了，就好像待在阳光下，或是躺在垫椅上休憩。两天后，我就把那张工作表放在一边了，只沉湎于写作这一笑剧所带来的纯粹喜悦中，直写得头隐隐作痛，像一匹只得暂作休息的精疲力竭的马。昨晚服了些安眠药入睡，药力将早饭也搞砸了，连鸡蛋都没吃完。我正以半讽刺的文体创作《奥兰多》，写得清晰平白，期望人们能读懂每一句话。故事以薇塔、维奥莱特·特里富西斯[12]、拉塞尔斯勋爵和诺尔等人为原型。

11月20日，星期日

我现在要从摩根所谓的"生活"中抽出一点时间来，匆匆记下一笔。近来我很少写日记；生活就像瀑布、滑坡、激流，同时搅在一起。我觉得，总的来看，这是我们度过的最快乐的秋天。目前有很多工作，也有了些成果；而且天知道轻松的生活应该是什么样子的。我的上午是匆忙且慌乱的，从十点到下午一点。我写得飞快，以至于午餐前都打不完这些内容。我认为我秋天的主心骨就是——《奥兰多》。除了偶尔一两个早上，我一般不想写评论文章。今天我开始写第三章。我有什么收获吗？或许可以说我为此闹了太多的笑话吧；但我喜欢这些朴素的句子，以及自己创作上的外在改变。当然，它还是很单薄，就像溅在画布上的图案；但我将在来年1月7日之前完成基础布局（我希望如此），并且重写。

11月30日，星期三

匆匆记下那天伦纳德在格兰纽恩参加的午餐会，尽是些轻松的闲谈,老是在谈论他人。博热·哈里斯,莫里斯·巴林。哈里斯"知道"每一个人,也就是一个人都不认识。你是说弗雷迪·福斯勒吗?对,我知道;我知道某某夫人。他知道每一个人,就是不肯承认与他们素不相识。这个长得油头粉面、头发梳得一丝不苟的食客,也是一个罗马天主教徒。午餐进行至一半时,巴林说:"B夫人今天早晨过世了。"西比尔说:"那怎么可能。"博热立马插嘴道:"可就在昨天,R. M. 还和她一起吃午餐了。""不过,报纸上已经登了她去世的消息。"巴林回道。西比尔又说:"可她还很年轻。艾弗勋爵曾叫我见一见他女儿要嫁的那个小伙子。""我认识艾弗勋爵。"博热说,或者会这么说。"真是怪事。"西比尔说道,不过她最终放弃在午餐时讨论年轻人的死亡。他们转而谈起了假发。"查理夫人习惯于在起床前让甲板上的一个水手将她的假发卷一下。"博热说道:"噢,我们是老朋友了。我和他们一起乘游艇玩。夫人……您的眉毛掉进汤里了。约翰·库克爵士肥胖不堪,他们得把他抬起来。有一次他半夜起来,摔倒在地上,便在那儿躺了五个小时,一点儿也动弹不得。B. M. 吩咐侍者给我送了个梨,并附上一封长信。"他们接着谈房子,都是些不着调且浅薄的内容。谈话的主题是认识何人,而不是说些有趣的话题。博热恨不得天天给自己脸上抹粉。

12月20日，星期二

今天是一年中白昼最短，大概也是夜晚最冷的一天。我们正处于黑暗的隆冬季节，忍受着严寒。我注意到清冽的空气里飘浮着黑色的微粒，但由于某种原因，我总是无法绘声绘色地描述。几天前的那个晚上，我们与罗杰和海伦一起回家时，半夜下起了大雪。路面被大片的雪花覆盖，白皑皑的一片。这是上星期日从内莎家回来那天——恐怕是几个月来唯一的一次。而我照旧"忙得很"。让我来盘算一下这个隆冬的深夜我该做的事。此时伦纳德正准备最后一次讲座，品克在椅子上睡着了。此时我应该在读巴格纳尔的小说、朱利安的剧本、切斯特菲尔德勋爵的信函，还有给休伯特写封信（关于《国民报》寄来的那张支票）。我脑子里有一套荒谬的价值观，竟把这些该干的活看得比纯粹的写作还重要。

昨晚在内莎的孩子们的舞会上，一个想法曾在我脑海中闪现。这些小精灵的表演打动了感情细腻的我，让我情不自禁地发出了叫好声。安杰莉卡出落得如此老练沉着，浑身是银灰两色，集女性气质于一身，其理智与情感如同待放的花蕾，她头戴灰色假发，身穿海蓝色衣服。奇怪的是，我现在几乎不想要孩子。我渴望在死之前写出一些东西，这种渴望无法得到满足。生命短暂而无常的致命感受使我紧紧地维系在自己的港湾，就像落入大海的人紧紧攀在礁石上。生理上我不喜欢拥有自己的孩子，这一点在罗德梅尔时就想到了，却从未将它写下来。我可以迫使自己扮演好母亲的角色，这不假。也许我本能地扼杀了做母亲的感受，又或许是本性使然。

我仍在写《奥兰多》的第三章，当然我得放弃2月份完稿以及来年春天出版的幻想。这部作品比我预料的拖延得更久。刚才我一直在推敲这样一个场景：奥兰多在公园里碰到一个女孩子，然后和她一起走进杰勒德大街一间整洁的房间。在那儿奥兰多将表露身份，然后两人交谈起来。这将导致作品的一两次离题，偏到了女性爱情这一话题。还将引入奥兰多的夜生活和她的委托人。随后，她要去见约翰逊大夫，或许还得写信（我想通过某种方式引用一下该信）给所有女士，以达到岁月流逝的效果。接下来将描写灯火通明的18世纪，然后19世纪的云雾升起，随之进入19世纪——这部分内容我还没有想过。我想一气呵成，以保持语气的连贯，这一点对这部作品尤为重要。它将庄谐参半，极尽炫耀、夸张之能事。也许我会鼓足勇气要求《泰晤士报》增加稿酬。但只要我能为自己的年刊写作，想必也不会再为其他报纸撰文。顺便说下，《奥兰多》非常与众不同，它不为我所控制，而是凭借自身意志，生机盎然，似乎冲破了一切阻力来到人间。从现在回溯至3月，我看到这部作品恰如其分地把我的想法表达了出来，即按照构思，这部作品将是一次冒险，其精髓该是讽刺，其结构应一反常规。确实如此，尽管事实上可能有些出入。

是的，再啰唆一次，这是个非常快乐、异常快乐的秋天。

12月22日，星期四

刚打开日记本，只觉得头脑迟钝，可还是要记下对自己的严厉谴责。社会所持的价值是轻视人。我虚浮、平庸，是个伪君子，正开始陷入空谈的习惯。昨晚在凯恩斯家时就在夸夸其谈。我那时情绪低落，因而言辞明显空洞肤浅。达迪耶有句话总算说对了。当薇塔以一贯的口气说话时，别人只想着她说话的内容；而当她使用陈词滥调时，别人就要考虑她到底是什么意思。但达迪耶说我缺乏逻辑思维能力，是在鸦片般的幻觉中生活和创作，而且这梦幻常常关乎我自己。

岁届中年，老之将至，故而我必须严肃对待此类缺点，否则极易变成轻率自大的女人，囿于自我而偏听美言，成为孤傲、目光短浅而孱弱的老妇。还有内莎（我总拿自己与她比较，我发现她的胸怀更宽广，而且比我更有人情味）的孩子们，我现在想着她，羡慕中不杂一丝妒忌，只有些许熟悉的孩提时的感觉。我感到我俩正联起手来，共同与世界斗争。我多么为她骄傲，她为我俩的战役赢得了胜利，她傲然地走着自己的路，不卑不亢，几乎不为外界所动，毅然达成目标。如今她儿女成群，动人的脸蛋平添了几分温柔。我感觉，就连她自己都诧异于她竟安然无恙地经历了如此多的恐惧与悲伤。

我的梦境常常关乎我自己。要想纠正这一点，摒弃那尖刻得可笑的小小个性，忘却名誉观念及一切，就得多读书，洞察世俗，勤于思考，更有条理地写作。更重要的是，要让工作填满生活，试着隐姓埋名。可以与孤独相伴，或静静地谈天，不过分炫耀。用医生的话来讲，这也是一种"疗法"。昨晚的聚会真是相当无聊；现在倒挺好，能一个人待着。

注释

1. 诺尔庄园（Knole House），位于英国肯特郡西北部郊区。该庄园为萨克维尔家族拥有四百多年。薇塔·萨克维尔-韦斯特就出生在这里。
2. 费丝·亨德森（Faith Henderson，1889—1979），英国经济学家、自由党政治家休伯特·道格拉斯·亨德森爵士（Sir Hubert Douglas Henderson）的妻子。
3. 多萝西·维奥莱特·韦尔斯利（Dorothy Violet Wellesley，1889—1956），威灵顿公爵夫人，英国作家、诗人、文学编辑。
4. 品克是薇塔送给弗吉尼亚·伍尔夫的一只西班牙猎犬，深得伍尔夫夫妇的喜爱。
5. 使徒小组（the Apostle），成立于19世纪初，最早是由剑桥大学的12位福音派信徒组成。弗吉尼亚·伍尔夫的丈夫伦纳德，她的侄子朱利安·贝尔，密友利顿·斯特雷奇、梅纳德·凯恩斯等都是该小组成员。
6. 劳顿广场附近有一座城堡式宅邸，由威廉·佩勒姆爵士于1534年建造。这座宅邸为佩勒姆家族拥有近五百年，1926年被出售。
7. 菲利普·查尔斯·汤姆森·里奇（Philip Charles Thomson Ritchie，1899—1927），第二代里奇男爵查尔斯·里奇的儿子，毕业于牛津大学三一学院。他深受布卢姆斯伯里团体成员的喜爱。
8. 埃塞尔·桑兹（Ethel Sands，1873—1962），在美国出生的艺术家、艺术赞助人，从小生活在英国，与布卢姆斯伯里团体交往甚密。
9. 霍克斯福德是1927年罗德梅尔的教区牧师。——伦纳德注
10. 鲍恩是霍克斯福德的女儿。
11. 1928年首版时，这本书实际名为《奥兰多：一部传记》（*Orlando: a Biography*）。弗吉尼亚·伍尔夫在后面的日记中提到，这一戏谑性的标题让许多读者望而却步（真以为此书是一部传记），从而影响了书的销量。此书其实是为虚构人物奥兰多创作的传记，本质上是一部小说。

12 维奥莱特·特里富西斯（Violet Trefusis，1894—1972），英国小说家、回忆录作家和沙龙女主人。她曾与薇塔在一所学校读书。

1928

1月17日，星期二

　　昨天我们参加了哈代的葬礼。我那个时候在想什么呢？我想到了马克斯·比尔博姆[1]的那封信，我刚刚看完。或许我想到了纽纳姆的那场有关女性写作的讲座。我感觉情绪一阵阵扑向我。可我怀疑在这种隆重场合，人类是否有能力维持体面。我瞥见一位主教皱了皱眉头，脸抽搐了一下，他的鼻子光滑而闪亮。我怀疑那个戴着眼镜一动不动地盯着手上十字架的年轻牧师是个骗子。我还发觉罗伯特·林德[2]面色憔悴，心不在焉，然后我想起了X.君是如此平庸。接着，我注意到棺柩就在这儿，很宽大，好像一个舞台道具，上面覆盖着一面白缎子；抬棺者都是些上了年纪的绅士，脸色涨红，步履僵硬，紧紧地捏着棺木的一角。鸽子在上空盘旋，灯光昏暗，送殡队伍一直行进到了"诗人角"，有人夸张地念着"愿他永垂不朽"这种或许过于戏剧化的悼词。后来我们在克莱夫家吃的晚饭；利顿开始发牢骚，说那个伟人的作品是所有下三流作品中最次的货色，读不了。他说这话时，一会儿坐着，一会儿躺着，一动不动，时而眼睛紧闭，时而怒目圆睁。斯特雷奇夫人日渐衰弱，可也许还能活上好多年。这一切让我生出一种不安的感觉。人事沧桑，生死无常，别离就是死亡。之后我又想到了自己的名声——为什么会想到这个？我也觉得这是个遥远的话题。我还感觉到了要赶出两篇文章的压力：一篇是关于梅瑞狄斯的，另一篇是要将哈代访谈录润色一下。我想到伦纳德坐在家里看书，想到马克斯的信，但感觉一切都毫无意义。

2月11日，星期六

冷得几乎握不住笔。一切都毫无意义——所以我中断了写作。事实上，这个念头一直缠着我，也许我得把它记录下来。哈代与梅瑞狄斯那两篇文章把我搞得有气无力，所以只能躺在床上头痛不已。我太熟悉这种感觉了，一句话都憋不出来，坐立不安，自言自语，大脑空无一物，就像一扇空窗子。因此我索性关上书房门，爬上床，塞了橡胶耳塞，准备躺上一两天。我要好好地在时光隧道里畅游！这些情绪啊，只要一个不小心，就会立刻掳住我，从颈椎一直蔓延到大脑，让我疲惫不堪，备受痛苦与绝望的折磨。也许我能获得片刻的宽慰和宁静，之后会再次陷入痛苦。我想，这种被肉身折腾得死去活来的痛苦，恐怕只有我经历过。但这都过去了，不提了。

由于某种原因，此刻我正无精打采地写着《奥兰多》的最后一章，按原计划也该是最精彩的部分。一直以来，最后一章总是变得很棘手。我真的厌倦了，但还是强打起精神来，盼望一股清新的空气吹来，让我不至于太难过。只是我怀念逝去的快乐，尤其是非常快乐的 10 月、11 月和 12 月。我怀疑这部作品是不是太空洞，又或者太离奇，毕竟它那么冗长。

2月18日，星期六

此刻我本应该在修改关于切斯特菲尔德勋爵的那篇讲稿，但其实并没有。我心不在焉地想着自己将在 5 月到纽纳姆学院做题为《女性与小说》的演讲。大脑正是最任性的精灵，变化多端，从不安分守己。我本想在昨天以最快的速度写出《奥兰多》最为绚丽的几页——结果一句话也写不出来，可不嘛，身体总是不舒服。不过今天我觉得文思泉涌。这是种奇怪的感觉，似乎有一根手指，先扼住大脑的思绪，今天却又放行，血液又流遍了全身。再说一次，我最近不是在写《奥兰多》，而是在费尽心思地钻研讲稿。明天，哎呀呀，我们就要动身了，因此我得回到书中去——这让最后的几天变得愉快而动人。倒不是说凭直觉创作就永远不会出错。

3月18日，星期日

我把写字板弄丢了，以此作为这本日记叙述苍白的借口。真的，现在利用写信的间隙，我只记下这件事：昨日一点钟，《奥兰多》完成。不管怎样，幕布总算拉上了。可在正式出版前，还需要三个月的认真工作，因为我在仓促间留下了千疮百孔。可写最后一部分时，哪怕是草稿，也有一种业已完成的宁静感觉。星期六我们就要心平气和地外出了。

这部作品的创作速度超过了我的其他作品。它只是一出笑剧，但我想它读起来是轻松愉快的；它是作家的休闲作品。我越来越真切地感到自己不会写小说了。韵文的特征点点滴滴地渗入了作品。我们星期六要驱车纵横法国，打算4月17日回来消夏。时光飞逝——啊，对，那种美妙的夏天应该再经历一次，我定会对它赞不绝口。世界重新开始运转，绿色的大地与蔚蓝的天空就要映入眼帘。

3月22日，星期四

完成了《奥兰多》的最后几页，现在是十二点三十五分。该写的都已写完，就等着星期六出国了。

是的，《奥兰多》完成了。去年10月8日动笔时，本打算写着玩玩，可现在篇幅过长，不合我意。这本书也许会两头踏空：

说它是出笑剧吧，太长；当它是严肃文学吧，又过于轻浮。然而我把这一切都抛在了脑后，心中只向往着绿色的田野、阳光以及葡萄酒；无所事事地闲坐着。整整六周了，写东西像挤牙膏似的，人们一个接一个地指责我，就像一只小兔穿过射击场，朋友们举枪对着它，砰砰砰。谢天谢地，西比尔今天找借口躲开了我们，只留下达迪耶，明天一整天我们可以享受孤独了，真是谢天谢地。回来后我要竭力避免出现"打兔子"的局面，还要专心赚钱。我希望自己能安定下来，每月写上一篇短小精悍、逻辑严密的文章，挣个二十五英镑。就这样生活，不给自己压力；就这样读书，随心所欲地读。四十六岁的人肯定很吝啬，只肯花时间做重要的事情。但我想自己已经做了足够的道德反省，现在是时候描述人物了，即便只是应该做而不是喜欢做，当然没什么特色的人物要略去。不过有时候人就是懒得动笔。

湿度很大，刮着大风。下周这个时候我们应该已经在法国中部了。

4月17日，星期二

昨晚，我按计划回到家中。为了扫去心中不快，我想写点什么。我们去了一趟法国——那是一片沃野，每一寸土地都印着可敬辛格[3]的足迹。现在我脑海中开始浮现城镇、尖顶和美景，其他事情则被我抛在脑后。我对沙特尔印象深刻，那里有数一数二的大教堂，像昂首挺胸的蜗牛屹立在平坦的土地上。教堂的玫瑰花窗像是黑色天鹅绒上的宝石。教堂的外观既精妙复杂，又简单大方；看起来高耸威武，并没有浮夸矫饰之感。但阴雨连绵的天气完全破坏了这种美；印象中，我们那几天经常湿漉漉地晚归，有时被迫待在旅店避雨。我经常端着两杯法国红酒，上下摇晃着细细品味。这是一段急匆匆又忙碌的时光——我杂乱无章的笔记就是证明。有一次，我们顶着暴风雪爬上一座高山，却担心接着会遇到长长的隧道。通常如果我们走到20英里[4]开外的地方，就已经处于与世隔绝的状态了。在一个湿漉漉的下午，我们来到一个山村歇脚。我走进一户人家，同他们坐在一起聊天——女主人很讲究，对人彬彬有礼；她的女儿很漂亮，容易害羞，女孩有一位叫黛西的朋友，住在厄尔斯菲尔德；他们抓了鳟鱼，猎了野猪。随后，我们就去了弗洛雷，我在那里发现一本书——吉拉尔丹的回忆录，它被摆在随房子一同出售的旧书柜里。到了晚上，我们总会吃些好的，喝点热酒。对了，我还得了一个奖[5]——法国人奖励了40英镑。我也见到了朱利安。在仅有的一两个炎热的日子里，我们去看了烈日照耀下的加尔桥；还去了莱博镇（邓肯说，但丁对地狱的构想，就是在这里受到了启发）。那个时候我萌生出不可抑制的对文字的渴望，但只能设想自己正面对着纸张和笔墨——好像只有借助它们，才能满足我的渴望，从而获得一种神圣的解脱。我们还去看了圣雷米和阳光下的废墟。我记不清当时这些事情是如何发生的——它们之间有着怎样的顺序；但现在能记起些重点了。今天下午和里士满谈《国家报》时,我意识到我们此前已经就这些做过精彩讨论。在那之前,我们顶着暴风雨穿过墓园[6],遇见了霍普[7]和一个深肤色的女人。她们从我们身旁经过时,眼神还闪烁不定。但下一刻,我就听到有人叫"弗吉尼亚",转身一看,原来是霍普。"简[8]昨天死了,"她喃喃自语,看起来不太精神,还有些心烦意乱,"就那么死了。"我们站在克伦威尔女儿的坟墓旁悼念简,然后吻别。雪莱曾经在这里散过步。简是在墓园外的一所房子里死去的。我们最后一次见她时,她靠在枕头上,努力抬着头,沧桑的模样像一位受尽生活摧残后惨遭遗弃的老人。她曾历经风光,也曾心满意足,最后筋疲力尽地去世。霍普的脸色就像脏乎乎的牛皮纸一样。与霍普分别后,我们去了出版社,然后我回到家开始写作。现在我要努力地工作、再工作,尽我所能地工作。

4月21日,星期六

我发现自己再次陷入了熟悉的写作旋涡,昏天黑地,难以自拔。我以前是否也这样过?虽然真正的艺术家惯于删改、重写、润色——永无止境,可我发誓不在《奥兰多》上花更多的时间,它只是一部蹩脚的作品,即将在9月份问世。但时间仍得靠阅读这个或那个来打发——不清楚具体是什么。我希望有个什么样的夏天呢?根据新规定,7月1日前我有16英镑可花,我感受到了更大的自由；我可以买一套衣服、一顶帽子；只要我乐意，还可以四处简单逛逛。不过，也只有想象中的生活才会令人兴奋吧。一旦大脑开始飞速工作，我就不觉得自己非常需要钱或者衣服，甚至不需要小壁橱，也不想着给罗德梅尔的家添置新床、新沙发了。

4月24日，星期二

天气晴朗可爱得如同夏日。寒冬和呼啸的北风一起回了北极大本营。昨晚看了《奥赛罗》，我被书中铿锵有力、妙语连珠的文字深深吸引；要是为《泰晤士报》写书评的话，要说的话可太多了。氛围低迷时，他把一串串的妙语穿插进来。在一些盛大场景中，一切都恰如其分。在放松的状态下阅读，可以感受到大脑正自由地游走于词语之间。我指的是那位语言大师的大脑，他写作时不过用了半分力气。他才思泉涌，小作家则文采有限。我对莎翁的佩服，一如往常。可就目前而言，我脑子里的词语——英文词汇——非常匮乏。这些词重重地击打我，我眼巴巴地看着它们弹起然后逃走。这四周都在读法文，现在打算就我所知的写一篇评论法语文学的文章。

5月4日，星期五

先把费米娜奖的盛况记录一下，然后在这美妙的夏日与詹金斯小姐一起去道蒂街喝下午茶。我不想冷落年轻女性，职责所在，只得前往，可我怀疑自己是否能魅力四射。天气真是好极了。

枯燥无味的颁奖活动持续了好几个小时，颇像在举行一种仪式，不吓人，但让人昏昏入睡。休·沃波尔说他非常不喜欢我的作品，其实他是为自己的作品发愁。小罗宾斯小姐像只知更鸟，不知从哪里冒了出来。"我记得你母亲——最美丽的圣母，也是世上最完美的女人。她以前常来看我。"（我看她是在酷暑难当时才去那儿的。）"她从不敞开心扉。她面容如圣母般慈祥，嘴里有时会突然冒出一些不相干的话来，别人认为这很可怕。"我还挺喜欢她这么说的，其他倒没给我留下什么印象。后来我意识到自己身穿廉价黑衣服的样子一定很丑陋，不禁害怕起来。我无法扼制这种情绪。破晓时分，我竟从睡梦中惊醒。"名声"正变得庸俗而令人讨厌。名声是虚无的，然而人们耗尽一生去追寻它。在这一点上，美国人尤甚，比如他们的克罗利奖、盖奇奖等。

5月31日，星期四

太阳又露出了脸。我几乎把《奥兰多》抛在了脑后。书稿伦纳德已经读完，因此它的一半已经不属于我。作品缺乏锤炼，我应该多花些时间的；现在它看起来颇为怪异且不匀称，并不是所有章节都很精妙。至于整体效果，我无法做出判断。我认为它不是我的重要作品之一。伦纳德则说这是一部讽刺作品。

没想到他竟然如此认真地对待《奥兰多》。他认为该书在许多方面比《到灯塔去》出色，内容更有趣，更贴近生活，涉及的面更广。事实上，我在动笔时，本打算写着玩玩，哪知写着写着就严肃起来。所以它缺乏内在的统一性。他却说此书独具匠心。不管怎样，我很高兴眼下结束了一部"小说"，真希望以后再也不会因为写小说而备受指责。现在，我想写些逻辑非常严谨的文学评论，创作一部讨论小说创作的书，再写一篇别的（不是为《泰晤士报》写的托尔斯泰评论）。我想，应该是为德斯蒙德评论《伯尼医生的晚会》。下一步呢？先压下跃跃欲试的心，不要让太多的设想涌入脑际。接着该写些抽象而诗化的东西——天晓得是什么。我倒喜欢为活人写传记这一想法。奥托琳毛遂自荐，可我觉得不太行。我必须把整本手稿撕成碎片，记下大量简短的评论，然后大胆闯入这个世界。

6月的天气，没什么风，明媚，清爽。因为有了一辆名叫"灯塔"的汽车，我不像以前那样感觉被困在伦敦了。我幻想着在某个夜晚去荒野逛逛，或者去法国，心情不像之前那么酸溜溜的，或者某个晴朗的夜晚在伦敦转转。伦敦本身魅力无穷，总能给人以灵感，激励我毫不费力地写出戏剧、小说或诗歌，只是这里不便于穿街越巷。今天下午我带着品克信步走到了格雷旅馆花园，看到了——红狮广场。莫里斯的家就在那儿。想到他们19世纪50年代冬日夜晚聚会的情形，感觉我们和他们一样有趣。昨天路过大奥蒙德街，有个女孩被发现死在那里。与此同时，救世军正努力为大家营造快乐的圣诞氛围，那些缺乏魅力的青年男女挤眉弄眼，互相开着玩笑。我想，他们大概只是想让气氛活跃一些。我只是盯着看了一会儿，没有讥笑，也没有指责，只是觉得这些人多么陌生，又多么有趣。我也想知道他们所说的"到主这里来"是什么意思。我敢说，这多少有点表演癖的成分。男孩们高唱赞美诗，是为了博得观众的掌声，而这惹得店员们也激动起来，大声宣布他们已得到救赎。那些沉湎于掌声的年轻人，就像是为伦敦《旗帜晚报》撰稿的——我本想提及我本人，只是拖到现在，我依然什么都没写。

6月20日，星期三

我对《奥兰多》厌烦透了，现在一个字也写不出。一周内改完了校样，再也写不出一个句子。我讨厌自己滔滔不绝的样子，讲起话来为什么总是喋喋不休？同时，我几乎丧失了阅读能力。由于每天修改校样要花上五到七个小时，还要仔细地在这儿或那儿写上几笔，我的阅读能力严重受损。晚饭后拿起普鲁斯特的作品，又只好放下。这是最糟糕的时刻，逼得我想自杀。做不了任何事情。做什么都觉得乏味无趣，毫无意义。现在我倒要好好看看自己究竟如何从这种情绪中缓过来。我想我应该读点别的什么东西，比如歌德的传记。

8月9日，星期四

……我选择写日记，部分原因是我想缓解写小说的压力。比如，现在我可以写写两星期前我们来到这里[9]的事情。我们在查尔斯顿吃了午饭，薇塔到了之后，邀请我们去田野，我们一起参观了莱姆基恩的农场。但毫无疑问，十年以后，我肯定会对具体事件更感兴趣。我会像读书时那样，希望尽可能地获取细节，很多细节，这样我就可以利用书页上的内容，把许多事件整理出来，合理安排，使它们变成更加真实可信的内容，而不是像现在这样，杂乱无章地堆在眼前。我想，上个星期一是个好日子；我们开车经过里佩；在一条狭窄的巷子里，一个女孩和她的伙伴站在路口聊天；为了让车掉头拐弯，我们不得不打断他们。我想，在被我们打扰之后，他们的某些谈话内容就像河流那样被截断。他们站在那里，看上去很不在乎，实际有些不耐烦。他们让我们左拐，但路线理应向前。我们离开后，他们很高兴，同时对我们产生了一丝好奇。车里的人是谁，他们要去哪里？不过，这些好奇很快就会沉入他们脑海深处，而且他们很快会把我们彻底遗忘。我们继续前行，到达农场。烘干房顶部伸出了雨伞形支架。一切看起来如此破败和衰颓。都铎式的农舍几乎没有门窗，只有非常小的眉窗；斯图亚特时代的老农想必是通过它们向外眺望平原，他们穿着脏兮兮的衣服，邋里邋遢，就像从贫民窟里出来似的。但他们有尊严，至少有厚实的墙壁，有壁炉，有坚实的基础。现在这所房子里住着一个瘦弱的老人，他粉色脸孔上长满乱糟糟的胡子，他一屁股坐进扶手椅里，告诉我们——想去哪里就去哪里。他四肢关节松动，像啤酒花烘干房一样朽掉；他像潮湿发霉的地毯，又像床底下伸出来的锅子那样脏兮兮的。房间的墙壁黏糊糊的；家具是维多利亚时期的；房间里几乎没有一丝光亮。这里的一切都充满了腐朽和死亡的气息。他在此处住了五十年，但因为审美或力量不足，始终没有修缮房子，而它终将在破败中轰然坍塌。

8月12日，星期日

现在是该独自继续说下去，还是想象前面有听众，得有声有色地讲述？此话由我正在写的那部关于小说创作的书引发。又在写了——瞧，又在写了。这是一本现炒现卖的书。我飞快地把对骑士文学、狄更斯等的所有想法一股脑儿记下来。今晚需要"囫囵吞枣"，一口气读完简·奥斯丁的作品，明天再整理观点。但所有这些评论，也许会因为我想要写个故事的强烈愿望而被搁置一旁。《飞蛾》[10]在我大脑深处酝酿着。可昨天克莱夫还在查尔斯顿说什么没有阶级差别呢！巨大的蜀葵开着粉红色花朵，我们在那种颜色的映照下，呷着蔚蓝色杯子里的茶。我们沉醉在乡下时光中；我想，是这里的田园情调惹人醉吧。一切都太可爱了——我甚至有点嫉妒这种静谧。周围的大树都稳稳挺立——为什么我会注意到大树的风姿呢？事物的外形对我有很大影响。即使是现在，我不由自主地注视秃鼻乌鸦与风的搏击，风高而强烈。同时我下意识地自问："用哪个词来表达？"我试图用越来越形象的方式表达气流的猛烈以及乌鸦扇动翅膀时的战栗，仿佛空气中全是山峦与涟漪，崎岖而狂烈。它们忽而升空，忽而低飞，就像游泳者那样上上下下，与汹涌的激流搏斗。面前的这一切是如此生动，不仅使我一饱眼福，也刺激了某些神经纤维或体内的扇状黏膜。遗憾的是，我能用笔描绘出来的东西却少得可怜。

8月31日，星期五

今天是8月的最后一天。同这个月的几乎所有日子一样，今天也非常美丽。天气一直都很好，气温很高，人需要坐在户外乘凉。不过，天空中也布满了飘忽不定的云彩。此消彼长的光线照耀在山坡之上，如此多变，我不禁为之着迷。我总觉得这种光线像是白玉碗底泛出的晶莹细腻的光芒。眼下玉米已经成熟，三棵五棵地排成一排，籽粒看上去很结实饱满，像是黄饼子，添加了丰富的鸡蛋和香料，很适合食用。有时我看到小河里有些牛群，借用陀思妥耶夫斯基的话，它们"像发狂一样"飞奔。云朵——要是我能描述它们的姿态就好了；昨天一朵云的上方轻轻飘出一缕，又细又白，像是老年人的头发。此刻的云朵显得越发白，与铅灰色的天空相互映衬；不过我发现房子后面依然阳光明媚，草地因此看起来绿油油的。今天散步的时候我走到了赛马场，还看见一只黄鼠狼。

9月10日，星期一

我发现了一件趣事，丽贝卡·韦斯特[11]的一句"男人都是市侩"竟使得德斯蒙德瞬间涨红了脸。于是我当即套用《生活与书信》杂志上谈论女作家局限的那套居高临下的话来回敬他。我并没有针锋相对的意思。我俩聊的话题很丰富，谈得很投机。那么你是否认为，我俩就像两只归巢的乌鸦？是否认为这些聒噪是夜晚就寝的前奏曲？我似乎在好几位朋友身上感受到了一种让人喜欢又眷恋的热情，令人感到亲切，就像看见了熟悉的落日。这个比喻时常出现在我脑海中，伴随而来的是身体上凉丝丝的感觉。太阳刚落山，那种有些凉意的熟悉的感受——可这仅仅是开始，接着手脚可要变得冰冷，面色苍白，一如银色的月亮。我们刚度过一个生机盎然的夏天，其中的大多数时间是和朋友们一起消磨掉的。我常常从这儿往下走，走进一座圣所、一座修道院。我也曾在这里静修，以求暂时躲开痛苦。我一直心存恐惧，非常害怕自己会孤独伶仃，就像一眼看穿了这趟人生旅程的本质。这种逃避在每年8月份是常有的事。随后渐渐有了被我称为"现实"的感觉。那是一种能看见的东西，抽象却又见于山丘或天空中，除此以外，万物皆空。在这种现实里，我将归于恬淡并得以延息。我称它为"现实"；有时我想这是我最需要的东西，也是我追求的目标。可谁知道呢？一旦动笔写作，谁知道会发生什么？纵使现实是唯一的，在写作中还是难免会造出这种或那种"现实"。如此看来，这也许正是我的天赋所在，也许正是这一点把我和其他作家区分开了。我认为，这种敏锐的感知能力或许是极罕见的，但还是那句话：谁知道呢？我倒也情愿把它表达出来。

9月22日，星期六

今年夏天是有史以来最美妙的，不，不仅如此，也是最可爱的。虽然刮着风，可天空是多么清澈，多么明朗呀！乳白色的云朵，视野内长长的仓房被镀上了金色，麦垛泛着淡黄。因为在这里拥有了一小片天地，我对罗德梅尔便有了不同以往的深情。我开始能沉下心，好好享受这儿的生活。要是挣到钱的话，我想在房子上面加盖一层楼。只是《奥兰多》出师不利，预售量只是《到灯塔去》的三分之一，除非定价为6先令12便士，否则书店不愿问津。他们说这没办法，没人愿意看传记。但它是一部小说，里奇小姐[12]这样争辩道。

但他们又说，书的扉页上清楚注明是传记。这样就得把它放在传记区。因此，我想除了支付必需的费用外，我们还得再做些什么——最初只是因为好玩才称之为传记，谁知到头来逼得我们付出了高昂代价。我原本很有把握它能成为畅销书。还有售价，该是10先令6便士，或者12先令6便士，反正不低于9先令。

天哪！天哪！看来要想在今年冬天有些储蓄的话，还得写文章。现在我已全身心投入那本关于小说创作的书。要不是得写一写关于多萝西·奥斯本[13]的东西，想必我早就完成了初稿。文章整体需要修改，可最艰苦的部分——飞快浏览一本又一本书——已经过去，接下来该读些什么呢？这些书已经折磨我好久，所幸终于可以摆脱它们了。我是否该读些英语诗歌？读些法文回忆录？是否该为《无名氏的一生》做些案头准备？还有，我想知道何时才能开始写作《飞蛾》？估计要等到这些昆虫把我搅得不得安宁，我才能进入状态。我也不知道这将是一本什么样的书——我想这该是一次全新的尝试。的确，我总是在纸上谈兵。

10月27日，星期六

该死，真该死，让这么多时间白白溜走了，我就倚在桥上望着它消失。但我不是一直保持那个姿势，我上上下下地跑，心情烦躁，兴奋而不安。意识之流不怀好意地旋转着。我怎么会用这些比喻呢？因为我很久没写东西了。《奥兰多》业已出版。我与薇塔一起去了勃艮第。时光飞逝。这是多么不相干呀！我心怀偌大的野心，从此刻起，也就是星期六下午五点五十二分，我要再次进入完全专注的状态。日记写完后，我打算读范妮·伯尼[14]的日记，然后认真地写那篇文章，可怜的麦凯小姐已经来电报催了。我打算看些书，想些问题。9月26日去法国后就再没碰过书。回来后又一直忙着处理伦敦的出版事宜。《奥兰多》我有些腻味了，不管别人说什么，我都有些无所谓。生活的乐趣在于过程——我又在糟蹋别人的话了。我的意思是，令我兴奋的是写作本身，而不是拥有读者，而且我无法在别人阅读我的作品时写作。我总有点言不由衷，强打精神，但总不如幽居独处时快乐。照他们的说法，大众的反应出乎意料，第一周的销量打破了纪录。我慵懒地听凭别人赞誉；与此同时，斯夸尔却在《观察家报》上叫骂一通，可即使上星期日我坐在繁茂绚丽的火红色树叶上读他的文章时，我的自尊也照样坚如磐石，毫发无损。"这伤害不了我。"我自语道。甚至在晚饭前的此刻，我仍真切地感到心平气和与泰然。休又在《晨报》上奉承我了。还有丽贝卡·韦斯特——又在那里没完没了地称赞——那是她的老做派了——我为此感到有点忸怩不安，傻乎乎的。现在我不希望再有这类赞扬了。

谢天谢地，我为女性演讲付出的长时间劳作此刻终于结束。我刚从格顿学院[15]演讲归来，冒着瓢泼大雨。那些年轻女士求知若渴、大胆无畏——这是她们给我的印象。她们聪明、热切，但经济窘迫，将来注定要一批批地成为女教师。我轻描淡写地告诉她们，女人要喝些红酒，而且要有一间自己的房间。为什么生命中所有的光彩与青春该浪费在那些朱利安或弗朗西斯身上？为什么不在那些法勒斯或托马斯身上下功夫？也许朱利安本人并不在意。我有时幻想，这个世界会发生改变，我看到理智正在人群中普及开来。或许我对世界的了解本该更透彻、更细致。有时我也该谈论些现实事件。经过像这样一个晚上的交谈，我感到兴奋，全身充满活力，身上的锋芒与孤僻都不见了，有种茅塞顿开之感。我多么渺小啊！人人都如此渺小！生命如此短暂、激越、不落痕迹，却有那么多人，成千上万的人在拼命搏击。我体会到了当长辈的感觉，我觉得自己成熟稳重。没人对我客套，她们都积极向上、自尊自信，准确来说，她们不盲目崇拜资历与名望。她们并未对我显露出崇敬之类的情感。格顿学院的走廊很像教堂高耸入云的拱顶——永无尽头，有盏灯点着，阴冷而明亮。房间是哥特式的，室外有大片鲜亮的棕色树林。到处都挂着照片。

11月7日，星期三

我是为消遣才写这些的。但"消遣"这个词限制了我，因为如果仅仅为消遣而写作，不知会出现什么样的局面。我想，写作的常规已被打破，因而什么也写不出了。我被安眠药搞得昏昏的，头脑迟钝。这是写《奥兰多》的后遗症（这是什么意思？——特伦奇，我漫不经心地翻开他的东西，却觉得他谈之无物）。对了，是的，自从写了一些作品，我在公众眼里似乎长高了两英寸半。我也许可以说自己已跻身著名作家之列。我与丘纳德夫人一起用了茶点——只要愿意，随便哪天都可以和她一起吃午饭或晚饭。那次我发现她戴着一顶帽子，在电话里闲扯。只闻其声不见其人——这可不是她的风格。她精明至极，不会随便敞开心扉，需要亲密的交往才会变得信口开河。这是她的特点。她个子矮小，长着一张滑稽的鹦鹉脸，可人并不非常滑稽。我一直希望看到她极尽夸张之事，却无法想象这种鸟儿振翅飞行的模样。善于阿谀奉承，是的，只是有些无聊，但很友善。大理石地板，对，只是黯淡无光。音乐也不伦不类的，至少我的感觉如此。我俩就坐在那儿，一本正经，也有些无精打采——这场面令我想起托马斯·布朗爵士，令人瞩目的一代宗师——一位商界女士曾言辞犀利地对我说，除非用香槟与花环来向他庆贺，否则他对那一套繁文缛节才不在乎呢！接着多尼戈尔勋爵走了进来。他是个油嘴滑舌的爱尔兰小青年，肤色黝黑，精神萎靡，以其三寸不烂之舌谈起了新闻界。我问他："难道他们不是像对狗一样对待你吗？""没有，真的没有。"他回答，同时非常诧异于一位勋爵怎么会被人像狗一样吆喝。然后我们登上一层又一层台阶，去看挂在楼梯边和舞厅里的绘画作品，最后走进了丘纳德夫人的卧房。周围挂满了花卉画，床上有一个玫瑰色的三角形真丝罩篷。窗子朝广场开着，上面挂着翠绿色织锦缎窗帘。她那梳妆台——与我那个一样，仅油漆了一下，镀上了金色——敞开着，里面有金制的刷子、镜子；她那双金色的拖鞋上整齐叠放着一双金丝袜。所有这些用品，都足以让我瘦骨嶙峋的不再年轻的手指过把瘾。那两个巨大的音箱正播放着音乐。我问她平时是否躺在床上听音乐，答案是"不"。她不会发那种疯，钱才是重要的。她跟我吐露了萨克维尔夫人的种种劣迹，这位夫人每次来访总向她兜售假货——有时是个半身像,只值5英镑,她却付了100英镑;有时是只铜制门环。"还有她那一套说辞——我根本不想听她的……"不知怎的,我开始意识到这番庸俗谈话的目的,却不能遏制空气中散发的铜臭味儿。但她的确有聪慧之处,在生活中伶牙俐齿。只是我心想,当我冒着迷雾,顶着寒风,穿着夹脚的鞋子,蹑手蹑脚地回到家时,要是有人能为我打开一扇门,像我平时大着胆子打开门那样,让我见到一个鲜活有趣之人,比如邓肯、内莎和罗杰,那该多好啊!我想见到新朋友,那种可以大胆思考、兴奋发言的朋友。丘纳德与科尔法克斯之流是那么庸俗无聊——尽管他们在商界的能耐确实惊人。

我不知道接下来该写什么。我是说现在的情形。《奥兰多》当然是部闪光的非凡之作;对,但我没有尽力摸索下去。我是否应该永远探索不止?对,我现在认为仍该如此。因为它的影响不同寻常,而且这么多年之后我也无法轻易罢手。《奥兰多》教会我不绕弯子地写句子,教会我如何在叙述故事时保持前后连贯,又如何与现实保持一定距离。当然,我有意对其他问题避而不谈。我以前的创作不会像《到灯塔去》那样,走入我的内心深处,再现我过去的模糊记忆。

但《奥兰多》的创作意图非常明确,尽管它也是不可遏制的冲动的产物。我想放松玩乐一番。我想写奇幻故事。我想(这是很认真的)描写出事物滑稽的一面。这种想法仍然缠着我。我想以同样的笔触写一部历史剧,比如纽纳姆学院的历史或者妇女运动史。这笔触深藏在我心中——最终迫不及待地闪出火花。可这不是由别人的赞扬激发出来的吗？我是不是兴奋过度了？我的看法是，一个人的才智只有在任其发挥时，才能释放随之而来的创造力。也就是说，一个人不妨抱有一些游戏态度，既有单纯的才智和未被发挥的特长，也有真正用于工作的才干，而我现在正要将前者发挥出来。

对，可是《飞蛾》呢？我原先设想它是极其抽象晦涩且随意的作品，一部游戏诗篇。但过于抽象神秘会显得做作。内莎与罗杰是这么评价的，但邓肯与埃塞尔·桑兹很欣赏这种做法，坚定地站在我这一边，所以我最好不要辜负他们。

另外，有位评论者说我的文风正面临危机。可如今我的写作风格如此流畅淋漓，像流水一般淌过大脑。

这"毛病"从写《到灯塔去》就有了。第一部分写得极其顺手——我一个劲儿地写啊写！

现在是否要停下来审视一番，尤其是思考一下我写作《达洛维夫人》与《雅各的房间》时的文风？

我倒认为，这样的结果是，我的作品将一部接一部地涌现，风格主题多种多样，因为我想这毕竟是我的性格，很难被说服去相信任何事情的正确性——我说了什么，人们又说了什么——我总在盲目又冲动地追寻那种纵身跃下悬崖的感觉——那种呼唤——来自某处的呼唤——现在，如果要写《飞蛾》，我就得妥善处理这些神秘的感觉。

X把我们星期六的散步给搞砸了,他如今满嘴陈词滥调,让我很失望。我承认他通情达理,极富魅力,面对什么都能保持沉着淡定,让人觉得他见过大世面。可他轰隆隆地来了,看起来泰然自若,浑身却湿漉漉的,衣服凌乱而皱巴,像一个在三等车厢坐了一整夜的乘客。他的手指被香烟熏得发黄,下面一排牙齿掉了一个,头发有些湿,目光比平时闪烁不定,蓝色的袜子上有个小洞。然而他已下定决心,决不动摇——这正是令我失望的原因,他似乎确信只有自己的观点是正确的,别人的都毫无根据,是旁门左道。如果他的观点是对的,天晓得生活要怎样继续下去,连块奶油饼干都没有了。男人的自大和自我中心至今令我惊诧。我结识的女士会做这种事情吗?从下午三点到六点半,一直霸占着我的扶手椅,一点也不顾忌我可能累了或者烦了,就那样坐在那儿,讲个不停,没完没了地啰唆,抱怨自己的困境啊、不安啊;还一会儿吃巧克力,一会儿看书;终于,给自己裹了一层厚厚的自我崇拜之后,明显觉得满足了,这才得意地起身离开。纽纳姆学院与格顿学院的女孩可不会这样。她们实在太富有朝气,纪律实在太严明。她们绝对不会有这种自负。

11月28日,星期三

今天是我父亲的生日。倘若他还在世,今天该是九十六岁,是啊,九十六岁。1832年到1928年,正好九十六岁,与他的同龄人一样。幸好他没能活到这个岁数。他若在世,我的生活恐怕就被彻底毁掉了。那将是何种局面?不能写作,没有作品——简直无法想象。

曾几何时,我每天都深深地怀念他,还有母亲,但《到灯塔去》的写作让我把对他们的思念藏了起来。如今他偶尔会出现在我的思绪里,但与以往不同了。(我相信这是真的——我一度被他俩紧紧缠住,纠结不已。因而把他俩写出来是必然的。)现在他更多是以同时代人的身份显现。我以后一定得读读他写的东西。还能感到他就在身边,听到他的声音,记住他的音容笑貌吗?

日子一天天过去。有时我自问是否被生活迷住了,一如孩子痴迷于银色星球,这莫非就是生活本来的模样?生命短暂、绚烂,令人兴奋,但或许又很肤浅。我想把整个世界捧在手里,静静地感受它,它滴溜滚圆,沉甸甸的,我就这样捧着它,日复一日。我想我得读一读普鲁斯特的作品,要反反复复地读。

至于下一部作品,我打算先不动笔,直到它完全酝酿成熟,就像熟透的梨子,沉甸甸的,迫切渴望被摘下,否则就将离枝坠地。《飞蛾》仍不时打扰我,总是在下午茶与晚餐之间,在伦纳德从留声机上拨弄出音乐时,悄然闯进来。我草草写上一两页,然后强迫自己搁笔。说真的,我面临一些困难,首先是为名声所累。《奥兰多》写得相当好,现在我满可以继续写下去——我心里有一种力量吸引着我这么做下去。人们也许会称其为自发、自然的情感,要是能不失去其他优点,我倒也愿意保持这些特色。可这些特点大体上是我忽略其他优点的结果，它们是我仅仅触及事物表面的结果；如果再挖掘下去，难道不会失去这些特点吗？还有，我对事物的表面与内在到底持何种态度？我认为写得流畅轻松也挺好的——对，我甚至认为表面化写作也不错，两者的结合某种程度上是可能的。我突然想到，我现在想做的该是事无巨细，最大限度地表达出来。我想剔除所有无关的呆板无聊的多余词，将这个瞬间完整地描写出来，不管它包含着什么。比如，此刻集中了思绪、感受、大海的声音，废话与呆话则不属于此刻应该包含的内容。可怕的现实主义叙述方式，即从午餐一直写到晚餐——是虚假与做作的，只是因袭旧习。为什么要把非诗的因素引入文学呢？——我认为这会让文学过度饱和。难道这不正是我对小说家不满的地方吗？因为他们不加取舍？诗人的成功在于简化：几乎所有东西都被筛除。我想把一切都写进去，也就是让作品饱和起来。这是我在《飞蛾》中打算做的事。它必须包括废话、细节和肮脏的一面，同时又必须清楚浅白。我想我需要读些莎士比亚、易卜生与拉辛的作品，并写些他们的书评。对我这样的脑袋来说，这是最好的鞭策，可以驱使我以热烈而挑剔的态度去阅读，否则我就是个慵懒的读者，总想时不时地跳过几页。但这是绝对不允许的。这来自大脑的严苛要求，使我自己都感到震惊与不安：它从不停止阅读和写作，它推着我去写杰拉尔丁·朱斯伯里，写哈代，还写女性话题——太兢兢业业了。但我也因此不再是做白日梦的业余作家。

12月18日，星期二

伦纳德出门去谈《奥兰多》第三版的出版事宜了。此版已被订购。我们目前卖了6 000多本，而且销量仍在惊人地上涨，比如今天就卖了150本，平日里大多会卖出五六十本，这些是我不曾想过的。销量会跌下去，还是会继续增长？不管怎样，我都能给自己买一间房了。自从结婚，也就是1912年至1928年这十六年来，我一直在花钱。然而，我还没把花钱的劲头正常使出来呢。我很内疚，明知应该买东西，却只能推脱不买。眼下一想到口袋里有点小钱了，我就有种舒服又奢侈的感觉，尤其是不用再担心每周最多只有13英镑零花钱——往常它们不是被花光，就是被挪用了。

注释

1. 马克斯·比尔博姆（Max Beerbohm，1872—1956），英国散文家、剧评家、漫画家。
2. 罗伯特·威尔逊·林德（Robert Wilson Lynd，1879—1949），爱尔兰作家、诗歌编辑、散文家、社会主义者和爱尔兰民族主义者。
3. 伊西多尔·辛格（Isidore Singer，1859—1939），美国百科全书作家，《犹太百科全书》编辑。
4. 1英里约为1.6千米。
5. 这里指的是法国著名文学奖费米娜奖。伍尔夫于1928年凭借《到灯塔去》获得该奖。
6. 墓园位于布伦瑞克广场后面，简·哈里森和霍普·米尔斯就住在附近的一所房子里。——伦纳德注
7. 霍普·米尔斯（Hope Mirrlees，1887—1978），英国诗人、小说家和翻译家。
8. 简·哈里森（Jane Ellen Harrison，1850—1928），英国古典学者，精通希腊学、宗教史学和语言学研究。
9. 此处是指罗德梅尔的蒙克屋。——伦纳德注
10. 《飞蛾》就是后来的《海浪》。
11. 西西里·伊莎贝尔·费尔菲尔德夫人（Dame Cicily Isabel Fairfield DBE，1892—1983），笔名丽贝卡·韦斯特或丽贝卡·韦斯特夫人，英国作家、记者、文学评论家，为《泰晤士报》等评论书籍。
12. 里奇小姐是我们的一位访客。——伦纳德注
13. 多萝西·奥斯本（Dorothy Osborne，1627—1695），又称坦普尔夫人，威廉·坦普尔爵士的妻子，英国文学家。
14. 范妮·伯尼（Fanny Burney，1752—1840），英国作家，被弗吉尼亚·伍尔夫称为"英国小说之母"。

15 格顿学院（Girton College），剑桥大学的第一所寄宿制女子学院。1928年10月，弗吉尼亚·伍尔夫应剑桥大学邀请，分别在纽纳姆学院和格顿学院发表了题为《女性与小说》的演讲。

1929

1月4日，星期五

生命到底是一成不变还是变动不居？这两种相互抵触的观点时常困扰我。生命一直在不断延续，而且将永远延续下去，直至世界的尽头——比如说，我的此时此刻。生命如白驹过隙，转瞬即逝，单薄脆弱。我会像浪尖上的一朵云一样消失。或许真相就是，尽管物是人非，我们一个接一个地度过自己短暂的一生，如此飞快，如此短促，但我们不知为何竟生生不息，将希望的亮光延续至今。但那亮光又是什么呢？我对生命短暂的印象太过深刻，以至于常常感到自己在和他人永别。比如，和罗杰一起用完午餐，就是诀别；再比如，我常估算余生还能和内莎再见上几次。

3月28日，星期四

的确很丢脸。新年过了这么久，我才开始记日记。事实上，我们在1月16日去了柏林，之后我在床上躺了三个星期，一直处于无法写作的状态；或许又过了三个星期，后来趁一次灵感迸发，我把所有精力都投入写作——写我之前躺在床上构思的东西，也就是《女性与小说》的最后一稿。

我一向对叙事感到厌烦。我只想提一下，今天下午我在托特纳姆宫街遇到了内莎，我俩都心事重重，都深深地陷在思考的旋涡中。她将在星期三动身，离开四个月。奇怪的是，生活非但没有让我们彼此疏远，反而把我们聚到了一起。但当我抱着茶壶、留声机唱片和长袜时，我想了太多其他的事情。那一天是我们住在里士满且被我认定为"有力的"日子之一。

也许我不应该继续絮叨一直以来我对春天的看法。也许我们应该不断地寻找新话题，因为生活还在继续。我们也应该创造一种绝佳的叙事风格。当然，我的大脑总是在酝酿许多新想法。我打算去修道院度过接下来的几个月；让自己完全沉浸在思考之中；布卢姆斯伯里团体算是建成了。我将迎来一些事情。这将是一段冒险和跃进的时期，我想我应该会感到非常孤独且痛苦。但孤独对新书创作而言是件好事。当然，我会结交新朋友。我会把自己调整得看起来还算积极乐观。我打算买些好衣服，穿着它们去新房子逛逛。我会一直惦记着心中那个尖角，不停地钻研，直到攻破它。我想《飞蛾》（或许会如此命名）将是一部个性非常鲜明的作品。但我对现在的框架还不满意。我感受到的那种突然迸发的丰富性，可能只是流畅而已。以往我写书，都是精雕细琢，字字箴言，而现在我的思想是如此浮躁、飞快，在某种程度上，也非常绝望。

5月12日，星期日

现在，我刚刚结束被我称为《女性与小说》最后一稿的修改工作，这样伦纳德在下午茶后就可以一睹为快。我写得太卖力了，必须得停下来。我曾认定我的心脏，这个泵，已经停止工作，现在它又开始跳动。至于《女性与小说》，我没有把握去评判它——这部作品卓有见地吗？但我敢说，我在它身上耗费了大量心血，它是我的思想观点冷却、凝固之后的产物，而且我竭力将它打磨鲜亮。不过，我急于同它摆脱关系——只想把撞入眼底的一切不受限制地写出来。它极大地拉近了我与大众的距离。它关乎现实。它会影响读者的解读，让彼此轻易地互相影响。

5月28日，星期二

关于《飞蛾》这本书，该如何开头？要写成什么样呢？我没有那么冲动，没有狂热，仅仅因为困难感受到了巨大压力。那为什么还要写它呢？究竟为什么还要写呢？近来我每天早晨都会自娱自乐地写一点儿提要。我不是说——或许也可以这么说，这些提要之间互相关联，我并不试图讲一个故事，但说不定也可以采用那种方法。还在思索中。也许是关于灯火通明的群岛，那些岛屿正处于我努力表达的涌动之中，生命在延续，大群的飞蛾顽强地振翅飞舞，场景中央是一盏灯和一个花盆。那花该永远发生变化，场景之间需要有更紧密的联系，要比我现在能设想的更紧密。也许该称之为"自传"。我该如何在飞蛾一次次的扑腾中让每一段或每一幕表现出越来越激烈的情节呢？必须让别人能感受到这是开头，这是中间部分，而那是故事的高潮——当她打开窗子让飞蛾飞进屋来。我想该有两种决然不同的东西在涌动，飞蛾不停地飞；花朵挺立在中央，渐渐枯萎，随后又绽放新叶。透过花的叶子她可以看到发生的一切。可她是谁？我急切地希望她不应该被命名。我不想给她取拉维尼娅或者佩内洛普之类的名字，我只想用"她"来称呼。可那样的话，又会显得附庸风雅，矫揉造作，且有结构松散之嫌。当然，我可以让她的思绪来回跳跃，我可以讲故事——但那不是我的目的。此外，我不会设定确切的地点或时间，窗外可以有任何景致：一艘船，一片荒漠，或者是伦敦。

6月23日，星期日

那天天气酷热难当，我们开着车到沃辛去看伦纳德的母亲。我喉咙痛得难受，第二天早晨又头痛得厉害——所以我们一直在罗德梅尔待到今天。我在那里通读了《普通读者》，这很重要——我必须学会更简洁地写作。特别是像写上一篇阐述大意的文章——《如何打动当代读者？》，我对自己文体的松散深为惊恐。因为我事先没考虑清楚，而且总想把零碎的思想都写进文章里，结果就是扭曲了自己的文风，还有我所憎恶的摇摆不定、漫无边际，又缺乏节奏。《一间自己的房间》在出版前得非常认真地校对一遍。因而我一头扎进了感伤的湖泊。天哪！那湖水真深啊！我竟是一个天生的抑郁症患者！令我清醒的唯一办法就是工作。在这个夏天里，我想接受尽可能多的工作。不，我不知道这种念头是从哪里来的，只要一停止工作，我就感到自己好像在下坠。与往常一样，我感到假若坠得再低些，我就可以触摸到真相了。这是我唯一的慰藉，是一种高尚的念头，很严肃。我想逼迫自己面对这样一个现实，即世界是虚幻的——它对我们中的任何人而言都空洞无物。工作、阅读与写作都是一些假象，还有人际关系。对，甚至有个孩子也于事无补。

不过，话说回来，此刻我开始期盼，至少可以说热切地期盼着《飞蛾》的问世，这竟使我焦躁不安。我想书的开头该是这样的：破晓时分，海滩上满是贝壳；公鸡与夜莺啼鸣——我不太清楚是什么品种。接着，所有的孩子坐在一张长长的桌子旁——上课了。这是开场。好吧，所有人物都要在那儿亮相。接下来，坐在桌边的那个人可以随意叫出任何人的名字，并通过那个人营造一种氛围，讲述一个故事。例如狗或者保姆的故事，要不就是孩子们的历险经历。所有这些该是天方夜谭式的，这部分主要写童年，可不应该是我的童年。还有池塘里的小舟，孩子们的感觉，虚幻与比例失调的事物。然后得再选出一个人或描出一个模糊的轮廓。这个虚幻的世界必须围绕这个中心——幻想中的海浪。飞蛾,那只孤零零的美丽飞蛾,必须飞进屋来。是否可以阻止海浪的声音响个不停?或者杜绝农舍里的噪声,以及某种奇怪的不相干的声音?或许她有一本书——一本可读——另一本可写——还有些老信件。清晨的曙光——不过未必要有,因为这部作品必须与现实拉开很大的距离。但事件之间仍不失关联。

当然,这一切都是"真实"的生活。只有缺乏"真实",才会有空虚之感。在刚刚过去的半小时里,我已经很肯定地证明了这一点。当我开始思考《飞蛾》时,一切都变得鲜活,栩栩如生。而且我认为,一个人可能更容易洞察他人的内心世界。

8月19日,星期一

我想晚餐就这么结束了。于是怀着别样的心情打开了日记本——记录下这一幸福的事实。无论如何,我刚刚完成对《女性与小说》或称《一间自己的房间》的最后修改。我想我永远不会再读它了。写得如何呢?我认为这部作品有一种不安分的生命力:你会感到有个小东西正拱起脊背不断地向前奔跑,尽管它和我往常的作品一样寡淡、虚浮,故作姿态。

9月10日，星期二

伦纳德在查尔斯顿野餐，我却待在这里——感觉很"累"。但为什么会累呢？好吧，是因为我一直被人陪着。我要打开话匣子，好好抱怨一番。和身体上的疲惫相比，我的心觉得更累。我在为报刊写评论和校对的工作上费尽心思，绞尽脑汁；与此同时我一直暗暗惦记着我的《飞蛾》。的确是这样，但这本书进展很慢；我不想那么快写完，而是想好好地构思，比如花上两三个星期——像以往那样潜入思维的河流，从而做到心无旁骛。我在窗前坐了一上午，成果或许就是这点只言片语。（在这个怪异又雾蒙蒙的夜晚，他们已经到达某个可爱的地方——也许是赫斯特蒙梭。不过，我也想找个机会，一个人到山里走走。现在我感到了一丝孤独，觉得自己被人遗弃而且上当受骗了。）每当我要踏入思维的河流，我就被拉了出来。先有凯恩斯夫妇来访，接着是薇塔，然后是安杰莉卡和伊芙。后来我们去了沃辛顿，随后我的脑袋隐隐作痛——所以打开了日记本，而不是去认真写作——这倒也没什么大碍，但不能思考，不能去感受或观察——让我错失了可以独处一下午的宝贵时光——伦纳德此刻出现在玻璃门前，他们没有去赫斯特蒙梭或任何地方，而是跟斯普罗特和一名矿工在一起，所以我什么也没错过——第一次由衷地感到快乐。

说真的，我对一本书的预感——感到自己的灵魂在创作——着实怪异且难懂。

我想到自己现在已经四十七岁，的确，我会更加年老体衰。首先是我的眼睛。去年，我觉得不借助眼镜也能看书，我在地铁上拿起一张报纸就能看得津津有味；渐渐地，我发现躺在床上看书需要戴眼镜；到了现在，如果不戴眼镜，我连一行字都看不清（除非我以一个非常奇怪的角度举着书）。我的新眼镜比旧的强得多；摘下眼镜时，我会觉得自己一瞬间失明了。还有什么别的表现吗？我想，听觉还行，能听得很清楚。我觉得自己也可以像往常一样正常行走。但这样看来，生命不就没有什么大的变化吗？也许更年期不是困难甚至危险的时期？显然，人们可以用平常心来面对衰老——这不过是个自然过程；人可以躺着看书；人的官能以后也不会有过多改变；从某种意义上说，我们没有什么可担心的——我已经写了些有趣的书，可以有些收入，可以出门度个假——啊，还是不要度假了。总之，不用太担心。这些奇怪的人生间隔期——我经历过很多次——是我取得最佳艺术成果的时期——让我变得多产——想想我在霍加斯出版社发疯的时候，还有其他犯病的时候——比如，写《到灯塔去》之前的那段时间。如今我在床上躺六个星期，就可以写出《飞蛾》这样的杰作。不过我不会用这个当书名。我突然想到，飞蛾白天不会出现，那时不会有一只燃烧的蜡烛。总之，这本书的架构尚需斟酌——只要花点时间，还是可以做到的。我得就此搁笔了。

9月25日，星期三

昨天上午我重写了《飞蛾》的开头，但不会用这个书名。好几个问题一下子冒了出来，亟待解决。应该由谁来思考这些问题？我是否应该游离于思考者之外？我需要的是一种不花哨的技巧。

10月11日，星期五

我突然萌生了写日记的念头，这样就可以不用写《海浪》或者《飞蛾》，姑且不管它叫什么。我认为自己学会了快速写作，但其实并没有。奇怪的是，我全神贯注，但写得既不带劲儿，也不开心。写得不够流畅，反而搁住了。还有，我这辈子从未构思过如此模糊而复杂的结构。不论什么时候，刚写下一点，我就得仔细考虑一下它与其他情节之间的关系。我可以毫不费力地往下写，但总不时停下来考虑整体效果，特别惦记着构思是否出了大问题。我不太满意眼下的写法，即先描绘房间里的东西，然后通过它们联想其他事物。可除此之外，我还想不出其他既与原先的设计吻合又能允许变动的方法。如此看来，这个10月也许让我有点吃不消，也让我被寂静包围——这后半句话是什么意思，我自己也不太明白。因为我从未停止接待客人——内莎、罗杰、杰弗斯一家、查尔斯·巴克斯顿，本该去见戴维勋爵，还要去探望艾略特一家——噢,薇塔又来了。不,不是外部世界的无声无息,而是内心的某种孤寂——如果可能的话,对其进行一番分析肯定会很有趣。举个例子吧——今天下午我在贝德福德广场上走着——笔直的大街周围尽是些寄宿学校——我立刻本能地对自己说了这番话。我受着多大的折磨呀,没人能了解我受的苦。我走在大街上,被痛苦困扰着,这让我想起索比[1]刚去世时的感觉——形影相吊,孤立无援。可那时我得与心魔抗争,现在却没有任何目标。我走进家门时万籁俱寂——脑子倒没有走马灯似的转个不停,可能是因为我在写作——噢,而且相当成功——还有——我最喜爱的——持续不断的变化。对,昨天夜里,伦纳德极不情愿地来到罗德梅尔接我回家,当时凯恩斯一家顺便来访。还有,梅纳德辞去了《国民报》的职务,休伯特[2]也是,我们无疑也会。现在是秋天了。人们已开始点灯,内莎搬去了菲茨罗伊大街——住在一所宽敞却潮湿的房子里,煤气灯燃烧着,地上堆着没有收拾的餐盘、杯盏。我们的出版社蒸蒸日上。成名的感觉很糟糕——我比以往任何时候都更富有,今天还买了副耳环。尽管如此,我心里仍感觉空虚与孤寂。总体而言,这些对我来说都无所谓,因为我还挺喜欢来回奔波,受着我所谓的"现实"的刺激。若我从未感受过如此巨大而长久的压力——焦躁不安,间歇性的平静、快乐、沮丧——我应该就默然接受,随波逐流了。总得同什么东西抗争一番才好。半夜醒来时,我对自己说道:"斗争吧,斗争。"要是能抓住这种感觉,我会继续斗争下去。每当身处自己的小世界，忍受着孤独与寂寞的压迫，我就能听到真正的世界在歌唱。此时心里涌出一种想要动身去冒险的感觉，而且感到一种怪异的自由扑面而来，带着钱，还有别的什么，立刻去干什么都行。去取戏票（《女族长》）时，我看到那儿挂着一张经济的短途旅行表，立刻就想到明天要去埃文河畔斯特拉特福的雇工集市——为什么不呢？要不就去爱尔兰或者爱丁堡，去过周末。估计最终还是不会去，但凡事皆有可能。生活这匹有趣的小马是真实的。这些是否能传达我的心里话呢？说到底，我并非真的无所事事。怪得很，我现在意识到，我想念克莱夫了。

10月23日，星期三

说真的——我只写了一个小时，随后因为无法再强迫大脑转个不停而强行收手——接着开始打字，中午十二点结束工作。我想在《一间自己的房间》出版前总结一下自己的心得。摩根不愿发表意见似乎不是个好兆头，因此我怀疑作品中有我最亲密的朋友所不喜欢的女权主义笔调。我猜测，接下来，除了利顿、罗杰、摩根等人的那种含糊其词的评论外，大众是不会有什么反应的。报界会不温不火地谈谈它的魅力和轻快笔触；别人会攻击我是女权主义者，并含沙射影地指责我是同性恋。西比尔会来请我吃午饭，我会收到一大堆年轻女士的来信。我也担心这本书不太会被当回事。人们会说，伍尔夫女士是位杰出的作家，因而她的书很好读……书中充斥着非常女性化的逻辑……适合女孩子读。我不确定自己是否真的在乎这种评论。《飞蛾》，我想应该叫它《海浪》，这部作品的创作正艰难进行着。如果说上一本书令我心灰意冷的话，至少我可以指望这一本。我承认，这本书微不足道，事实就是如此，可它是我用满腔热情和坚定信念写就的。

昨天，也就是12月3日，他来信了，他说他非常喜欢这本书。[3]

昨晚我们与韦伯夫妇一起吃的晚饭，并邀请埃迪[4]和多蒂来喝茶。在这场精心筹备的宴会上，我与一位男士——休·麦克米伦[5]——轻松友好地聊了一会儿，我们谈到了巴肯一家以及他自己的职业。韦伯一家很友善，可在肯尼亚这个话题上却固执己见。我们坐在两间出租屋里（餐厅的屏风后面有个铜制床架），吃了几大块牛肉；主人请我们喝了威士忌。现场气氛比较轻松，但也有些冷场，让人觉得拘谨。"我的小孩就要有玩具了"——可别再说下去了——"这是我夫人对我在内阁就职一事的评论。"可不，这是一群讲求实际的人。同他们相比，我不禁感到悲哀，我和伦纳德身上带着不育夫妇的典型特质（我猜是这个原因），但这多少也说明——我俩是同一类人。

11月2日，星期六

噢，到目前为止，《一间自己的房间》进展相当顺利。我认为销量还不错，而且收到了一些意想不到的来信。但我更关注《海浪》的进展，我刚把早晨写的那部分打了出来，还不是很有把握。有那么一种东西（写《达洛维夫人》时，我也有同感），可我把握不住，无法不偏不倚地表达清楚，而且我根本没有写《到灯塔去》那样的速度与自信。《奥兰多》只是孩子般的游戏。是不是方法上哪儿出了错？是否掉进了什么陷阱？所以有趣的事情就这么飘忽不定吗？现在我正处于一种奇怪的状态，好像自己被一分为二；有趣的事情在这里，可我找不到一张稳固的桌子摆放它。也许我会茅塞顿开，重读时定会找到解决的办法。我想寻觅一个位置，由此可以将人物置于时间与大海的背景中，我确信这么做是对的——可是，天啊！在这方面要做到信心十足得多难啊！昨天我还踌躇满志，今天可就蔫了。

11月30日，星期六

工作了一上午之后，我满怀愤懑地写下了这页日记。我已经开始写《海浪》的第二部分，但也不确定是不是在写。真说不准。我觉我只是为了写书而做了一大堆笔记——至于能否看到它成形，只有天知道了。去一个更高的位置——在罗德梅尔，在我的新房间里，我也许能把这本书"拉扯"起来。阅读《到灯塔去》并不会使写作变得更容易……

12月8日，星期日

我一刻不停地读书，我敢说我读过的书足有三英尺[6]厚了；同时也读得很认真，但其中很多内容还没能消化，需要再做思考。目前，把这些书打发走，我就可以畅快地开始阅读伊丽莎白时代的作品——那些不知名的小作家的作品。我竟然如此无知，从未听说过他们的名字，比如普伦汉姆、韦伯和哈维。

毫不夸张地说，这个想法让我兴奋不已。我阅读的时候，手里拿一支笔，目的是在新的书页中发现并捕捉精妙的语言表达，并对此细细思索，这也是我最乐意做的事情之一。但伦纳德非要分类摆放苹果，这小小的噪声让我心烦意乱。我一时断了思路，不知道还要写什么。

我暂停写作，想要缓解一下烦躁的情绪。我列出了一份伊丽莎白时代诗人的名单。之前谢绝了德拉·梅尔的邀请，他想让我写一写罗达·布劳顿和维达，现在想来真是庆幸。尽管这是个大众话题，涉及简和杰拉尔丁，但我已经找到了新思路。我想写评论了。是的，而且我可能会塑造一两个形象模糊的人物。我一开始就很喜欢伊丽莎白时代的散文作家，而且狂热地喜欢哈克卢特，父亲为了我，把他的书都搬回了家——我心中不禁伤感起来，想起了从前——父亲在图书馆来回奔波，他的小女儿则坐在海德公园门口。父亲当时有六十五岁了；我当时是十五六岁；不知道为什么，可我就是被迷住了，虽不完全是兴趣所致，但看到那黄色的书页，我就着迷了。我经常读它，而且梦想自己也能成为神秘的冒险家。毫无疑问，我也在抄写本上模仿他们的风格。我记得，我当时在兴致勃勃地写一篇关于基督教的长篇论文，应该是叫作"Religio Laici"[7]，证明人需要上帝，但这位上帝被描述为处在不断变化中。我还写了一部妇女史和一部我们的家族史——篇幅冗长，风格是伊丽莎白式的。

罗德梅尔——节礼日[8]

我发现自己正处于前所未有的自在中——独自待上两星期——对我而言，这几乎是不可能的事情。近来总是宾客盈门。我们觉得，这次一定要争取独处一段时间，这看起来真的可以实现。安妮和我相处融洽。我的面包烤得很不错。一切都很顺利，简单，迅速，有效——除了我写作《海浪》时的失误。我费了很大力气，写了两页荒唐的废话；我纠结于句式变化，一再妥协，却总是词不达意，于是继续寻找新的可能性。就这样我一直写，直到我发现自己的书竟然成了痴人说梦一样的存在。我相信重读会给我一些灵感，而重写会使之更顺畅。但我仍然不满意。我认为有一些不足之处。我没有为了表达意思而牺牲任何东西。我坚守自己的原则。我也不在乎它是否会被删掉。它一定是有意义的。我现在倾向于尝试粗暴的表达——描写伦敦，描写对话——不顾一切地把意思表达出来——即便后来证明这是失败的——但无论如何，我都曾竭尽所能。不过，我希望自己能更享受这个尝试的过程。对于它，我并没有像写《到灯塔去》和《奥兰多》那样日思夜想、牵肠挂肚。

注释

1　弗吉尼亚·伍尔夫的哥哥索比·斯蒂芬,于 1906 年去世。
2　这里指的是编辑休伯特·亨德森。——伦纳德注
3　这句话应该是弗吉尼亚·伍尔夫后来补记的信息。
4　爱德华·查尔斯·萨克维尔－韦斯特(Edward Charles Sackville-West,1901—1965),英国音乐评论家、小说家。
5　他后来成为麦克米伦勋爵。——伦纳德注
6　1 英尺约为 30.5 厘米。
7　拉丁文,意思是"平信徒的宗教"。
8　圣诞节次日,也就是每年的 12 月 26 日。这一天在英国和部分英联邦国家属于法定假日。

1930

1月12日，星期日

今天是星期日。我刚刚感叹："现在我无法去想别的事情了。"由于执拗和勤奋，我现在几乎无法停止创作《海浪》。大约一周前，在我开始写《影子舞会》时，这种感觉汹涌而至。现在我觉得我可以匆忙写下去，经过六个月的粗陋制作，终于要完成了。至于它会以何种形式呈现，我实在没有丁点儿信心。很多东西不得不被舍弃。但写得迅速才是最重要的，而且要防止好心情被破坏——最好不休假，不停歇，直至把它完成。然后休息几天，接着重写。

1月26日，星期日

我四十八岁[1]了：最近我们一直待在罗德梅尔——又是风雨交加的一天。但在我生日那天，我们去了山间散步，那里的山坡像灰色鸟儿的折叠羽翼。我们先是看到一只狐狸，身形修长，拖着尾巴；然后出来了第二只，它一直在叫唤，或许是觉得头顶的太阳太热了。这只狐狸轻轻跃过栅栏，钻进了荆豆丛——可谓非常罕见。英国有多少只狐狸？晚间我读了卓别林勋爵的传记。我还无法在我的新房间里畅快写作，因为桌子的高度不合适，我必须弯下腰去暖手。一切都还得按照我的习惯来调整。

我忘记提了，在整理这六个月的账目时，我们发现我去年赚了大约 3 020 英镑——堪比一名公务员的薪资。这着实让我大吃一惊，因为多年来我一直满足于每年 200 英镑的收入。但我认为我的收入会下降得很厉害。《海浪》的销量不会超过 2 000 册。我被牢牢地固定在那本书上了——我的意思是，我被粘在上面，就像苍蝇被粘在胶纸上。有时我思绪全无，但仍坚持写下去，后面又觉得通过暴力方法——像冲破荆棘那样——终于能拿捏到位。或许我现在能够直截了当地表达一些想法，而且是连续性的，不再总需要刻意寻找一根主线来确保我的书能成形。至于如何把整本书统一起来，如何表现，或者说压缩成一个整体，不得而知。我也猜不到结局——结局可能是一段冗长而盛大的对话。把事件穿插进去非常困难，但必不可少。所以为了连贯，也为了交代背景，必须得有大海，它是否代表着大自然的冷漠，我不清楚。但我认为，当灵感突然袭来时，这么做一定是对的。不管怎样，此刻除了重复，我想不到其他的小说形式。

截至今天——1931 年 10 月 30 日，也就是问世后的第三周，

《海浪》已售出6 500本。但我猜想后面不会再大卖了。[2]

2月16日，星期日

在沙发上躺了一星期。今天我要趁着还有点精气神的时候，坐起来一会儿。眼下我的精力远不如从前，虽然突然会有些写作欲望，但拿起笔就打瞌睡。天气晴冷，如果精力足够充沛，心里又非常情愿，我打算开车去汉普斯特德。但我不确定自己能否写出点什么。我脑海里有一片云在四处游荡。若一个人的自我存在感太强，而且突然经历了生活的重击，就很难再回到小说创作中去。有一两次，我感觉脑子里有一种奇怪的翅膀振动的嗡嗡声，在我经常生病的那段时间，尤其如此——比如去年这个时候，我躺在床上构思《一间自己的房间》（两天前它的销量达到了1万册），就听到了这种嗡嗡声。如果可以在床上继续躺上两个星期（但这是不可能的），我相信应该能看到《海浪》的整个框架了。当然，我也有可能把心思放在别的事情上。事实上，我正在纠结要不要匆忙奔赴卡西斯小镇；或许我还不具备此行需要的决心；我们将在这里耗下去了。品克在房间里来回走动，想要捕捉一片亮光，也就是春天到来的踪迹。我相信我的这些病症——要怎么说呢——有些神秘。我的大脑出了些问题。它无法再记录我对事物的印象。它把自己封闭了起来。它化成了蛹。我有气无力地躺在床上，身体不时感到一阵剧痛——就像去年那样；只是这次我感到很不舒服。然后突然有什么东西冒了出来。两天前薇塔来了，在她走后，我开始对夜晚敏感——春天就这样来了：我看见一束银色的光，混着傍晚的灯光；一辆辆出租车驶过街道；我被一种生命伊始的感觉震撼；这种感觉与我自身的情感交融，可我却无法把它描述出来。（我一直在思考《海浪》中那个发生在汉普顿宫的场景——天哪，我真想知道自己能不能把这本书写完！就目前而言，它仍是一堆碎片。）我前面提到过——我脑子里一片混乱，所以写这些东西只是为了稳定情绪，而非追求恰当的表达。在这些长长的间隔中，我感到春天来了；薇塔的生活如此充实而快活；所有门都打开了；我相信这是我心中的飞蛾在振翅飞舞。然后，我开始随性创作我的故事，脑海里涌现出很多想法；不过它们往往出现在我试图厘清思绪或下笔之前。在思绪万千的这个阶段，尝试写作是徒劳的。况且，我自己都怀疑能否填满眼前这个白色的怪物。我真想躺下睡一觉，但觉得惭愧。伦纳德染上流感，只休息了一天，就继续抱病工作了。我却在这里游手好闲，衣衫不整，等到明天，埃利[3]就来了。如前所述，我工作起来就是磨磨蹭蹭的。但我的无所事事反而经常使我受益颇丰。我最近在读莫鲁瓦[4]的《拜伦传》，而且禁不住去读了《恰尔德·哈洛尔德游记》，这让我浮想联翩。这是一种多么奇怪的混合体啊，无比脆弱又多愁善感的赫门兹夫人身上却绽放出鲜活而热烈的生命力。这些品质是如何被结合起来的？书中偶尔有些非常"美丽"的描写，像是出自一位伟大的诗人。拜伦的这本书有三个主要特点。

1. 风情万种的黑发女士在吉他伴奏下演唱迎宾曲。

> 你的警号,呵,鼓手,鼓手!
> 给好汉子带来希望,是胜利的兆头;
> ……
> 呵!有谁比勇敢的苏里人更英豪?
> 他穿着雪白的短衫,头戴皮帽。[5]

这些像是编造出来的东西;拿腔拿调;有点愚蠢。

2. 接着就是浓烈的修辞,一如他的散文,也和他的散文一样好。

> 世世代代做奴隶的人!你们知否,
> 谁要获得解放,必须自己起来抗争;
> 胜利的取得,必须依靠自己的手?
> 高卢人或莫斯科人岂会拯救你们?不![6]

3. 此外,在我看来,更真实的几乎全是诗歌。

> 大自然始终是我们最仁爱的慈母,
> 虽然她温柔的面容总是变幻不定;
> 让我陶醉在她赤裸着的怀抱里头,

235

> 我是她不弃的儿子,虽然不受宠幸。
>
> ……
>
> 不论日夜,她总是对我笑脸盈盈,
>
> 虽然只我一个向着她的形象注目,
>
> 我越来越向往她,而且最爱她,当她发火恼怒。[7]

4. 还有纯粹的讽刺,比如对伦敦的一个星期日的描述。

5. 最后(但这超过三点了)不能不提那似真非真的悲剧基调,这基调重复出现,贯穿全文,主要是关于死亡和悼念朋友。

> 你能剥夺于我的,啊,苛刻的死神!
>
> 都剥夺了;母亲,朋友,又加上知己;
>
> 你对谁也未曾如此毒辣,如此残忍,
>
> 真是祸不单行,使人忧伤的事相继
>
> 夺去了生活将赐予我们的一切小小的欣喜。[8]

我认为这些亮点支撑起他的整部作品,也使得其中许多浮夸、空洞又多变的情节变得可以忍受。如果他能把整个结构好好编排一下,他的作品会比其他诗人的意蕴更深,涵盖更广。他本可以成为小说家。不过,他的书信中涉及的散文和他对雅典的真挚情感却让读者觉得怪异,叫人忍不住将其与他诗中的惯常表达做个比较。（他的诗或多或少地讥讽了雅典卫城。）但这种讥讽可能是故意为之的。真相可能是，如果你胸中充满了如此热烈的情感，就无法用普通的方式来表达；就必须故作姿态；必须发狂；因此也格格不入。他在《趣味集》中写道，他有一百岁。若用感觉来丈量生命，他说的是真的。

2月17日，星期一

今天气温回升：但没一会儿又下降了，而且现在 [9]

2月20日，星期四

我必须尽我所能，慢慢地把我的精妙想法都写出来。也许我会简单地勾勒一下人物形象。

3月17日，星期一

检验一本书的标准（对作家而言）是要看它是否创造了一个空间，在这个空间里，说话者可以有非常自然的表达。就像今天早上，我可以说罗达想说的话。这就证明书本身是鲜活的，因为它没有破坏我想表达的东西，而是允许我把它装进去，丝毫没有压缩或改变它。

3月28日，星期五

是啊，这可真是一本罕见的书。我甚至宣称"孩子都无法与之媲美"，一整天都感觉飘飘然。当时我坐在那儿，注视着已经全部完成的作品，还与伦纳德（就埃塞尔·史密斯[10]的事）争执了几句，然后顺手拿起书稿走开了。当时我感到这本书[11]透出了某种力量——光彩夺目，非常优美，或许我以前从未有过这样的感受。可我不想被兴奋冲昏头脑。我一直努力地写作，我发现这本书是我所有作品中最复杂且最晦涩的。我在其中安排了一场宏大的讨论——汇集了各种人物的发言，堪称一幅斑斓的拼贴画——至于如何作结，却不得而知。困难更在于我感到了重重压力。我尚未掌握帮助人物说话的要领，可我认为这颇有些意思。我想我必须持之以恒，不懈钻研，然后修改，像朗诵诗歌一样把它大声朗读出来。内容需要进一步扩充。我认为现在写得有点太凝练了。至于主题，不管我怎么处理，都庞大得很，值得深入挖掘，而《奥兰多》就不是这样。不管怎么说，我已经同这些难题较量过了。

4月9日，星期三

（关于《海浪》）我现在想的是，要用简笔画的形式勾勒出人物的主要性格。我应大胆地尝试，哪怕它看起来近乎漫画一般。昨天我已经进入最后一部分的写作，像以前一样，写作劲头依旧忽高忽低，从没有吉星高照，让我写得顺顺当当，总像被什么拖住了后腿。希望这些困难有助于增强作品的严谨程度，得好好琢磨一下用词了。当时写《奥兰多》和《到灯塔去》，就是因为遇到了非常棘手的结构性问题，我反而写得更投入了；《雅各的房间》也一样。我想这是我至今取得的最大成就，当然，某些地方可能还欠火候。我认为自己一直在固执地按原初设想写作。但我担心：修改太过，会不会反而将它搞得一团糟？这部作品肯定会有许多缺陷，可我认为我还是将人物都鲜活塑造了出来。

4月13日，星期日

今天的写作任务刚完成，我就开始读莎士比亚了。那时我的大脑处于"嗷嗷待哺"的状态，异常兴奋。简直令人称奇。我以前从未发觉他的作品竟如此张弛有度，而且他的词语创造能力惊人。我现在觉得它们彻底打败了我的作品，虽然一开始，看似没什么差别。但接着我注意到他的作品突然一跃而起，做到了即使我发疯或狂想也做不到的事。仅就那些不太出名的戏剧而言，他的写作速度超过了其他任何人的极限，词语接踵而至，让人应接不暇。比如这个，"宛若甘露洒在濒临凋落的百合花簇"[12]（这纯粹是巧合，我碰巧看到了这句）。显然，他的思想非常柔韧，所以他把自己的思路梳理得很清晰；而且他的表达都很轻松，好似一阵不经意飘落的花雨。那么，其他人还有必要尝试写作吗？像我这样的，根本就算不上在"写作"。事实上，我敢说莎士比亚就是文学之巅，如果我今后不改变主意的话。

4月23日，星期三

今天早晨在《海浪》的写作过程中非常重要。我想我已经拐过弯道，最后的冲刺就在眼前。我认为我已经让伯纳德跨出了最后一大步，现在他只需要笔直向前，然后立在门口，最后画面定格在海浪上。我们此刻在罗德梅尔，估计要待一两天（我能做到的话），这样可以保证我的思路不被打断，直至写完。哦，天哪，接下来我要好好休息，接着写篇文章，然后回到这讨厌的构思中来。但愿我能在其中寻得一丝乐趣。

4月29日，星期二

我刚刚用了一点点笔墨写完了《海浪》的最后一句。我认为该把这记录下来，好给以后做个参考。的确，这次的写作是记忆中最伤神的，当然是指最后几页。想必这次不会像以往那样遭遇惨败。我是完全严格地依照原计划写的。我现在有一肚子自我恭维的话要说。我以前从未写过这样一本千疮百孔的书，竟需要推倒重来，而不只是修改。我怀疑结构出了毛病。好在并无大碍。我也许该写得更简单流畅些。继《到灯塔去》之后，我在罗德梅尔的那个不愉快的夏天，或者说三周内所产生的幻想已在这部作品中得以呈现。（这使我想起——我必须赶紧向大脑提供点其他东西，不然它又会闹出什么事来，弄得我愁眉苦脸——可能的话，提供某种异想天开的东西。在刚获得巨大解脱之时，我没有耐心去读哈兹里特的作品，也不想写什么评论，我脑子里那些互不相干的内容反而让我感觉还不错。或许可以读邓肯的传记；不，即使他在画室里闪闪发光地吸引我，那也得等一段时间再读。）

午后。顺着南安普敦大街往前走，我对自己说："我送了本新书给你。"

5月1日，星期四

一大早我就感觉非常不痛快。是的，一点不假。好像是天上的守护神显灵了，《泰晤士报》给我寄来一本书；我由着自己的性子，急忙跑到电报室，告诉范多伦我想写一写司各特。眼下我读了司各特的书，就是休给我的版本，可我不愿也不能再写他了。为了读它，我陷入焦躁，而且给里士满写信说我坚持不下去了。为了这事，我白白浪费了5月的第一天，这是多美的一天啊，从天窗望出去，天空湛蓝，云朵灿烂；但我的脑子里只有一堆垃圾；我不能读，不能写，不能思考。不过，说到底，我其实是想继续《海浪》的创作。是的，这才是重点。这本书在很多方面不同于我写的其他书，尤其是在这一点上，就是我想重写它，或者说我强烈地想重构它，而且我直接这样做了。我开始清楚自己内心的想法，也想着要删掉大量无关紧要的东西，清除，锐化，突显好的句子，把它们打磨得闪闪发光。海浪应该是此起彼伏，没有间隔的，等等。但我们星期日要去德文郡和康沃尔郡游玩，这意味着要休息一周；在那之后我也许得换换脑子，把注意力从写评论转到别的工作上。我要写些什么呢？写一个故事吗？——不行，现在还不能写别的故事……

8月20日，星期三

我认为《海浪》（已写100页）正消融成一系列戏剧性独白。重点在于以海浪般的节奏将它们组接起来。这样读起来是否更具有连贯性？还不清楚。我认为这是此生我能为自己争取到的最大的机会，因而也可能是最大的失败。但我为自己写了此书而自豪，是的，尽管它将我的先天不足展露得一览无余。

9月8日，星期一

作为回归生活——写作生活——的标志，我要开始创作一本新书，这里插一句，今天恰好是索比的生日。我想，若他还在世，今天他就五十岁了。回到这里后，我像往常一样——简直是惯例——感到头痛；我躺下来，就像疲惫的肌肉纤维躺在客厅的床上，一直躺到昨天。现在我起来了，头痛又开始发作；我的脑海中出现一幅新的画面；我站在花园里，蔑视死亡。

但这本书开篇的句子是"从来没有人像我这般努力工作"——我一口气读了14页哈兹里特，在感叹的同时，还不忘给书页打上扣钉。我不停歇地在一个工作日内就完成了这些事情。眼下因为要给美国的出版社写东西，需要提前准备。我敢说我在这些事情上花了大量时间，更确切地说，是不可思议地花了大量心思。我想我是在1月份开始读哈兹里特的。我不确定是否已经刺中那条小鳗鱼——揭示书中要领，这是文学批评的目标。想要在这些文章中找到它，那么多篇文章，篇幅如此短，写作主题又很纷杂，无疑是件非常困难的事情。不要紧，我今天就可以做到。真神奇，我对文学批评的兴趣一下子就上来了。要是不用忍受无聊拧巴又折磨人的评价，我在批评方面还是有些天赋的。

12月2日，星期二

不行，今天早上我无法完成《海浪》中那个非常困难的章节（它们的生命在宫殿的衬托下熠熠生辉），这都怪阿诺德·贝内特和埃塞尔[13]的聚会。我几乎没办法连贯地写下去。我在他们的聚会上停留了两个小时，好像是只和贝内特单独待在埃塞尔的小房间里。我敢肯定这次会面是贝内特策划的，其目的是"与伍尔夫女士搞好关系"——天知道我压根不在乎跟这个B的关系。这话是我说的,因为他不能这么称呼他自己。他停顿下来,闭上眼睛,向后靠,我等着下文。"开始吧。"他最后平静地说道,不见丝毫慌乱。他不择手段地延长了一场非常没有激情的谈话。倒也挺有趣。我喜欢这个老家伙。身为作家,我用了看家本领试图从他那烟熏火燎的棕色眼睛里窥探一些天才的特质。我想,我看到了一些感性和力量。当他咯咯地笑着说"我这个鲁莽的傻瓜——多幼稚——与德斯蒙德·麦卡锡相比——我多笨啊——我怎么可能攻击教授呢?"时,我很欣赏他的纯真,但如果他真的如自己所言,是个"富有创造力的艺术家",我会更喜欢他。他说,通过乔治·摩尔的《哑剧演员的妻子》,他看懂了《五镇故事》,是摩尔教会了他如何去看,所以他对摩尔钦佩有加,但对摩尔吹嘘自己的性魅力很不屑。"他告诉我,一个年轻女孩来找他。当她坐在沙发上时,他让她脱衣服。他说她脱掉了所有衣服让他看……我可不信这一套……但他是位了不起的作家,他为文字而活。如今他不行了。现在他无聊得可怕,一遍又一遍地讲着同样的故事。很快人们就会像讽刺我那样,也讽刺'他死了'。"我唐突地插嘴道:"是说你的书死了吗?"他回答:"不,是说我本人。"想必他比我更看重他自己的书。

"这就是生活的模样,"他说(这样不停地写,一个字接一个字,每天写一千字),"其他东西我一概不想。我想的只有写作。有些人很无聊。""我猜,你有你想要的所有衣服,"我这样说道,"你能泡澡,有大卧室,还有一艘游艇。""哦,的确,我的衣服都是精心裁剪的。"

最后，我把戴维勋爵拉了进来。这个老家伙认为我们故作高雅，我们就嘲弄了他一番。他说哈特菲尔德的大门是关着的——"与生活隔绝"。这位勋爵又说："但星期四是开放的。"贝内特说："我不想星期四去。""那你就是故意炫耀了，"我说道，"你以为你会比我们活得更久吗？"贝内特回答道："我有时会开玩笑……但我不认为我会比你们活得更久。现在我必须回家了。我明天早上要写一千字。"那一晚就这样草草收尾。在那之后，我几乎无法说服自己下笔写字。

反省：搜肠刮肚地在文章和评论中寻找自己的名字，大概是不光彩的。但我却经常这么做。

1931年3月30日补记：不久之后，阿诺德·贝内特去了法国，喝了一杯水，随即死于伤寒。（今天是他的葬礼。）

12月4日，星期四

今日《泰晤士报文学副刊》上的一小句嘲讽使我下定决心：第一，从头重写《海浪》；第二，再也不要迎合大众——都怪那句嘲讽。

12月12日，星期五

我想，今天算是最后一天的喘息机会，从明天开始我就要对《海浪》做最后一次修改。我休息了一个星期。具体而言，在此期间我草草地写了三个小故事，而且磨磨蹭蹭地花了一上午的时间购物，还有今天上午，我一直忙着布置我的新桌子，又做了些琐碎的事情——但我觉得自己已经缓过来了，必须写上三四个星期，或者更久。之后，按照我的计划，我要把《海浪》和小文章连续地重写一遍——其中的插曲——要统一整理——然后，哦，天啊，我还必须重写其他部分，接着就是修改，然后把它寄给梅布尔，再修改打出来的校样，最后交给伦纳德。伦纳德也许会在明年3月底的某个时间收到它。于是它就被我抛到脑后，接着等待印刷，或许6月能出版。

12月22日，星期一

我昨晚在听贝多芬的四重奏时想到，可以把所有的穿插性片段并至伯纳德最后的演讲里，然后以"啊，孤独"结束全文，这样就把他同所有的场景联系起来，而且不会显得突兀。这也是为了表明主题很重要，主题占据主导地位，而不是海浪，不是人物性格，也不是反抗。但我不确定其艺术效果，因为按照比例，最后可能还需要加入一些海浪的元素才能作结。

12月27日，星期六，罗德梅尔

使劲琢磨伯纳德最后的演讲，又有什么用呢？我们是星期二过来的，第二天因为受凉又习惯性染上了流感。我躺在床上，又发高烧了，不能用脑，当然也不能写信。想必过两天就能恢复正常。到那时，我额后的细胞就变得干枯且贫乏，如此一来，我本可以兴奋专注工作的两星期就被夺走了。我又要回到社交圈，回到内莉那儿，而且一事无成。我安慰自己说，再过几天我就会有些头绪的。此时天上下着雨，安妮的孩子病了，邻居家的狗吠个不停，所有颜色都变得黯淡，生命的脉搏变缓了。我呆坐着，翻着一本又一本书。像往常那样，我翻看了笛福的游记、罗恩的自传、本森的回忆录，还有琼斯的书。那个牧师——斯金纳——开枪自杀的那个牧师，如同迷雾之中升起的血红太阳，突然浮现在我眼前。这本书（萨默塞特郡一位牧师的日记）也许在心情好转时值得再读一遍。他在自家屋后的山毛榉树林中开枪自杀了。他毕生都在挖石头，将生活的圈子限定在卡姆罗多努，与人闹分歧，吵吵嚷嚷，不过还算爱他的儿子们，却也把他们都赶出了家门——显示出人性真实的一面——气急败坏，郁郁寡欢，苦苦挣扎，经受着无法忍受的煎熬。哦，我读完了维多利亚女王的书信。我想知道，如果是埃伦·特里[14]做女王，又该是什么样的局面。对大英帝国来说是不是彻底的灾难？女王写的东西完全没有艺术性可言，表现出某种普鲁士人的务实精干；她对自己独一无二的至尊地位相当自信，对待格莱斯顿就像女主人使唤不诚实的男仆一样，非常残暴。她头脑清醒，智商却平庸至极，也就凭借世袭的权力与日积月累的权势，她的头脑才能显得较为出众罢了。

12月30日，星期二

或许这部作品仍然缺乏统一性。但我真的觉得相当不错了（我对着炉火自说自话，把我的《海浪》大大夸赞了一番）。若我能将所有场景更好地串在一起，会不会更好？——关键是要把握节奏感。如此一来，就可以避免那些突兀的停顿，使文风如血液奔腾，从一头到另一头——我想避免因停顿招致的败笔。我想不分章节，真的。如果在本书中我还算有成就的话，这就是最大的成就。它看起来浑圆而饱满，完完整整的。场景的转换，思绪的变化，人物的更替，全都安排妥帖，可谓滴水不漏。现在要是能在增强力度和流畅性的基础上重写一遍，就没什么缺憾了。我现在感觉热血沸腾（体温37.2摄氏度）。尽管如此，我还是去了一趟刘易斯，随后凯恩斯一家来喝茶。我感觉自己跨上了马鞍，整个世界都变得清晰起来。看来只有写作才能让我找回内心的平静。

注释

1 1月25日是弗吉尼亚·伍尔夫的生日。
2 这句话应该是弗吉尼亚·伍尔夫后来补记的信息。
3 这里指的是弗吉尼亚·伍尔夫的家庭医生埃利·伦德尔。
4 安德烈·莫鲁瓦(André Maurois),原名埃米尔·萨洛蒙·威廉·埃尔佐格(Émile Salomon Wilhelm Herzog,1885—1967),法国著名传记作家、小说家、史学家。
5 译文引自《恰尔德·哈洛尔德游记》,拜伦著,杨熙龄译,上海译文出版社,1990年,第103页。
6 同上,第108页。
7 同上,第84页。
8 同上,第118页。
9 此篇日记确实就到这里,没有下文。
10 埃塞尔·玛丽·史密斯(Ethel Mary Smyth,1858—1944),英国作曲家、指挥家、作家,英国女权运动支持者之一。
11 这里讨论的书稿还是《海浪》。
12 译文引自《泰特斯·安德洛尼克斯》,莎士比亚著,韩志华译,外语教学与研究出版社,2015年,第56页。
13 这里指的是埃塞尔·桑兹。——伦纳德注
14 埃伦·艾丽斯·特里夫人(Dame Ellen Alice Terry,1847—1928),英国舞台剧演员,被誉为当时最好的莎士比亚诠释者。

1931

1月7日，星期三

　　我的脑子现在完全无法运转：两个星期以来，我不曾去山坡散步，不曾看过田野和树篱，总是在家里的壁炉前度日，辗转于书页和笔墨之间——都怪这讨厌的流感。这里非常安静——除了煤气的嘶嘶声，没有任何声音。哦，罗德梅尔真是太冷了。我像一只小麻雀那样瑟瑟发抖。不过，我确实写了那么几个还算惊艳的句子。我写《海浪》的兴致要比以往写其他作品都高。眼下就要作结了，为什么我偏要改动一两处呢？是这样的，我或许可以如此呈现伯纳德的内心独白，即语句无须华丽或铿锵有力，而是支离破碎，追求深刻，发挥散文的魅力——是的，肯定可以这样——因为此前从未有过这样的散文，我可以描写咯咯的笑声、咿咿呀呀的说话声，甚至可以大胆狂想。每天早上都会有新东西汇入我的创作"熔炉"，我以前却从未想到过那些东西。暴风也吹不走它们，因为我一直在勤勉地收割我的成果，逆风前行。我还攒了些想法，日后可以成文：一篇写批评家戈斯[1]，分析他如何成为一名雄辩家，纸上谈兵的评论家；一篇是关于文学的；还有一篇写女王和王室。

目前是这样一种情况：《海浪》的创作让我压力很大，所以茶余饭后我做不到再把它拿起来通读一遍；我最多只能写一个多小时，从十点到十一点半。而且，打字几乎成了我所有工作中最困难的部分。要是我所有的8万字小书都要花两年完成，我只能说谢天谢地了！但我要痛快地结束它，像切割机那样爽快地切断它，然后尝试些更轻松愉快的冒险，或许我会再写一部《奥兰多》那样的作品。

1月20日，星期二

我在洗澡时突然灵感迸发，完整地构思了一本新书[2]。它算是《一间自己的房间》的续集，是关于女性的性生活的，也许可以叫它"女性职业"。天哪，我太兴奋了！这个想法源于我星期三要为皮帕[3]的社团宣读的一篇文章。目前还是专攻《海浪》吧。谢天谢地，我实在是太激动了。

1934年5月补记：我想这本书应该是《时时刻刻》。

1月23日，星期五

太激动了，唉，无法继续写《海浪》了。我不停地想着这本

《开门》，或者叫其他什么名字的书。这种过于活跃和直白的风格与戏剧性的表达格格不入。我发现我很难再回到对伯纳德内心独白的描写中去。

1月26日，星期一

上天庇佑，老实说，在我四十九岁的第一天，我就摆脱了《开门》的纠缠，重新回到了《海浪》的创作。现在整部作品就在眼前，很快就可以结束——比如说差不多三周之内。那就要到2月16日了。接着我要写完关于戈斯的那篇评论，之后，我准备尽快将《开门》的初稿写出来，预计4月1日写完。（复活节是4月3日。）我希望那时我们能去意大利旅行，大约在5月1日返回，然后结束《海浪》的工作，这样书稿才能在6月付印并于9月面世。但这只是大概的日期。昨天我们在罗德梅尔看到了一只喜鹊，听到了春天的第一阵鸟鸣，那声音尖刻自私，和人类一样。太阳暖烘烘的，我们散步至卡本山，途经霍利镇的时候，看到三个男子从一辆蓝色汽车里冲了出来，帽子也没戴，就冲向了田野。田野中间停着一架银白色的飞机，显然完好无损，就位于树木和牛群之间。今天早上报纸就刊登了三个男子的死讯，他们的飞机坠毁了。但我们的生活依然继续着，这让我想起了希腊文集中的墓志铭：我沉没了，其他船却在继续航行。

2月2日，星期一

我认为我很快就能完成《海浪》。我想或许这个星期六就能完成。

这里记录的仅仅是一个作家的一些心得。我从未为了一本书如此殚精竭虑。证据是，除了这本书，我几乎读不了其他作品，也无法从事写作。早晨过后只能呆呆地坐在那儿。啊，天哪，等这周结束时我就能松口气了，起码我能感到漫长的耕耘终于告一段落，幻想也都结束了。我认为我已经做了想做的事。当然，原先的方案已经大大改动，想方设法也好，不择手段也罢，我都觉得我守住了自己想表达的某些东西。我猜我可能太过不择手段了，所以在读者看来，这会是一种失败。好吧，那也没关系，这是一次大胆的尝试，它是我奋斗得来的成果。噢，然后我又能随便写点什么东西了，多让人高兴啊，而且能闲下来，不用太在意眼前之事，又有了读书的时间，可以全神贯注地看书了——这样的事估计已有四个月没做过了。这部作品花了我十八个月的时间，恐怕得到秋天我们才能将它出版。

2月4日，星期三

对我们两个而言，这一天都被毁了。伦纳德每天上午十点十五分都要到法院去，他的陪审团仍然没能到位，所以总是拖到次日上午十点十五分。今天早上,我本应该好好地推进一下《海浪》的创作——这两天,我一直在思考如何让伯纳德讲好他的"噢,死亡"——但都被埃利给毁了,她本该在九点半准时来,但直到十一点才来。现在已经十二点半了,我们坐在一起谈论生理期和职业女性。她戴着听诊器给我做了一套常规检查,但还是没找到我体温不正常的原因。如果我们乐意花七个基尼,兴许能检查出什么小毛病——但我们不想。所以我还是要像往常一样喝口服液——总是那一套。

《海浪》的最后一点硬骨头真是出奇地难啃啊!我本应该在圣诞节前完成的。

今天埃塞尔来了。星期一我去看她排练了。那是波特兰广场上的一所大房子,墙上涂着冰冷的像婚礼蛋糕那样的亚当斯石膏,地上铺了破旧的红地毯,其余的地面则因频繁洗刷变成了暗绿色。排练在一个带弧形窗户的长长的房间里进行,从那个窗户可以看向(实际上,也可以清楚地看到)其他房子——铁制的楼梯、烟囱、屋顶——最前面是光秃秃的墙砖。亚当斯火炉里燃烧着熊熊烈火。L.女士如今看上去已然是一根变形的香肠,而亨特夫人[4]则是一根裹着绸缎的香肠,两人并排坐在沙发上。埃塞尔站在窗前的钢琴旁,戴着她的破毡帽,穿着针织衫和短裙,拿着铅笔做指挥。她的鼻子末端有一滴水。苏达比小姐在忘我地歌唱,我注意到她在房间和在大厅是同一个状态,脸上总让人看到狂喜和兴奋。还有两个年轻或者说偏年轻的男人。埃塞尔鼻梁上的眼镜,马上要跑到她的鼻尖去了。她断断续续地歌唱。有一次，她拿着贝斯，发出了一声猫叫——但她所有的动作都那么自然、坦诚，丝毫不让人觉得可笑。她完全失去了自我意识。她看上去充满活力，浑身都是能量。她把帽子从一边晃到另一边。她还有节奏地在房间里走来走去，以大踏步向伊丽莎白表示这是希腊的旋律。现在开始挪动道具了，她解释说，这代表一些与囚犯逃跑，或者反抗、死亡相关的超自然活动。我怀疑这种音乐的文学意味过于浓厚，绷得太紧，说教色彩太浓，不合我的口味。但我总觉得它是一种不错的音乐——我的意思是，她从她那务实而活跃的学生头脑中一点点谱出了这些连贯的和弦、和声和旋律。说不定她能成为一名伟大的作曲家呢。这个奇妙的想法对她来说并不新奇：她就以此为生。当她指挥时，她听到的是贝多芬演奏的那种音乐。当她迈着大步转过身，向着我们这些坐在椅子上的哑巴走来时，她认为这是在伦敦举行的最重要的活动。兴许就是如此呢。我看到老L.女士仰着她那张好奇且表情丰富的犹太面孔，她的脸蛋像蝴蝶的触角一样伴着歌声在颤抖。老年犹太妇女对音乐是多么敏感啊，她们那么柔软，那么敏锐。亨特夫人则像个蜡像，她安安静静地坐着，手里拿着她的金链子钱包，看上去脸色凝重，眼神呆滞。

2月7日，星期六

在此，我得利用剩下的几分钟记录一下《海浪》，上帝庇佑，终于结束了。十五分钟之前我写下了"噢，死亡"的字样，而在此之前我已经流利地编完了最后十页。其间，我有时非常投入、痴迷，仿佛是跌跌撞撞地顺着自己的声音在写，或者差不多是顺着某个说话者的声音在写（就像精神失常似的），我想起了往常在我头脑中一闪而过的声音，这让我很担心。不管怎么说，都结束了，我已经在这里坐了十五分钟，心里既骄傲又平静，而且泪流满面地想起了索比，要是我能在扉页上写下"朱利安·索比·斯蒂芬 1881—1906"这些字样就好了。估计不行。成功和欣慰是一种多么实在的感觉啊！不管好坏，终于结束了。而且正如我在结束时感受到的那样，不仅写完了，而且尽善尽美，圆满地结束了，想说的都已经表达出来——我知道我写得相当匆忙，非常不连贯。但我的意思是，我已经在荒芜的河流里网到了我的那条鱼。在我即将完成《到灯塔去》的那段时间，我曾坐在罗德梅尔房间的窗前看着那条河一直流到沼泽地去。

最后一个阶段最令我着迷，因为我能肆意发挥想象，自由而大胆地挑选、使用、改变事先备好的意象和象征。我确信这是利用它们的正确方法，不必拘泥于固定设想——虽然我起初的确是这么做的，而是连贯地运用它们，仅把它们当成意象，不让它们过度发挥作用，点到为止。我希望我能留住大海和小鸟的声音，而且于无形中融入黎明和花园的气息。

3月28日，星期六

阿诺德·贝内特昨晚过世了，我竟比自己预想的还要悲伤。这个真挚可爱的人，活着的时候不顺心，总觉得有点不自在；他心地善良，爱沉思，和蔼可亲；但举止粗鲁，他也知道自己粗鲁，支支吾吾地，却总说错话，他厌烦了成功；感情受过伤害；内心热情，但笨嘴拙舌；他的思想平庸得令人无法忍受；看起来非常体面；一心一意从事写作；但总是上当受骗；被排场与名誉迷惑；可他很天真，是个老顽童；他以自我为中心，浑身才干，却受生活摆布，对文学急功近利；感官功能衰退，被脂肪与奢华的装扮裹住；渴望拥有帝国时代面目可憎的家具；有理性，具有真正的理解力和极强的接受能力。上述这些是我今天早晨给报纸写稿时突然回忆起的一些事。我想起了他的创作决心，每天写一千字；他那天夜里匆忙地离去就是为了这事。现在他再也不会坐下来用他那工匠般秀丽却平庸的手井井有条地写完几页纸，想到这些我不禁悲从中来。奇怪的是，我竟遗憾一个人就这样被打发掉了，一个看起来——正如我说过的——真诚的人。他曾与我起过正面冲突——因为他辱骂过我，现在我宁愿他能继续对我恶语相加，这样我也可以恶语相向。他是我生活的一部分——即使是与我的生活最不相关的一部分——却被夺走了。这就是我一直耿耿于怀的原因。[5]

4月11日，星期六

啊，我真是腻烦了修改自己的东西，也就是这八篇文章。不过，我想我还是学会了狂写一气，不必过于讲究细节，我的意思是创作应有相当的自由度。我厌恶的是烦人的修改工作，这儿挤些进来，那儿删些出去。报刊总在索要文章，一篇接一篇地要，好像我能永远写下去似的。

但我没有合适的笔——既然如此，就写到这里吧。没什么可说的，或者是因为想说的太多了，可没心情。

5月13日，星期三

要不是我不时在这里写几句，那真要如他们所言，我会忘了怎么拿笔。我最近忙着用打字机把足有332页，但仍显凝练的《海浪》手稿从头到尾打出来。我每天打七八页；通过这种方式，我希望能在6月16日左右把它完整地打出来。这需要很大的决心；但我实在想不出别的方法来全面修改它，尤其是要保证作品的轻快基调，保持行文的连贯性，最后还得完善各种细节。困难不亚于拿着一把湿乎乎的小刷子，却试图在整张画布上作画。

5月30日，星期六

不妙，十二点四十五分了，我刚说过，不可以再写了，事实上我也写不下去了。我正在誊写死亡这一章，已经改了两次，还要再修改一遍，希望下午可以结束。可我大脑的神经组织缩成了紧紧的一团！这是我所有创作中最投入的一次——呵，等结束后该是多么如释重负。可这也是最有趣的一部作品。

补记：目前打到第162页，也就是说，26天差不多完成了一半。如果足够幸运，可在7月1日前结束。

6月23日，星期二

昨天，6月22日，我想是在将近黄昏时，我将《海浪》的手稿重新打完了。这并不意味着结束——哦，天哪，不！因为我接着得修改第三稿的打字稿。这工作5月5日就开始了，这次没人会说我急于求成或马马虎虎了，尽管我确信失误与不足之处数不胜数。

7月7日，星期二

唉，这修改工作真是没完没了（我正在修改插曲部分），让我喘口气，随便写几句吧。其实更妙的是，什么也不用写，到山坡漫步去，像蓟花那样吹吹小风，无忧无虑的。这样就能摆脱这个在我大脑中紧紧纠缠的大疙瘩——我是指《海浪》。以上就是我在7月7日星期二上午十二点半感受到的小小忧愁——我想今天还算不错——我又玩弄起了莎翁的名言，咱们的东西样样漂亮。[6]

7月14日，星期二

现在是中午十二点。鲍勃进来了，叫我签一份文件，以便让帕尔默得到一份津贴。鲍勃不停地说着什么，基本上就是关于他的新房子和洗脸盆，他不确定自己能否继续端着蜡烛上床。贝茜今天搬进去了，而他要去意大利待上一个月。我要给莫伊拉伯爵寄一本我的新书吗？在意大利几乎人人都是伯爵。有一次，他在剑桥附近一下给我指出四位伯爵，也就是帕尔默等人。那时他局促极了，手足无措，摘下帽子，然后又戴上，挪到门口，又转回来。

我方才想说，我刚刚修改完汉普顿宫的场景。(感谢上帝，这是最后一稿。)

可我那关于《海浪》的账还得继续记下去，我想，具体可以这样安排：

> 大概于1929年9月10日正式动笔；
> 1930年4月10日写完第一稿；

1930年5月1日开始第二稿，并于1931年2月7日结束；

1931年5月1日开始修改第二稿，并于1931年6月22日改完；

1931年6月25日开始修改打字稿；

1931年7月18日结束（希望如此）；

剩下的就只是校对工作。

7月17日，星期五

是的，我想今早我可以坦言我做到了。也就是，我又一次，第十八次，誊抄了开头几句。伦纳德明天要读。那时，我可以打开日记本，把他的判断记录下来（后来就给忘了）。我自己的看法，哦，天哪，我只能说这是一部艰深的作品，我不记得自己以前做过这么劳累的事情。我承认，我很担心伦纳德的看法。他会很坦诚，这次会比以往更甚；而且这有可能是部不成功的作品。我已经尽力了。我倾向于认为这部作品是不错的。只是它缺乏连贯性，写得太凝练了，话题跳转突兀，一个接一个地。不管怎么说，总算结束了，作品内容很充实。无论如何，我试着写出了我的想法，即使没有击中目标，射击的方向总是正确的。但我还是忐忑不安。总体而言，作品显得小家子气且过于拘谨。我一边自言自语地重复，天晓得会怎样，一边试图按捺住心里泛起的一小股不甚舒适的兴奋。就像我刚提到的，等伦纳德明天晚上或者星期日早晨读完,他会来到我的花园小屋,拿着手稿,然后自顾自地坐下来,开始说"其实呢……"。这份稿子后来被我弄丢了。

7月19日,星期日

"这是一部上乘之作,"伦纳德如此说道,今天早晨他来到了我的小屋,"而且是你作品中的扛鼎之作。"我记下了这一点。但他同时认为前100页相当晦涩,而且不知道普通读者能够坚持读多久。可是,天哪!我终于卸下了心头大石!我在雨中艰难地蹒跚,心却陶醉在欢乐之中。我到老鼠农场兴奋地兜了一圈,而且接受了这样一个事实——诺斯伊斯山坡那边正在建造一个包含了住宅区的山羊农场。

8月10日,星期一

现在——上午十点四十五分——我已读完《海浪》的第一章,而且只改动了两个单词和三个逗号。是的,不管怎么说,我用词精准,表达也很到位。我挺喜欢。这样看来,这次终于只需修改数笔就可以寄出校样了。如今我辛苦培养的"孩子"就要长大。我想,"我正有所突破……我们已经问过雷蒙德。我正在朝大海奋勇前行,虽然还会头痛,也还会痛苦。另外,我可能会得到一个[7]……"。我现在要去写一会儿《爱犬富莱西》[8]。

8月15日,星期六

此刻相当烦躁——仍在校对书稿。我每次只能读上几页。当时写这本书就很吃力,这本让人发狂的书,天知道它有什么了不起的。

8月16日,星期日

真应该向这本日记道歉,我不该漫无目的地乱写一气。我目前在做校对,今天早晨是最后一章,半小时过后,我觉得自己必须停一下,在高度集中用脑之后,的确需要遐思片刻。因为节奏不对,《爱犬富莱西》的进展很不如意,总感觉不对劲。我想,既然《海浪》让我如此殚精竭虑,那它至少应该是紧凑且有分量的。评论家们会怎么看呢?还有我的朋友们?当然,他们这次可找不到什么太新鲜的话题了。

8月17日,星期一

好了,现在刚过十二点半,我已经完成对《海浪》的最后一点修改,结束了我的校对。明天稿件就会寄出——我真希望,永远,永远不要再看见它们。

9月22日，星期二

霍尔特比小姐说："这是一首诗，比你的任何作品都更完美。它最是精妙，更深入地洞察了人物的内心世界，或许可以说，它甚至要比《到灯塔去》更胜一筹……"我抄下了这句话，因为它算是给我的一种反馈。但是天哪，正如我所言，上周这个时候，我先是受到了极大的冷遇，接着受到极大的赞美，现在则趋于平稳，可算正常了。估计没什么麻烦了。我想人们只会重复说过的话。那些评价我已经忘记了一大半。我想听到别人告诉我，这本书写得很扎实，有些意思。这话具体是什么意思，在写完另一部作品之前，我自己都弄不清楚。我是撒开腿儿的兔子，把追逐我的猎狗评论家们远远地抛在后面。

10月5日，星期一，塔维斯托克广场52号

记下这一点：我开心得浑身发抖，没法继续写信，因为哈罗德·尼科尔森打电话了，夸赞《海浪》是篇佳作。啊哈，所以，一切努力都没有白费。我是说，我在作品中表达的东西，在其他人脑子里也有些分量。现在可以抽支烟，让脑子清醒一下，再回到创作中去。

好吧，接着写这篇自我陶醉的日记。我并非兴奋得无法自持。不，我比以往更清醒。假如《海浪》取得任何成功的话，那是因

为它是一次单枪匹马的冒险。还有那亲爱的老友《泰晤士报文学副刊》，它带着灿然的微笑施恩于我——让我写一份言辞和善又坦诚的长篇评论，典型的《泰晤士报》风格，可这并不能使我兴奋。哈罗德在《行动》上的那篇文章也被我这样打发了。是的，在某种程度上，要是他们批评了我，我肯定会不开心，可是天哪，现在我感觉自己如此超然物外。与此同时，我们也厌烦了，厌烦了和人打交道，厌烦了整理包裹。我想知道，感到超然是不是一桩好事，也就是说，《海浪》与他们的评价不是一回事。奇怪的是，《泰晤士报》竟夸赞我人物塑造得不错，可我压根没描写什么人物。我腻烦了，想回到沼泽地，回到山丘，在空气清新的卧室里平静地醒来。今晚有广播，明天会去罗德梅尔。下周又得忍受舆论的鼓噪了。

10月9日，星期五

真的，这部艰深的作品比其他任何作品都受大众"好评"，《泰晤士报》专门写了按语，这是它第一次给我这种荣誉。此书竟然大卖，多么意外，多么奇怪，人们怎么能读这种晦涩而折磨人的东西。

10月17日,星期六

关于《海浪》还得多记几笔。在过去三天里,销售额直线降至 50 册左右,而最好的时候一天要卖出 500 册。随后,正如我所预料的,柴火渐渐熄灭。(但我没想到它竟然能售出 3 000 余册。)现在的情况是,图书馆的读者读不了这本书,因而正将书退回来。所以我预计,它会如涓涓细流,直到我们卖出 6 000 册,然后无人问津,但也不一定会被彻底遗忘。借用大众的评论,我可以毫不夸张地说,这部作品深受好评,各地都在热情地传颂此书。如 M 所说,这在某种程度上相当令人感动。各地素昧平生的评论者几乎不约而同地做出反应,说伍尔夫女士在这部作品中表现得非常出色。虽然作品不会很流行,可我们尊重她的努力;我们发现《海浪》非常令人激动。真的,我恐怕要走出文人雅士圈,一跃成为全国一流的小说家了。

11月16日,星期一

不知道能不能这样做,但我想开开心心地抄几句摩根自愿写给我的赞美信,是关于《海浪》的:

> 我本打算重读一遍《海浪》,然后给你写信。我一直在研究这部作品,我在剑桥也谈起过它。要谈论一部自己如此看

重的作品实属不易，但我很想表达一下自己的兴奋之情，因为我坚信我遇到了一部经典之作。

我敢说，在我曾经收到的所有作品评价信中，这一封最让我心花怒放。是的，就是如此，一封来自摩根的信。它让我有理由相信，我应该继续在这条路上孤独地走下去。我是说，今天在伦敦我想到了再写一本书，一部关于店主、酒店老板和底层生活场景的小说。在摩根的鼓励下，我确立了这个想法。达迪耶也很赞同。哦，是的，在五六十岁这个年龄段，我可以写出一些非常与众不同的作品，如果那时我还活着的话。我终于要用具体的形式，将脑袋里那些具体构思表达出来了。臻于这个开端，要经过多么漫长的劳作呀——但愿《海浪》名副其实地成为用我自己的风格写成的第一部作品！同时，我的创作史上也有一些怪事——我小心翼翼地躲着罗杰和利顿，想必他们不会喜欢《海浪》。

按照自己的方式，我正非常刻苦地润色那两篇谈论伊丽莎白时代作家的长文，以便将其作为《普通读者》续篇的开篇。接着，我必须把我列出的一长串作品通读一遍。在我的思维深处有个想法，即我能发明一种全新的评论方式，它与《泰晤士报》上的那些文章相比，少些僵直、刻板。但在这一期我得保持原有的风格。可我想知道如何才能做到。就像描写人物一样，评论作品时，肯定也存在更简单、更巧妙、更贴切的方法，要是我有幸能撞上就好了。(《海浪》已经卖出了 7 000 多本。)

注释

1. 埃德蒙·威廉·戈斯爵士（Sir Edmund William Gosse，1849—1928），英国诗人、作家和评论家。
2. 这里指的是 1938 年出版的《三个基尼金币》。这本书在构思、创作阶段曾有不同的名字，比如《开门》《敲门》，后面的日记中也多次提及。
3. 菲利帕·斯特雷奇（Philippa Strachey，1872—1968），英国著名女权主义者。
4. 亨特夫人是前文提及的埃塞尔·史密斯的姐姐。
5. 阿诺德·贝内特在 1930 年的一篇日记中记录了他参加的一场晚宴，弗吉尼亚·伍尔夫当时也是座上宾之一。他在日记中写道："弗吉尼亚这个人还行。其他客人都屏住呼吸听我们谈话。"——伦纳德注
6. 此处弗吉尼亚·伍尔夫引用并改编了莎士比亚在《无事生非》中的那句"everything handsome about him"。本处译文由译者根据上下文翻译，具体原文可参见《无事生非》（中英双语版），威廉·莎士比亚著，朱生豪译，世界图书出版公司，2014 年，第 178 页。
7. 此处字迹模糊，无法辨认。——伦纳德注
8. 为缓解创作《海浪》的精神压力，弗吉尼亚·伍尔夫写了这部被她称为"一个小插曲"的《爱犬富莱西》。此书是为伊丽莎白·巴雷特·布朗宁的小猎犬写的传记，意在嘲弄传记体裁。

1932

1月13日，星期三

唉，我要像往常那样，给自己道个歉了，因为未能在新年伊始就开始写作。今天是第十三天，我正经历一段生命的倦怠、低潮期，看着墙壁，只觉得才思枯竭。我的意思是，《海浪》真是一部折腾人的作品，我仍在承受它带来的压力。

我们还能指望再过二十年吗？本月25号，也就是星期一，我就要五十岁了。有时，我觉得自己已经活了二百五十年；有时，又觉得自己仍是公共汽车上最年轻的人（内莎说她坐公共汽车时也总有这种想法）。我还想再写四部小说。我指的是《海浪》和《敲门》。此外，我要通读英国文学，就像用一根绳子把奶酪穿起来，或者像某种勤劳的昆虫那样，从乔叟到劳伦斯，把这些书一点点啃个遍。倘若时间允许，这就是我下一个二十年的计划，毕竟我做事总是很慢，而且以后我会变得更慢、更迟钝，但也更忌讳轻率和匆忙。

1月31日，星期日

我刚完成了我称之为《致一位年轻诗人的信》的最后一稿，那就胡闹一小会儿吧。从这句话的玩笑语气可以看出，我对最终的结局其实拿不准。写作变得越来越困难了。我匆匆写下的内容现在却要压缩并重新表述。由于一些无须赘述的原因，我暂时只想把这些记录当作和自己的对话。

2月8日，星期一

为什么我非要说自己打算写《普通读者》的续篇[1]呢？那得费一周又一周，一月又一月的时间。然而，若花上一年时间——除了偶尔读希腊文学和俄国文学——去通读英语文学，必定对培养我的写作思路大有裨益。还是先搁置吧。总有一天，突然之间，我就又能写小说了。在草草地记下这些闲话之前，我花了一整个上午的时间来写多恩，而且还得重写一遍，这么做值得吗？今夜我惊醒了，感到自己身处一间空旷的大厅。利顿去世了，周围的工厂还在建个不停。如果我不工作，生活又有什么意义可言，突然只觉渺小无趣。利顿去世了，我想不出什么特别的方式来悼念他，而且已经有人为他写了哗众取宠的小文章。

2月11日，星期四

我的心思都在《敲门》（这本书叫什么来着？）上，主要是因为我读了《韦尔斯论女人》这篇文章。在未来世界，女人为何就得沦为附属品和装饰品？难道因为她被试用了十年，却仍然没能证明自己的价值吗？

2月16日，星期二

我刚刚"完成了"——为了表示讽刺，此处加了引号——我的多恩，这简直是个壮举，在我看来，它是用心良苦之作。目前我正战战兢兢同时迫不及待地写我的——什么来着——"男人就是如此？"——不行，那样就显得过于女权主义了。那就叫续篇吧，我已做足准备，其火力足以炸毁圣保罗大教堂。它会包含四张照片。此外，续篇必须与《普通读者》的风格保持一致，部分原因是，这样可以证明我的能力。

5月17日，星期二

对待批评的正确态度是什么？B小姐在《细察》杂志上发表了一篇文章攻击我，我该作何感想，有何反应？她很年轻，读剑桥大学，怀有满腔热情。她说我是很糟糕的作家。我觉得当务之急是注意她批评的要点——即使我并不认可——然后利用反对意见所提供的一点能量来更有力地表达我自己。也许目前我的名声确实会下降。我将被嘲笑、被指责。至于我应该采取什么态度——显然，阿诺德·贝内特和韦尔斯采取了错误的方式来应对来自年轻人的批评。正确的方式不是感到厌恶，也不是长吁短叹或像基督徒那样逆来顺受。当然，对我这种极端轻率又极端谦逊的古怪复杂性格（简要的自我分析）而言，我很快就能从表扬和指责中恢复过来。但我想寻觅一种态度。关键是不要把自己看得太重。要坦率地对待他人的指责，不要大惊小怪，也不要忧心忡忡。不要走向另一个极端——耿耿于怀地想着报复。现在那根肉中刺已经被挑出来——或许就是这么轻而易举。

5月25日，星期三

现在我已经"完成了"对《大卫·科波菲尔》的评论，我暗自发问，难道就不能逃到一种更让人舒服的环境里去吗？难道我不能伸展肢体，来些防腐处理，变成一个有感知能力的活物吗？老天啊，我多难受！我摆脱不了那种无比可怕的强烈感受——现在，自я我们回来，我整个人就扭成一团，无法迈步。手头的事毫无进展；感觉自己离群索居；看到年轻人，就嫌弃自己老了；不，也不完全是这样：但我不知要如何熬过这一年多的时间。想来，人生总得继续，谁也不知道那一张张面孔实际经历了什么。

大家都是表面坚强，我只不过是个备受捶打的器官罢了，一拳接着一拳挨。昨天在花展上看到一些写满了艰难和疲惫的面孔，我深感恐惧，一切存在都显得毫无意义；我憎恨自己愚蠢且优柔寡断；我像是踩着一辆古老的脚踏车，毫无头绪，只能没完没了地踩下去。利顿去世了；卡林顿也去世了；我多想和他说说话；与他们有关的一切都被切断，然后消失了；……女性，我想起了我那本关于"女性职业"的书，我应该再写一本小说；但我目前智力匮乏；读了韦尔斯，却理解不了；……社交；买衣服；罗德梅尔很糟糕，整个英国都很糟糕，夜间时刻，我深深地感到恐惧，我觉得世间万物都不对劲；买衣服；我无比讨厌邦德街，讨厌大把地花钱买衣服；最糟糕的是这种沮丧且空虚的感觉。我的眼睛很痛，我的手在颤抖。

在这个毫无意义且无聊至极的季节，我记起了伦纳德的一句话。那是在卡林顿自杀的当晚，他说，"有些意想不到的事情发生了"。我们沿着那条寂静的蓝色街道往前走，街边有一处脚手架。我看见暴力和荒诞在空气中交汇，我们自己很渺小；外界喧哗吵闹；有一些可怕的东西，是荒诞——我要就这一点写本书吗？这不失为一种重建个人世界秩序并顺便找回写作速度的好方法。

5月26日，星期四

今天我心里的石头突然落了地，我又能思考了，又能专注地投入某件事中去了，也许这是又一次创作力爆发的开端。也许这应归功于昨夜与伦纳德的对话。昨晚我试着分析了我的颓丧：我脑子里有两种不同的想法在互相冲突，一种是评论，另一种是创作，还有我如何为矛盾、抵触与不安所困扰。今天早晨头脑不再紧张、混乱，我感到清醒且平静。

6月28日，星期二

刚刚"完成了关于德·昆西的那篇文章"。所以我正努力跟上时间的脚步，争取在6月底完成《普通读者》续篇，可我懊恼地发现那其实就是星期四。去年夏天，我就是这样苦苦挣扎着写《海浪》。眼下这部作品的难度可要"小太多"[2]（这话出自哪里？板球运动？台球运动？）。不管怎么说，天气真热，阳光刺眼，气温让人昏昏欲睡。王室、帝国，这些是我在广场上琢磨出的词。昨天很热——非常热，"米尔斯基王子"[3]带着他伶牙俐齿的俄国女士来了。我的意思是，这位女士很有气质，具有斯拉夫人谈吐大方的特质。米尔斯基却口无遮拦，说了一大通，把自己的观点撕得稀巴烂。他的大黄牙有些错位，额头上刻着皱纹，面庞露出明显的绝望和痛苦。他在英国寄居了十二年，现在要"永久地"回去。我看着他忽明忽暗的眼睛，忍不住想到，马上会有一颗子弹射穿他的脑袋。这算是战争后遗症。眼前这个男人被困住了。不过，这个想法并没有让我们的茶话会进展更顺利。

6月29日，星期三

每次吹钢笔尖都会沾一嘴的墨水，而且瓶子里的墨水已经不够用了。现在是十二点十分，我刚刚写完哈代；我向自己保证，下星期三要把《普通读者》续篇彻底结束。今天休息。昨晚十点时，齐柏林飞艇从我们门前飘过，飞机肚脐上垂着一长串灯，这情景宽慰了我，我不再为昨晚没去看芭蕾舞而后悔。现在我把桌子擦干净了，当我不在家时，约翰可以接着用。我现在该写篇文章批评一下克里斯蒂娜·罗塞蒂。但是，天哪，我如今真是写腻烦了！

今天是星期三，我承认《普通读者》续篇还没全部写完。可是——好吧，我得把最后一篇文章修改一遍，以前我认为那篇文章从头到脚好得不得了。在以后的许多年里，我定不会再做文集了。

7月11日，星期一

我想用一支新笔在一张新纸上记录下既成事实。我在《普通读者》续篇的手稿外面套了一条绿色橡皮筋。《普通读者》续篇，全在这儿了。一点差十分，可以拿上楼去了，没有成功的感觉，只感到苦役已经结束。但我可以说，这是一部可读性相当强的作品，尽管如此，我怀疑自己是否愿意再写一本这样的书。我必须在创作中找到一条比这更快速的捷径,但谢天谢地,现在还不必,如今正在休假。也就是说,我明天该写些什么呢?我可以坐下来好好想一想。

7月13日,星期三

我一直在酝酿一部大有前途的杰作,这是我的创作方法。我像往常一样反复思索,如何才能改善我的生存状态,那就从今天下午做起,我要在摄政公园里散步,独自一人。我的意思是,究竟为什么要勉为其难地做不想做的事。比方说,买一顶帽子或者看一本书。约瑟夫·赖特[4]与莉齐·赖特这两个老伙计是我敬重的人。的确,我很希望续篇能在今天早上出版。约瑟夫以前编辑过方言词典,他少年时代在济贫院待过——母亲是一名清洁女工。后来,他和一位牧师的女儿莉小姐结了婚。我刚刚带着敬意读完了他们的情书。他说:"你要永远取悦你自己,这样的话,起码一个人得到了快乐。"她却说,要把细节变成整体的一部分,摆正事情之间的关系,那时她正思考他们两个的婚事。奇怪的是,我们很难遇到那种可以说出我们心里话的人,他们对待生活的态度和我们相差无几。乔[5]是个结实强壮的男人。"在某些方面我是独一无二的,"他说道,"我们必须给后人留点关于乔与莉齐的谈资。"要是他那位做清洁女工的年迈母亲能去牛津就好了。她认为所有人都可以和平共处。但有句话是,握紧拳头,揍扁男孩。他对学问是怎么看的呢？有时我本人也想变得博学，研究音韵和方言，可那有什么意义呢？我是说，假如你有那种天分，为什么不创作美的东西呢？是的，但搞学问的骄傲在于能永久地留下些实实在在的东西。现在，因为有了他的词典，所有人都对方言有所了解。他是悉尼·韦伯与沃尔特·利夫粗糙但坚固的结合体，呆头呆脑，毛发浓密，但比后两位更有幽默感和魄力。他能熬夜工作，第二天洗漱完，又接着工作。魏瑟小姐，也就是托维的爱人帮他们牵的线。她让莉齐辞去在教区负责花草的工作到牛津来。这位小姐可是有个性的女子，她不愿接受乔给她的工作机会，因为他让她觉得自己像一只被铁链拴住的大熊。但她还是嫁给了他。1896年，他俩在伦敦西南郊外的弗吉尼亚湖迷了路。他们坐在椅子上，痛苦地斗争了一小时，最后她接受了他的求婚。他们登上面包师傅的货车，随车回到了魏瑟小姐那儿。这是个动人的故事。乔对用人的工作了如指掌。他十四岁时自己学会了识字，并在一间小卧室里教磨坊的孩子认字，一周赚两便士。很显然，他是个乖戾且敏感的人。这些文字足以向乔和莉齐证明，一直以来我是如何渴望着见到他们啊——我想现在就给她写信。她脸蛋美丽，大眼睛又闪又亮。是的，不过我的续篇会有何种遭遇呢？

8月5日，星期五，罗德梅尔

昨天早饭时，伦纳德进来告诉我："戈尔迪去世了。"我虽不曾与之深交，却同剑桥大学那帮推心置腹的朋友一样难过。当然，我对他为《海浪》写的评论甚为满意，因而与他在心理上更靠近了些。我现在有种甚是奇怪的感觉，即我们所有人正处于某种巨大力量的运作中，这力量，也就是生命，如此伟大，竟允许我们走向死亡。有一种无限的感觉围住了我。不——我抓不住它——无疑我想让它自己长成一部"小说"。（就这样，我的想法在书中得到了提炼。）晚间我与伦纳德又谈起了死亡，这是今年的第二次了。我们也许会像毛虫一样被汽车碾死。这条毛虫对汽车又知道些什么呢？它的构造如何？或许事出有因，假如真是这样，那也并非作为人类的我们所能理解的。戈尔迪的观点神秘得很。

现在我们来到刘易斯看赛马，还看见一位肥胖的女士身穿黑衣服，她把自己硬挤在一张座位上，看上去很不稳当。我看到运动界的小喽啰们坐在一排排汽车里，汽车尾座上堆满了野餐篮子，我听到了下赌注的狂欢声，看到了不停飞奔的马儿，骑师坐在上面，涨红着脸抽打它们。那些马儿发出了什么样的声音呀——它们肌肉凸起，铆足了劲。在这多风而晴朗的日子里，山丘的那边却显得荒凉而遥远。在我眼里，那里简直退化成了一片未经开化的蛮荒之地。

8月17日，星期三

现在我认为对《普通读者》续篇的修改已经达到极致。在把校样交给伦纳德之前，我还有几分钟的休闲时光。那要不要来描述一下我是如何又晕倒了？事实就是上星期四晚上，我和伦纳德坐在阳台上时，我的脑海中突然出现一阵狂奔的马蹄声。酷热之后是多么凉爽啊！我说道。我们当时在欣赏夜空下的山坡，它们像翡翠宝石一样被煅烧了一整天，之后又缩回到美好的黑暗中。现在，一切都显得柔和而朦胧。那只白猫头鹰正穿过沼泽地去抓田鼠。然后我的心脏猛烈跳动了一下，停了一下，接着又跳了一下，我品出喉咙后面有一股奇怪的苦味，而且脉搏跳到我头上去了，更加疯狂地、迅速地，跳了又跳。我说，我要晕倒了，接着我从椅子上滑了下去，倒在了草地上。哦，不，我并没有彻底昏过去。我还活着，但脑子里有一支争斗不断的队伍，他们咚咚奔驰着。我想，再这样下去，我的脑子里会有东西爆裂。慢慢地，这东西自己消停了。我勉强站起来，跟跟跄跄地行走，感觉困难重重又惊心动魄。这次真的感到眩晕，我看到花园被痛苦地拉长、扭曲，向我靠近、靠近、靠近——看起来很长——我可以拖动自己到房子里去吗？回到我的房间后，我一头倒在床上。接着我感到疼痛，就像分娩那样痛，然后疼痛渐渐消失。我躺在那里，像一盏闪烁的灯，也像一个操碎了心的母亲，照管着我那精疲力竭、残破不堪的身体。这是一次突如其来的让人不痛快的经历。

8月20日，星期六

昨天在伦敦度过了不同寻常的一天。我站在伦纳德的窗前对自己说道："瞧瞧眼下这般光景，有二十一年没这么热过了。"一股热风从工作室吹向印刷室，就仿佛有人从房间走过。在屋外，身着白衣的女孩子与年轻男士都躺在正方形草地上。酷热难当，我们无法坐在餐厅里，伦纳德取来饭，拿到楼上去。他把我抱上楼，几乎不让我自己走。回来时我们把车门关上，拉下风挡玻璃，就这样坐在热风中，驶进了街巷与树林，风变得凉爽而猛烈，非常惬意。最凉快的做法是以每小时四五十英里的速度驱车，并且拉下风挡玻璃坐在前排。今天上午十二点半时起风了，云层黑压压的。现在是三点四十五分，几乎又是一个普通的炎热夏日，高温已持续了十天。那次昏倒以后，我的头一直隐隐作痛，我想大概就是那个时候吧，我有点想突然死去，但是自我反省了一下。接着就去吃吃、喝喝、笑笑、喂喂金鱼。奇怪——人们总认为死亡是愚蠢的——总想鄙视它，正如蒙田所说的，但愿能在与姑娘和好友的欢闹中死去。伦纳德正在给露池立桩子，我打算进屋照相去。伍尔夫女士又有三部作品要问世了，这让我想起来，我得在适当的时候记录一下我的作品。

这个夏天还是很不错的，尽管我过得畏畏缩缩、不情不愿的，今早头又隐隐作痛了。这个夏天那么静寂，空气清新，富有生气。我相信自己需要这种更有人情味的生活方式来构思下一部作品——大大咧咧地与朋友们随便说话——感受人类生活的丰富和趣味。现在我还不想绞尽脑汁勾勒一个框架，只想随遇而安，让寻常事件、谈话、人物等的精华悄悄地、自然而然地渗进我心里，直到我说"停!"，然后取出笔来。对，我的双腿现在活络了些，神经不再紧绷绷的了。昨天我们给年迈的格雷太太送了些李子。她那干瘪的身体蜷缩在角落里的一把硬椅子上。给我们开门的时候，她颤颤巍巍，哆嗦个不停，和其他上年纪的人一样，她的眼神呆滞木然。伦纳德喜欢听她说些绝望的话："我蜷曲着身体爬上床去，希望天快些亮；爬下床时又希望夜晚早些到来。我是个无知的老女人——不会写，也不能读，我每晚都向上帝祷告，求他把我带走——啊，让我长眠不醒。没人说得出我遭受的痛苦有多重。摸摸我的肩膀就晓得了。"她拿了个安全别针，摇摇晃晃地走过来。我摸了一下，"硬得像铁，里面积满了水，双腿也一样"。她拉下了袜子，"是水肿病，我已经九十二岁，我所有的兄弟姐妹都不在人世了，我女儿也去世了，我丈夫也不在了"。她不断地重复着她的悲惨遭遇，一遍又一遍地说出她所患的全部疾病。除此之外，她什么也理解不了，只会一遍又一遍地反复絮叨。她吻了一下我的手，感谢我们送了一磅水果给她。我们的生活就是这么回事，不写作，不阅读，而是靠回忆活着，当她想要寻死时，医生却要救她。人类在施加折磨上真是别出心裁。

10月2日，星期日，伦敦

的确，我得允许自己记下这一点。奇怪，刚回到这里写作情绪就被扰乱了。更怪的是，我今年已经五十岁，却刚刚做好准备，想要心无旁骛、不偏不倚地将我的箭矢射出去。这种想法缠住了我，所以周报上那些风言风语，不管怎样都吸引不了我。这些是心路历程上的变化。我不相信上年纪的说法。我相信，要一直调整自己积极看向阳光的一面。因而我充满了信心，而且我想从现在开始，干净利落地改变，要把这种松松垮垮的、随意的生活方式从身上清除掉。人们的评论呀，名声呀，所有这些耀眼的身外之物，全数抖掉；我想隐居家中，集中注意力。因此我现在不想到处跑，不想买衣物或会见客人。明天我们要到莱斯特去，参加工党集会。然后狂热地投身于出版事务。我的《普通读者》续篇丝毫没让我忧虑。威妮弗雷德·霍尔特比写的那篇关于我的文章也没什么大不了的。我喜欢以旁观者的身份注意身边发生的事，并不参与其中；当我意识到这是一种权力时，我感觉还不错。现在我回来了，有山丘与乡村做我坚实的后盾。我与伦纳德在罗德梅尔过得多快乐呀，生活得自由自在……三四十英里内的风景一览无余，想怎样就怎样，我们睡在空旷的房子里，自信地应对外界的纷扰。每天都陶醉在极度的快乐中——散散步，看看停在紫色犁上的沙鸥，要不就到塔灵内维尔去——这些都是我很喜欢做的事情——在没有遮掩的野外进行不为人知的旅行，没有推推搡揉的拥挤，没有出言相讥。人们很容易就能在我的房间找到我，我们很快就熟悉起来。可这些是属于过去或将来的事。我同时还在带着常有的挫败感阅读劳伦斯的作品。我俩的相似之处实在太多了——因为想走自己的路而承受着同样的压力。所以读他的作品时我没有逃避，心里七上八下的，我真想在读书的时候能摆脱身边的这个世界。普鲁斯特就有这种本事。对我来说，劳伦斯太沉闷、太闭塞，我不想要这个，我继续自言自语。我也不想将一个观点颠来倒去说个没完。我压根儿不想要什么"人生观"，我不相信哑谜一般的作品。（在他的信中）我喜欢的是豁然开朗的感觉，就像伟大的精灵一下子跳上了浪尖（康沃尔的小浪花），可我对劳伦斯的自我诠释并不满意，他的书很折磨人，他努力追求某个目标，把自己累得气喘吁吁。"我还剩下6英镑10便士"，接着政府一脚将他踢了出去，像对待一只蛤蟆。他的书成了禁书。一个文明国度竟如此残忍地对待一个痛苦挣扎的男人，这行径真是可笑。所有这些在他的信中变成了极度的渴望，但一切看来都不重要。他因此拼命喘气、挣扎。此外，我不喜欢他只用两个指头就在琴键上乱弹一气，也不喜欢他的狂妄自大。毕竟英语有一百万个单词，为什么他要来回拨弄六个，还以此自我夸耀。我更讨厌他的说教。就像一个人只看到一半事实就急于下判断，手里紧捏着木棍，重重地敲着垫子。我真想说，井底之蛙，快出来看看到底是怎么回事！我的意思是，这套手法对于训诫别人来说太无力了，也过于简单。这里的教训是，如果你要帮助别人，向读者灌输什么，千万别一竿子到底——除非你已经七十岁，随遇而安，又富有独到的体验，已竭尽所能尝试遍了，因而容易引起共鸣。而劳伦斯彼时不过四十五岁。为什么奥尔德斯要称他为"艺术家"呢？艺术正是要与说教摆脱干系，艺术就是艺术，是优美的句子汇集成了海洋，是水仙花在燕子归来前开放。劳伦斯只会说些证明某个观点的话。当然我还未读过他的作品，可在他的信中，别人的意见他一句也听不进去，只想一个劲儿地提出建议，并把你拖进他的圈子。所以他的作品对那些喜欢有板有眼的人来说会很有吸引力，对我却不行。我认为将卡斯韦尔纳入劳伦斯的思想其实是一种亵渎。分别看待他们或许更是对他们的尊重，毕竟谈卡斯韦尔就要谈他的卡斯韦尔主义。劳伦斯呢，只要谁敢惹他，他就会孩子般地报复一下，攻击一下。在他看来，利顿、伯蒂、斯夸尔等都是邋里邋遢的乡下人。他按照自己的标准鄙视别人。何苦一味地指责他人呢？为什么不采用某种欣赏他人长处的方法？如果能找到这种包容性的方法，那该是多么伟大的发现呀！

11月2日，星期三

他是个头脑发热、眼神呆滞的年轻人，长得人高马大，腿脚却不灵活。他自以为是有史以来世界上最伟大的诗人。他的确是的，可此时我最热切关心的并不是这一点。我关心什么呢？当然是我自己的创作了。我刚刚把为《泰晤士报》写的那篇关于利顿的文章最后润色了一遍，考虑到所有报纸都将围绕这个主题大做文章，我觉得我的这篇还是写得相当不错的。我把我的"散文"从头到尾修改了一遍，它该是部散文般的小说，叫作《帕吉特家族》[6]。它将囊括一切重要的话题，性别、教育、人生等等；它要像羚羊一般敏捷有力地向前跃进，越过悬崖绝壁，从1880年奔向此时此地。无论如何，这只是一种想法，我一直昏头昏脑地沉浸在梦幻中并且自我陶醉；当我走在南安普敦大街上时，嘴里还念念有词，脑子里想着一幕幕场景，所以我不敢说，自10月10日以来，我是否仍活在真实世界里。

一桩桩事情不约而同地汇入了意识流里，就像写作《奥兰多》时那样。当然，现在的情形是，在这么多年对小说避而远之之后——自1919年到现在，《夜与日》已经销声匿迹——我发现自己其实很想换换口味，想从不可胜数的细节中感受到乐趣。虽不时受到幻想的吸引，但我拒绝了它的诱惑。可以肯定，这是我创作完《海浪》后的真正志向，而《帕吉特家族》会顺利地将我的创作带入下一阶段——散文体小说。

12月19日，星期一

一点也不假，今天的写作让我精疲力竭，简直要虚脱了。老天保佑，让我停下来呼吸一下新鲜空气，走到山峦中打个滚，让我的脑袋不再马不停蹄地工作——我巴望着它们能休息一下，安静一会儿，放慢速度，直至彻底停手。为了让自己平静下来，我会再次捡起《爱犬富莱西》。老天为证，自10月11日以来，我已经写了60 320个字。这肯定是我写得最快的一部作品了，比写《奥兰多》或《到灯塔去》快得多。可另一方面，这6万字需多花些精力，挤掉些水分，压缩成3万或4万字——这将是一次巨大的折磨。不过没关系。我已经构想出梗概，其他部分也勾勒成形。我第一次感到，在书没有完成之前，我绝对不可以冒险过马路……

是的，1933年10月1日之后，我将恢复自由，可以完完整整、彻彻底底地做自己了。没人能私自来这里打扰我，更不能拖着我去他们那里做客。噢，下一步我将创作一部诗体小说。这部作品将帮助我发掘出一大堆事实，甚至我自己都没意识到我竟有如此积累。这二十年来我肯定一直在观察、收集——起码是从《雅各的房间》就开始了。平时注意到的细节一下子都出现了，以至于我无从选择，写一段话就用了6万字。我需要控制自己，不能过度讽刺，要留有自由发挥的余地，风格也不必太过鲜明。啊，与《海浪》相比，这部作品写得多么轻松呀！我想知道这两本书的含金量分别是多少克拉。当然这只是表面的：可就外在价值而言，还有许多我不曾想到的呢。不论怎样，"何必为我的鹅绒床铺发愁呢？我马上要加入衣衫褴褛的吉卜赛人行列了"。我是指吉卜赛，不是休·沃波尔和普里斯特利，不是他们。事实上，《帕吉特家族》与《奥兰多》有直接的"表亲"关系，虽然这种关系只是"血缘"上的：《奥兰多》的创作使我掌握了写作的技巧。现在——噢，现在至少得休息10天——不，14天——没有21天的话——眼下我必须写"1880年至1900年"这一章，这可是需要技巧的。但我挺喜欢运用我所掌握的技巧。我打算尽快将工作结束。明天我们就要出发了。我觉得这个秋天收获颇丰，多产且充实，这部分归功于我呕心沥血的工作。也就是说，我能够驾驭文字了。此外，我从未有过如此强烈的紧张感和梦幻感，就像活在自己的冲动与外界的压迫之间，《帕吉特家族》几乎是我视野内唯一的东西。

12月23日，星期五，罗德梅尔

今天不是新年的第一天，但也许可以原谅这个小小的错位。[7]我必须将我那不断蔓延的沮丧和痛苦写下来——刚刚通读完3万多字的《爱犬富莱西》，我的结论是，根本不行。噢，简直是天大的浪费，烦死了！整整劳作了四个月，天晓得我读了多少本书——这些书同样不是佳作——我真不知道该拿它怎么办。题材与篇幅不相称，文风不是太轻飘，就是太严肃。的确有许多亮点，可本该写得更为出色才对。还有两天就是圣诞节，此刻的我却陷入一股消沉和混乱之中。当然，这也是因为我承受着写《帕吉特家族》的压力。但我感觉自己永远都没法回头去写《爱犬富莱西》了，伦纳德会很失望，而且钱也赚不到了，真讨厌。写完《海浪》之后，我不假思索地捡起这个题材来换换口味，因为事先缺乏考虑，这才搁浅了。需要花一个月的时间勤勉努力地去写，即使这样，结果也未必如意。到那时，我或许已经读完德莱顿与蒲柏的作品。就这样，我被心事牵扯着，以悲戚的哀叹开始了新的一年——而不是辞旧。今天竟然让人有了一种春日的感觉，阳光亮得刺眼，蜜蜂在花丛中乱舞。没关系，不是什么天大的反常现象，压根不算什么。

12月31日，星期六

事实上，今天是1932年的最后一天，可我厌倦了《爱犬富莱西》的收尾工作——每天都得改上10页，我感到压力重重——就休息一个上午吧，以我那懒散劲儿，在此花半天时间，对生活的方方面面做个总结……露池的水满了，金鱼全死了；今天是个晴朗且有着淡蓝色天空的冬日；而且——我的思绪兴奋地转向了《帕吉特家族》，这是因为我期待着我的小船扬帆起航，这样就可以带上埃尔薇拉、玛吉等人物去畅游人类世界。其实我总结不下去了，脑子太累了。

注释

1 这里指的是 1932 年出版的《普通读者：第二卷》。
2 原文是"by a long chalk"，这个短语一般用于否定句中表示强调，最早出现于 19 世纪初，源于英国酒馆中用粉笔记分的竞技游戏。
3 D. S. 米尔斯基（Dmitry Petrovich Svyatopolk-Mirsky，1890—1939），俄国文学史家、批评家、社会活动家。
4 约瑟夫·赖特（Joseph Wright，1855—1930），英国语言学家。下文提及的莉齐·赖特，也就是伊丽莎白·玛丽·莉（Elizabeth Mary Lea，1863—1958），是他的妻子。
5 乔是约瑟夫·赖特的昵称。
6 这本书就是 1937 年出版的《岁月》。
7 弗吉尼亚·伍尔夫的日记是按照不同年份用不同的本子写就的。此篇和接下来的一篇实际写在 1933 年的日记本上。——伦纳德注